Italo Calvino

Si une nuit d'hiver un voyageur

*Nouvelle traduction de l'italien
par Martin Rueff*

Gallimard

Titre original :

SE UNA NOTTE D'INVERNO UN VIAGGIATORE

À Daniele Ponchiroli[1]

1. Daniele Ponchiroli (1924-1979) : philologue et éditeur. Il était, avec Bollati et Calvino, un des piliers de la maison Einaudi. Son zèle était légendaire et il devint, pour cette raison, le conseiller de nombreux auteurs – Nuto Rivelli, Mario Rigoni Stern, Primo Levi. En plus de ses activités éditoriales, on lui doit l'annotation du *Canzoniere* de Pétrarque (1964), ainsi que celles du *Milione* (1954) et des *Rime* de Della Casa (1967). Il inspire la figure du docteur Cavedagna au chapitre V., p. 134 (*N. d. T.*).

I

Tu es sur le point de commencer le nouveau roman d'Italo Calvino, *Si une nuit d'hiver un voyageur*. Détends-toi. Recueille-toi. Chasse toute autre pensée de ton esprit. Laisse le monde qui t'entoure s'estomper dans le vague. Il vaut mieux fermer la porte ; là-bas la télévision est toujours allumée. Dis-le tout de suite aux autres : « Non, non, je ne veux pas regarder la télévision. » Lève la voix, sinon ils ne t'entendront pas : « Je suis en train de lire ! Je ne veux pas être dérangé. » Il se peut qu'ils ne t'aient pas entendu avec tout ce bazar ; dis-le à haute voix, crie : « Je vais commencer le nouveau roman d'Italo Cálvino ! » Ou si tu ne veux pas, ne le dis pas ; espérons qu'ils te laissent tranquille.

Prends la position la plus confortable qui soit : assis, allongé, lové, couché. Couché sur le dos, sur un côté, sur le ventre. Dans un fauteuil, sur le divan, dans le fauteuil à bascule, sur la chaise longue, sur un pouf. Dans le hamac, si tu as un hamac. Sur le lit, bien sûr, ou dans le lit. Tu peux aussi te mettre tête en bas, comme au yoga. Avec le livre à l'envers, cela va de soi.

Bien sûr, la position idéale, pour lire, on ne la trouve jamais. Autrefois on lisait debout, devant un lutrin. On avait l'habitude de rester debout sans bouger. On se reposait ainsi quand on était fatigué de faire du cheval. Personne n'a jamais pensé à lire sur un cheval ; et pourtant, l'idée de lire à cheval, le livre posé sur la crinière, ou peut-être accroché aux oreilles du cheval avec une bride spéciale, cette idée t'attire maintenant. Les pieds dans les étriers, on doit être très à l'aise pour lire ; avoir les pieds qui ne touchent pas terre, c'est la première condition pour jouir de la lecture.

Bon, qu'est-ce que tu attends ? Allonge les jambes, allonge même les pieds sur un coussin, sur deux coussins, sur les bras du divan, sur les oreilles du fauteuil, sur la table à thé, sur le bureau, sur le piano, sur la mappemonde. Mais commence par enlever tes chaussures. Si tu as l'intention de garder les pieds en l'air ; sinon, remets-les. Et maintenant ne reste pas comme ça avec tes chaussures dans une main et ton livre dans l'autre.

Règle la lumière de façon à ne pas t'abîmer la vue. Fais-le tout de suite parce qu'à peine auras-tu plongé dans la lecture qu'il n'y aura plus moyen de te faire bouger. Arrange-toi pour que la page ne reste pas dans l'ombre, une concentration de lettres grises sur fond noir, uniforme comme une bande de souris ; mais prends garde aussi qu'elle ne soit pas exposée à une lumière trop forte qui viendrait se refléter sur la blancheur cruelle du papier et ronger les ombres des caractères comme en plein midi dans le Sud. Maintenant essaie de prévoir tout ce qui pourrait éviter d'interrompre ta lecture. Les cigarettes à portée de main, si tu fumes, le cendrier. Quoi encore ? Tu dois faire pipi ? C'est bon, à toi de voir.

Ce n'est pas que tu attendes quelque chose de particulier de ce livre en particulier. Tu es quelqu'un qui par principe n'attend plus rien de rien. Il y a tant de gens, plus jeunes et moins jeunes que toi, qui passent leur vie à attendre des expériences extraordinaires ; qu'elles viennent des livres, des personnes, des voyages, des événements ou de ce que les lendemains réservent. Toi non. Tu sais que ce qu'on peut espérer de mieux, c'est d'éviter le pire. C'est la conclusion à laquelle tu es arrivé, aussi bien dans la vie privée que pour ce qui relève des questions générales, et pour ainsi dire mondiales. Et avec les livres ? Voilà, c'est justement parce que tu as exclu de tout autre domaine le plaisir juvénile de t'attendre encore à quelque chose que tu te l'accordes dans celui bien circonscrit des livres où les choses peuvent tourner plus ou moins bien, mais où le risque de la déception n'est pas grave.

Ainsi, tu as vu dans un journal que vient de paraître *Si une nuit d'hiver un voyageur*, le nouveau livre d'Italo Calvino qui n'avait rien publié depuis quelques années. Tu es allé dans une librairie et tu as acheté le volume. Tu as bien fait.

Tu as tout de suite repéré dans la vitrine la couverture qui portait le titre que tu cherchais. Tu as suivi cette trace des yeux et tu t'es frayé un chemin dans le magasin à travers le tir de barrage nourri de ces Livres Que Tu N'As Pas Lus et qui te regardaient en faisant les gros yeux depuis les tables et les étagères pour essayer de t'intimider. Mais tu sais que tu ne dois pas te laisser faire, et que parmi eux s'étendent sur des hectares et des hectares entiers les Livres Que Tu Peux Te Passer De Lire, les Livres Faits Pour Toute Autre Chose que La Lecture, les Livres Déjà Lus Sans Qu'On Ait Besoin De Les Ouvrir Parce Qu'Ils Appartiennent À La Catégorie Du Déjà Lu Avant D'Être Écrit. À peine as-tu dépassé le premier rempart du bastion que te voilà assailli par l'infanterie des Livres Que Bien Sûr Tu Lirais Volontiers Si Tu Avais Plusieurs Vies Devant Toi Mais Malheureusement Les Jours Qui Te Restent Sont Comptés. D'un mouvement prompt, tu sautes par-dessus et te voilà en plein milieu des phalanges des Livres Que Tu As L'Intention De Lire Mais Avant Tu Devrais En Lire D'Autres, des Livres Trop Chers Que Tu Pourras Acheter Plus Tard Quand Ils Seront Revendus À Moitié Prix, des Livres Idem Voir Plus Haut Quand Ils Seront Repris En Poche, des Livres Que Quelqu'un Pourrait Te Prêter, des Livres Que Tout Le Monde A Lus Et Donc C'Est Comme Si Tu Les Avais Lus Toi Aussi. Tu parviens à éventer ces assauts et tu te retrouves sous les tours du fortin où résistent

les Livres Que Tu As Programmé De Lire Depuis Bien Longtemps,

les Livres Que Tu Cherchais Depuis Des Années Sans Les Trouver, les Livres Qui Traitent De Quelque Chose Dont Tu T'Occupes En Ce Moment,

les Livres Que Tu Veux Avoir À Portée De Main À Toutes Fins Utiles,

les Livres Que Tu Pourrais Mettre De Côté Pour Les Lire Cet Été

les Livres Qui Te Manquent Pour Les Mettre À Côté D'Autres Livres Dans Ta Bibliothèque

les Livres Qui T'Inspirent Une Curiosité Soudaine, Frénétique Et Difficilement Justifiable.

C'est ainsi que tu as pu réduire l'effectif illimité des forces en action à un nombre très important certes, mais que tu peux néanmoins rapporter par le calcul à un nombre fini, même si ce soulagement relatif est fragilisé par les embuscades des Livres Lus Il Y A Si Longtemps Que Le Moment Serait Peut-Être Venu De Les Relire et des Livres Que Tu As Toujours Fait Semblant D'Avoir Lus Et Que Le Moment Serait Peut-Être Venu De Se Décider À Livre Vraiment.

Tu te libères par des zigzags rapides et tu pénètres d'un bond dans la citadelle des Nouveautés Dont L'Auteur Ou Le Sujet T'Attire. À l'intérieur de cette place forte, tu parviens aussi à pratiquer des brèches entre les rangées de défenseurs que tu départages en Nouveautés D'Auteurs ou De Sujets Sans Nouveauté (pour toi ou dans l'absolu), et en Nouveautés D'Auteurs ou De Sujets Complètement Inconnus (de toi au moins) et à définir l'attraction qu'elles exercent sur toi à partir de tes désirs et de tes besoins de ce qui est neuf et de ce qui ne l'est pas (du neuf que tu cherches dans le moins neuf et du moins neuf que tu cherches dans le neuf).

Tout cela pour dire qu'après avoir parcouru rapidement du regard les titres des ouvrages exposés dans la librairie, tu as dirigé tes pas vers une pile de *Si une nuit d'hiver un voyageur* à peine sortis de l'imprimerie, que tu as saisi un exemplaire et que tu l'as porté à la caisse pour que puisse être établi ton droit de propriété à son endroit.

Tu as jeté un œil navré sur les livres autour de toi (ou mieux : ce sont les livres qui te regardaient avec cet air navré qu'ont les chiens quand ils voient du fond des cages d'un chenil municipal un de leurs anciens compagnons s'éloigner, tenu en laisse par un maître venu le reprendre), et tu es sorti.

C'est un plaisir particulier que te donne un livre qui vient d'être publié, ce n'est pas seulement un livre que tu emportes avec toi, mais sa nouveauté, qui pourrait aussi être celle de tout objet à peine sorti de l'usine, cette beauté propre à la jeunesse dont les livres aussi sont parés, et qui cesse dès que la couverture jaunit, que la tranche se couvre d'un voile gris et que les angles de la reliure se flétrissent dans le rapide automne des bibliothèques. Non, toi, ce que tu espères toujours c'est de tomber sur une vraie nouveauté, sur une nouveauté qui le restera toujours de l'avoir été un jour. Quand tu auras lu le livre à peine publié, tu pourras faire tienne cette nouveauté dès le premier instant sans être obligé de la poursuivre, de courir après elle. Et si cette fois, c'était la bonne ? On ne sait jamais. Voyons comment ça commence.

Tu as peut-être commencé à feuilleter le livre alors que tu étais dans la librairie. Ou peut-être n'as-tu pas pu le faire parce que le livre était enveloppé dans son emballage de cellophane ? Maintenant tu es dans l'autobus, debout, parmi les gens, accroché par un bras à la poignée, et tu commences à défaire le paquet de ta main libre, un peu comme un singe, un singe qui voudrait éplucher une banane en restant accroché à sa branche. Tu sais que tu donnes des coups de coude à tes voisins ? Tu pourrais au moins demander pardon.

Ou peut-être que le libraire n'a pas empaqueté le livre ; il te l'a donné dans un sac. Voilà qui simplifie les choses. Tu es au volant de ta voiture, arrêté à un feu rouge, tu sors le livre de son sac, tu arraches l'emballage transparent, tu te mets à lire les premières lignes. Une tempête de klaxons te tombe dessus ; c'est vert ; tu bloques la circulation.

Tu es à ta table de travail, le livre est posé comme par hasard parmi tes papiers ; il arrive un moment où tu déplaces un dossier et où le livre se retrouve sous tes yeux, tu l'ouvres d'un air distrait, tu appuies les coudes sur ton bureau, tu appuies tes tempes contre tes mains refermées, tu as l'air concentré dans l'examen d'un dossier alors que tu es en train d'explorer les premières pages du roman. Au fur et à mesure, tu t'appuies doucement contre le dossier de la chaise, tu lèves le livre à la hauteur de ton nez, tu fais basculer la chaise en équilibre sur ses pieds arrière, tu ouvres un tiroir latéral de ton bureau pour y poser les pieds, la position des pieds pendant la lecture est de la plus grande importance, tu allonges les jambes sur le dessus de la table, par-dessus les dossiers en souffrance.

Mais n'as-tu pas l'impression de faire preuve d'un manque de respect ? De respect, entendons-nous, non pas à l'égard de ton travail (personne ne prétend juger ici ton rendement professionnel, admettons que tes attributions participent régulièrement aux activités improductives qui occupent une si grande place au sein de l'économie nationale et de l'économie mondiale), mais à l'égard du nouveau livre. Ou pire encore si tu appartiens – par nécessité ou par amour – au nombre de ceux pour qui travailler veut dire travailler pour de bon, accomplir – intentionnellement ou non – quelque chose de nécessaire ou au moins de non inutile pour les autres et pas seulement pour soi : alors ce livre que tu as pris avec toi sur ton lieu de travail, comme une espèce d'amulette ou de talisman, t'expose à des tentations intermittentes, qui t'arrachent quelques secondes chaque fois à l'objet principal de ton attention, qu'il s'agisse d'un perforateur pour cartes électroniques, des fourneaux d'une cuisine, des manettes d'un bulldozer, ou d'un patient étendu les tripes à l'air sur une table d'opération.

Bref, il est préférable que tu refrènes ton impatience et que tu attendes d'être chez toi pour ouvrir le livre. Maintenant, tu peux. Tu es dans ta chambre, tranquille, tu ouvres le livre à la première page, non à la dernière, tu veux d'abord voir s'il est long. Par chance, il n'est pas trop long. Les romans longs qu'on écrit aujourd'hui constituent peut-être un contresens : la dimension temporelle a volé en éclats, nous ne pouvons plus vivre ou penser que des tranches de temps qui s'éloignent chacune le long d'une trajectoire qui leur est propre pour disparaître aussitôt. La continuité du temps nous ne pouvons la retrouver que dans les romans de l'époque où le temps n'apparaissait plus comme immobile et pas encore comme morcelé, une époque qui aura duré, à tout prendre, une centaine d'années et pas plus.

Tu tournes le livre entre tes mains, tu parcours les phrases de la quatrième de couverture, du rabat, il s'agit de phrases générales, qui ne disent pas grand-chose. C'est mieux ainsi, il n'y a pas de discours qui puisse prétendre se superposer de manière indiscrète au discours que le livre devra lui-même transmettre directement, à ce que tu devras toi-même faire sortir du livre, et peu importe que ce soit peu ou beaucoup de choses. Il va de soi cependant, que cette phase qui consiste à tourner autour du livre, à lire autour de lui avant de lire en lui, fait partie du plaisir qui s'attache à un livre neuf, mais qu'elle a, comme tous les plaisirs préliminaires, une durée optimale si on veut qu'elle serve à inviter au plaisir plus consistant de la consommation de l'acte, en l'espèce, de la lecture.

Te voilà donc prêt désormais à attaquer les premières lignes de la première page. Tu t'attends à reconnaître l'accent incomparable de l'auteur.

Non. Tu ne le reconnais pas du tout. Mais à y regarder de près, a-t-on jamais dit que cet auteur avait un accent inimitable ? Tout au contraire, on sait bien qu'on a affaire à un auteur qui change beaucoup d'un livre à l'autre. Et c'est justement dans ces changements qu'on reconnaît que c'est bien lui. Mais dans ce cas on a vraiment l'impression que cela n'a strictement rien à voir avec tout ce qu'il a écrit auparavant, pour autant que tu t'en souviennes, du moins. C'est décevant ? Voyons voir. Au début tu te sens peut-être un peu désorienté, comme lorsqu'on se retrouve face à quelqu'un dont le nom faisait penser à un certain visage, qu'on essaie de faire correspondre les traits que l'on découvre avec ceux dont on se souvenait, et que ça ne marche pas. Et puis tu avances et tu t'aperçois que le livre se laisse quand même lire, indépendamment de ce que tu attendais de l'auteur, c'est le livre lui-même qui excite ta curiosité, et finalement tu préfères qu'il en aille ainsi : te trouver en face de quelque chose dont tu ne sais pas encore très bien ce que c'est.

Si une nuit d'hiver un voyageur

Le roman commence dans une gare de chemin de fer, une locomotive tonne, un postillon de piston couvre l'ouverture du chapitre, un nuage de fumée cache une partie du premier alinéa. Dans l'odeur de gare passe une bouffée d'odeur de buffet de gare. Il y a quelqu'un qui regarde à travers les vitres embuées, il ouvre la porte vitrée du bar, tout est brumeux, même à l'intérieur, comme vu à travers les yeux d'un myope, ou à travers des yeux irrités par des escarbilles. Ce sont les pages du livre qui sont embuées comme les vitres d'un vieux train, c'est sur les phrases que se pose le nuage de fumée. Il pleut ce soir-là, l'homme entre dans le bar ; il déboutonne son pardessus humide ; un nuage de vapeur l'enveloppe ; un coup de sifflet s'en va au long des quais luisants de pluie à perte de vue.

Un coup de sifflet qu'on dirait de locomotive et un jet de vapeur sortent de la machine à café que le vieux barman met sous pression comme s'il lançait un signal, ou c'est du moins ce qui ressort de la succession des phrases du second alinéa, où les joueurs attablés replient l'éventail de leurs cartes contre leur poitrine et se retournent vers le nouveau venu d'une triple torsion du cou, des épaules et des chaises, pendant que les clients au comptoir soulèvent les tasses et soufflent sur la surface du café les lèvres et les yeux entrouverts, ou sirotent la mousse des chopes de bière avec une attention excessive pour qu'elles ne débordent pas. Le chat fait le dos rond, la caissière referme la caisse enregistreuse qui fait *drin*. L'ensemble de ces signes convergent vers une information : il s'agit d'une petite gare de province, où le nouvel arrivant se fait remarquer tout de suite.

Les gares se ressemblent toutes ; que les lampes ne parviennent pas à éclairer plus loin que leur halo importe peu, car c'est un endroit que tu connais par cœur, avec l'odeur de train qui reste même après que tous les trains sont partis, cette odeur spéciale des gares après que le dernier train est parti. Tu as l'impression que les lampes de la gare et les phrases que tu es en train de lire ont pour tâche de dissoudre les choses qui affleurent d'un voile d'obscurité et de brouillard, plutôt que de les indiquer. Quant à moi, c'est la première fois de ma vie que je débarque dans cette gare, et il me semble déjà que j'y ai passé une vie entière, à entrer et à sortir de ce bar, à passer de l'odeur sous la véranda à l'odeur de sciure des cabinets, tout cela mélangé en une seule senteur qui est celle de l'attente, l'odeur des cabines téléphoniques quand il n'y a plus qu'à récupérer les jetons parce que le numéro appelé ne donne pas signe de vie.

Moi je suis l'homme qui va et vient entre le bar et la cabine téléphonique. C'est-à-dire : cet homme qui s'appelle « moi » et dont tu ne sais rien d'autre, tout comme cette gare s'appelle seulement « gare », et hormis cette gare, il n'y a rien d'autre que le signal sans réponse d'un téléphone qui sonne dans une pièce obscure d'une ville lointaine. Je repose le combiné, en attendant le tonnerre de ferraille qui va descendre par le gosier métallique, je reviens pousser la porte vitrée, je me dirige vers les piles de tasses qui sèchent dans un nuage de vapeur.

Les machines-expresso des cafés dans les gares exhibent leur parenté avec les locomotives, les machines-expresso d'hier et d'aujourd'hui avec les machines et les locomotives et les locomoteurs d'hier et d'aujourd'hui. J'ai beau aller et venir, tourner et revenir : je suis pris au piège, dans ce piège intemporel que les gares ne manquent jamais de tendre. Une légère poussière de charbon flotte encore dans l'air des gares bien des années après que toutes les lignes sont devenues électriques, et un roman qui parle de trains et de gares ne peut manquer de transmettre cette odeur de fumée. Cela fait quelques pages que tu es engagé dans ta lecture et il serait temps qu'on te dise clairement si la gare dans laquelle je suis descendu d'un train en retard est une gare d'autrefois ou une gare d'aujourd'hui ; alors que les phrases continuent à se mouvoir dans l'indéterminé, dans le gris, dans une espèce de no man's land de l'expérience réduite à son plus petit dénominateur commun. Fais attention : il s'agit sans doute d'un système destiné à t'impliquer petit à petit, à t'entraîner dans l'affaire sans que tu t'en rendes compte : un piège. Ou peut-être l'auteur est-il encore indécis, comme du reste toi-même, lecteur, tu ne sais pas encore avec certitude ce que tu aimerais lire : si c'est l'arrivée dans une vieille gare, qui te donnerait le sentiment d'un retour en arrière, de retrouvailles avec des temps et des lieux désormais perdus, ou si c'est l'éclat de lumières et de sons qui te donneraient le sentiment d'être en vie aujourd'hui, de la façon dont aujourd'hui on croit que cela fait plaisir d'être en vie. Ce bar (ou « buffet de la gare » comme il arrive aussi qu'on l'appelle), il se pourrait que ce soit mes yeux, myopes ou bien irrités qui l'aient vu flou ou brumeux alors qu'en réalité il n'est pas exclu qu'il soit saturé d'une lumière qu'irradieraient des tubes couleur de l'éclair et que des miroirs réflé-chiraient de manière à combler tous les recoins et les interstices, et que l'espace sans ombre déborde d'une musique à casser les oreilles qui exploserait d'un vibrant appareil crève-le-silence, et que les flippers, et les autres jeux électriques simulant des courses hippiques et des chasses à l'homme soient tous en action, et que des ombres colorées nagent dans la transparence d'un téléviseur et dans celle d'un aquarium de poissons tropicaux réjouis par une colonne de bulles d'air. Et que mon bras porte non pas un sac à soufflets, gonflé et un peu élimé, mais qu'il pousse une valise carrée en matière plastique munie de petites roues, maniable avec son manche métallique chromé rétractable.

Toi, lecteur, tu croyais que là sous la véranda, mon regard s'était fixé sur les aiguilles plantées comme des hallebardes de l'horloge ronde des vieilles gares, dans l'effort vain de les faire tourner en arrière, de parcourir à rebours le cimetière des heures passées étendues sans vie dans leur panthéon circulaire. Mais qui te dit que les chiffres de l'horloge ne s'affichent pas sur des panneaux rectangulaires et que je vois chaque minute me tomber dessus par à-coups comme la lame d'une guillotine ? De toutes façons, le résultat ne changerait pas beaucoup : quand bien même j'avancerais dans un monde poli et sans obstacles, ma main contractée sur le léger timon de la valise à roulettes n'en cesserait pas moins d'exprimer un refus intérieur, comme si ce bagage désinvolte constituait pour moi un poids ingrat et exténuant.

Quelque chose a dû aller de travers : une erreur, un retard, un train perdu ; peut-être devais-je, en arrivant, trouver un contact, qui aurait probablement un rapport avec cette valise qui semble tellement me préoccuper, sans qu'il soit possible de savoir si c'est parce que j'ai peur de la perdre, ou si c'est parce que j'ai hâte de m'en débarrasser. Ce qui semble certain, c'est qu'il ne s'agit pas d'un bagage quelconque, que je pourrais laisser à la consigne ou faire semblant d'oublier dans la salle d'attente. Il est inutile de regarder l'horloge ; si quelqu'un était venu m'attendre, il est parti il y a longtemps, il est inutile que je me torture à faire tourner en arrière les horloges et les calendriers dans l'espoir de revenir au moment qui précède celui où il s'est passé quelque chose qui ne devait pas se passer. Si je devais rencontrer quelqu'un dans cette gare, qui n'avait sans doute aucun rapport avec cette gare mais devait seulement descendre d'un train et repartir sur un autre train, comme j'aurais dû le faire moi-même, et que l'un des deux devait remettre quelque chose à l'autre, et par exemple cette valise à roulettes que j'ai gardée et qui me brûle la main, la seule chose à faire est d'essayer de rétablir le contact perdu.

Par deux fois déjà, j'ai traversé le café et je me suis mis devant la porte qui donne sur cette place invisible et à chaque fois le mur de la nuit m'a renvoyé en arrière dans cette espèce de limbe illuminé suspendu entre les deux obscurités du nœud des rails et de la cité des brumes. Sortir, mais pour aller où ? La ville là-dehors n'a pas encore de nom et nous ne savons pas si elle restera à l'extérieur du roman ou si elle le contiendra tout entier dans son noir d'encre. Ce que je sais, c'est que ce premier chapitre tarde à se détacher de la gare et du bar : il n'est pas prudent que je m'éloigne de l'endroit où on devrait venir me chercher, ni que je me fasse remarquer par d'autres personnes avec cette valise encombrante. C'est pourquoi je n'arrête pas de gaver de jetons le téléphone public qui les recrache à chaque fois : beaucoup de jetons comme pour un appel longue distance : comment savoir où ils se trouvent maintenant, ceux dont je dois recevoir les instructions, ou disons même des ordres, il est clair que je dépends d'autres personnes, je n'ai pas l'air de quelqu'un qui voyage pour des raisons privées, ou qui gère des affaires pour son compte : on me prendrait plutôt pour un exécutant, un pion dans une partie très compliquée, un petit rouage au sein d'un gros engrenage, si petit même qu'on ne devrait pas le voir : en effet il était établi que je passe ici sans laisser de traces : et au lieu de cela à chaque minute que je passe ici je laisse des traces : je laisse des traces si je ne parle à personne dans la mesure où je me qualifie comme quelqu'un qui ne veut pas ouvrir la bouche : je laisse des traces si je parle dans la mesure où chaque mot prononcé est un mot qui reste et peut revenir à la surface par la suite, avec ou sans guillemets. C'est peut-être pour cette raison que l'auteur accumule suppositions sur suppositions au fil de longs paragraphes sans dialogues, une épaisseur de plomb dense et opaque au sein de laquelle je pourrais passer inaperçu, disparaître.

Je suis en effet une personne qui ne se fait pas remarquer, une présence anonyme sur un fond encore plus anonyme, et si toi, lecteur, tu n'as pas pu faire autrement que de me distinguer parmi les gens qui descendaient du train et de continuer à me suivre dans mes allers-retours entre le bar et le téléphone, c'est seulement parce que je m'appelle « je » et c'est là la seule chose que tu sais de moi, mais cela suffit déjà à ce que tu te sentes poussé à investir une part de toi-même dans ce moi inconnu. Tout comme le fait l'auteur qui n'a aucune intention de parler de lui-même, et qui a décidé d'appeler « je » le personnage comme pour le soustraire à la vue, pour se dispenser de le nommer ou le décrire, parce que toute autre dénomination ou tout autre attribut l'aurait défini davantage que ce pronom dépouillé, et qui se sent poussé par le simple fait d'écrire « je », à mettre dans ce « je » un peu de lui-même, de ce qu'il ressent ou imagine qu'il ressent. Rien de plus facile que de s'identifier à moi, pour le moment mon comportement extérieur est celui d'un voyageur qui a perdu une correspondance, situation qui fait partie de l'expérience de tous ; mais une situation qu'on rencontre au début d'un roman renvoie toujours à quelque chose d'autre qui vient de se passer ou qui va se passer, et c'est ce quelque chose d'autre qui rend risqué de s'identifier à moi, pour toi, lecteur, et pour lui, l'auteur ; et plus le début de ce roman est gris commun indéterminé et quelconque, plus toi et l'auteur vous pressentez l'ombre d'un danger grandir sur cette fraction de « je » que vous avez l'un et l'autre investie inconsidérément dans le « je » d'un personnage dont vous ignorez quelle histoire il porte avec lui, comme cette valise dont il voudrait tant réussir à se débarrasser.

Se débarrasser de la valise devait être la première condition pour rétablir la situation d'avant : avant que n'arrive tout ce qui est arrivé depuis. C'est ce que je veux dire quand je dis que je voudrais remonter le cours du temps : je voudrais effacer les conséquences de certains événements et restaurer une condition initiale. Mais chaque moment de ma vie porte avec soi une accumulation de faits nouveaux et chacun de ces faits porte avec soi ses conséquences, de telle sorte que plus j'essaie de revenir au moment zéro d'où je suis parti, plus je m'en éloigne : même si chacun de mes actes est voué à effacer les conséquences d'actes précédents et que je parviens à obtenir des résultats appréciables dans cette tentative d'effacement, résultats de nature à ouvrir mon cœur à des espérances de soulagement immédiat, je dois cependant tenir compte de ce que chacun de mes coups voués à effacer des événements précédents provoque une pluie de nouveaux événements qui rendent la situation plus compliquée qu'auparavant et que je devrai essayer d'effacer à leur tour. Je dois donc bien calculer chaque coup de manière à obtenir le maximum d'effacement avec le minimum de nouvelles complications.

Un homme que je ne connais pas devait me rencontrer à ma descente du train, si tout n'était pas allé de travers. Un homme avec une valise à roulettes, semblable à la mienne, vide. Les deux valises auraient dû se heurter comme par accident au sein du mouvement des voyageurs sur le quai, entre un train et un autre. Un fait qui peut arriver par hasard, qu'on ne saurait distinguer de ce qui arrive par hasard ; mais cet homme aurait prononcé un mot de passe à mon intention, il devait commenter le titre du journal sortant de ma poche, sur l'arrivée du tiercé. « Ah, c'est Zénon d'Élée qui a gagné ! » et pendant ce temps, nous aurions débloqué nos deux valises en bataillant avec les tiges métalliques, peut-être en échangeant quelques réflexions sur les chevaux, sur les pronostics, les paris, et nous nous serions éloignés, chacun vers son train, en faisant glisser chacun sa valise dans sa direction. Personne ne s'en serait aperçu, mais je serais resté avec la valise de l'autre, et lui il aurait emporté la mienne.

Le plan parfait, si parfait qu'il avait suffi d'une complication de rien du tout pour le faire sauter. Maintenant je me retrouve là sans savoir ce que je dois faire, dernier voyageur qui attend dans cette gare où plus aucun train ne doit arriver ni partir avant demain matin. C'est l'heure à laquelle la petite ville de province se referme dans sa coquille. Au buffet de la gare, il n'y a plus que quelques personnes du coin, qui se connaissent toutes entre elles, des personnes qui n'ont aucun rapport avec la gare, mais qui viennent jusqu'ici en traversant la place obscure, peut-être parce qu'il n'y a rien d'autre d'ouvert dans le coin, ou peut-être à cause de l'attraction que les gares continuent d'exercer dans les villes de province, cette dose de nouveauté qu'on s'attend à trouver dans les gares, ou peut-être est-ce seulement le souvenir d'une époque où la gare était le seul point de contact avec le reste du monde.

J'ai beau me répéter qu'il n'y a plus de villes de province et qu'il n'y en a peut-être jamais eu, que tous les lieux communiquent avec tous les autres de manière instantanée, qu'on n'éprouve jamais plus la sensation d'isolement que pendant le trajet qui conduit d'un lieu à un autre, c'est-à-dire quand on ne se trouve dans aucun lieu ; je me retrouve ici sans un ici ni un ailleurs, reconnaissable comme étranger par les non-étrangers, au moins autant que je reconnais, et que j'envie les non-étrangers. Oui je les envie. Je suis en train de regarder de l'extérieur la vie d'une soirée quelconque dans une petite ville quelconque, et je me rends compte que j'ai été exclu des soirées quelconques depuis je ne sais combien de temps, et je pense à des milliers de villes comme celle-ci, à des centaines de milliers de troquets illuminés où les gens à cette heure-ci laissent descendre l'obscurité du soir et n'ont en tête aucune des pensées qui traversent la mienne, et sans doute en auront-ils d'autres, qui ne feront en rien envie, mais en ce moment précis, je serais prêt à échanger mon sort avec n'importe lequel d'entre eux. Par exemple, un de ces jeunes qui passent parmi les commerçants et rassemblent des signatures pour une pétition adressée à la Mairie sur les enseignes lumineuses et qu'ils lisent maintenant au patron de l'établissement.

Le roman rapporte ici des bouts de conversation qui semblent avoir pour seule fonction de représenter la vie quotidienne d'une ville de province. – Et toi, Armide, tu as déjà signé ? – demandent-ils à une femme qu'on voit seulement de dos, avec une martingale qui pend d'un long pardessus avec un bord en fourrure et le col relevé, un filet de fumée monte de ses doigts qui entourent le pied d'un verre. – Et qui vous dit que j'ai l'intention de mettre un néon devant mon magasin ? répond-elle. Si la Mairie pense faire des économies sur les lampions, je ne vais certainement pas illuminer les rues à mes frais ! De toutes les manières tout le monde sait bien où elle se trouve la maroquinerie d'Armide. Et quand j'ai baissé le volet roulant la rue reste sombre et bonsoir la compagnie.

– C'est justement pour ça que tu devrais signer toi aussi – lui disent-ils. Ils la tutoient ; tout le monde se tutoie ; ils parlent à moitié en dialecte ; ce sont des gens qui ont l'habitude de se voir tous les jours depuis on ne sait combien d'années ; chacun des discours qu'ils tiennent est la continuation d'anciens discours. Ils se font des blagues, parfois lourdes : – Avoue que l'obscurité t'est bien utile pour que personne n'aperçoive ceux qui viennent te voir. Qui est-ce que tu reçois dans l'arrière-boutique quand tu baisses le volet ?

Ces blagues forment un bourdonnement de voix indistinctes desquelles pourrait affleurer une phrase ou un mot décisif pour ce qui doit suivre. Pour bien lire tu dois tenir compte de l'effet bourdonnement autant que de l'effet intention cachée que tu n'es pas encore en mesure (ni moi non plus) de saisir. En lisant tu dois donc être tout à la fois distrait et très attentif, tout comme moi qui suis pensif mais qui tends l'oreille avec un coude sur le comptoir et la joue sur mon poing. Et si le roman commence enfin à sortir de son imprécision brumeuse pour donner quelque détail sur l'apparence des personnes, la sensation qu'il veut te transmettre est celle de visages aperçus pour la première fois mais dont on a aussi l'impression qu'on les a vus des milliers de fois. Nous sommes dans une ville dans les rues de laquelle on rencontre toujours les mêmes gens ; les visages portent sur eux un poids d'habitude qui se transmet aussi à ceux qui comme moi, comprennent, alors même qu'ils ne sont jamais venus ici auparavant, que ce sont les mêmes visages, les mêmes traits que le miroir du bar a vus devenir plus épais ou plus flasques, les mêmes expressions qui, soir après soir, se sont fripées ou gonflées. Cette femme a peut-être été la beauté de la ville ; et pour moi qui la vois pour la première fois on peut dire qu'il s'agit encore d'une femme attirante ; mais si j'imagine que je la regarde avec les yeux des autres clients, alors une espèce de fatigue se dépose sur elle, peut-être l'ombre de leur fatigue (ou de ma fatigue, ou de ta fatigue). Eux, ils la connaissent depuis qu'elle était une toute jeune fille, ils connaissent son histoire dans les moindres détails, peut-être même que l'un d'entre eux est sorti avec elle ; de l'eau a coulé sous les ponts, une vieille histoire, bref, un voile d'autres images qui se dépose sur son image et la rend floue, un poids de souvenirs qui m'empêchent de la voir comme une personne vue pour la première fois, les souvenirs d'autres personnes qui restent en suspens comme la fumée sous les lampes.

Il semble que le passe-temps favori des clients de ce bar soit les paris : les paris sur les événements infinis de la vie quotidienne. Par exemple, l'un dit : – Faisons un pari sur qui arrivera le premier au bar aujourd'hui : le docteur Marne ou le commissaire Gorin. – Et un autre : – Et le docteur Marne, quand il sera ici, que fera-t-il pour ne pas croiser son ex-femme : est-ce qu'il se mettra à jouer au flipper ou à remplir les fiches des pronostics ?

Dans une existence comme la mienne, on ne pourrait pas faire de prévisions : je ne sais jamais ce qui pourrait m'arriver dans la demi-heure qui vient, je ne sais pas imaginer une vie faite tout entière de mini-alternatives bien délimitées, à propos desquelles on pourrait faire des paris : ou comme ci ou comme ça.

– Je ne sais pas, dis-je à voix basse.

– Je ne sais pas quoi ? demande-t-elle.

C'est une pensée dont il me semble que je peux la dire à voix haute et non la garder pour moi comme je le fais avec toutes mes pensées, la dire à la femme qui est à côté de moi au comptoir du bar, la femme du magasin de maroquinerie, avec laquelle j'ai envie depuis un moment d'engager la conversation. – C'est comme ça, chez vous ?

– Non, ce n'est pas vrai, me répond-elle, et je savais qu'elle m'aurait répondu comme ça. Elle soutient qu'on ne peut rien prévoir, pas plus ici qu'ailleurs : certes, tous les soirs, le docteur Marne ferme son cabinet et le commissaire Gorin finit son service au commissariat de police, et ils passent toujours par ici, d'abord l'un puis l'autre, mais qu'est-ce que ça veut dire ?

– Quoi qu'il en soit, personne ne semble douter du fait que le docteur essaiera d'éviter l'ex-madame Marne, lui dis-je.

– L'ex-madame Marne, c'est moi, répond-elle. Ne faites pas attention aux histoires qu'ils racontent.

Maintenant toute ton attention de lecteur se

concentre sur la femme, cela fait déjà quelques pages que tu lui tournes autour, que moi, non, que l'auteur tourne autour de cette présence féminine, cela fait quelques pages que tu t'attends à ce que ce fantasme féminin prenne forme comme prennent forme les fantasmes féminins sur la page écrite, et c'est ton attente de lecteur qui pousse l'auteur vers elle, et même moi, qui ai de toutes autres pensées par la tête, voici que je me laisse aller à lui parler, à engager une conversation que je devrais interrompre au plus vite, pour m'éloigner, disparaître. Toi, à coup sûr, tu voudrais savoir à quoi elle ressemble alors qu'en fait, seuls quelques éléments affleurent de la page écrite, son visage reste caché entre la fumée et les cheveux, il faudrait comprendre au-delà du pli amer de sa bouche ce qu'il y a qui n'est pas pli amer.

— Quelles histoires racontent-ils ? lui demandé-je. Moi je ne sais rien. Je sais que vous avez un magasin, sans l'enseigne lumineuse. Mais je ne sais même pas où il est.

Elle me l'explique. C'est un magasin de peaux, de valises et autres articles de voyage. Il ne se trouve pas sur la place de la gare, mais dans une rue latérale, près du passage à niveau de la gare des marchandises.

— Mais pourquoi est-ce que cela vous intéresse ?

— Je voudrais être arrivé ici avant. Je passerais par la ruelle obscure, je verrais que votre magasin est illuminé, j'entrerais et je vous dirais : si vous voulez, je peux vous aider à abaisser le volet roulant.

Elle me dit qu'elle a déjà tiré le volet, mais qu'elle doit retourner au magasin pour un inventaire, et qu'elle y restera tard.

Les gens dans le bar échangent des plaisanteries et des tapes sur l'épaule. Un pari est déjà conclu : le docteur arrive le premier.

– Le commissaire est en retard, ce soir, va savoir pourquoi.

Le docteur entre et fait un salut circulaire ; son regard ne s'arrête pas sur sa femme, mais il a certainement remarqué qu'il y a un homme qui parle avec elle. Il va jusqu'au fond de la salle, il tourne le dos au bar ; il met une pièce dans le flipper. Et voilà que moi qui devais passer inaperçu j'ai été scruté, photographié par des yeux auxquels je ne peux certes pas croire avoir échappé, des yeux qui n'oublient rien ni personne qui ait un rapport avec l'objet de la jalousie et de la douleur. Ces yeux un peu lourds et un peu vitreux suffisent à me faire comprendre que le drame qui s'est déroulé entre eux n'est pas encore fini : lui continue à venir chaque soir dans ce café pour la voir, pour voir se rouvrir l'ancienne blessure, peut-être pour savoir qui l'accompagne à la maison ce soir ; et elle, elle vient peut-être dans ce café exprès pour le faire souffrir, ou peut-être pour que l'habitude de souffrir devienne pour lui une habitude comme une autre, qu'elle acquière la saveur du néant qui colle à sa bouche et à sa vie depuis des années.

– La chose que je voudrais le plus au monde, lui dis-je, parce que désormais autant continuer à parler, c'est faire tourner les horloges à l'envers.

La femme donne une réponse quelconque, comme : – Il suffit de remonter les aiguilles, – et moi : – Non, avec la pensée, en me concentrant jusqu'à faire revenir le temps en arrière, – je dis, ou plutôt : il est difficile de savoir si je le dis vraiment, ou si l'auteur interprète ainsi les demi-phrases que je suis en train de marmonner. – Quand je suis arrivé ici ma première idée a été la suivante : peut-être ai-je fait un tel effort avec la pensée que le temps a fait le tour complet : me voici à la gare d'où je suis parti la première fois, restée comme elle l'était à l'époque, sans le moindre changement. Toutes les vies que j'aurais pu avoir commencent ici : il y a la jeune femme qui aurait pu être ma petite amie et qui ne l'a pas été, avec les mêmes yeux, les mêmes cheveux…

Elle se met à regarder autour d'elle, avec l'air de se moquer de moi ; moi je fais un signe du menton vers elle ; elle hausse les commissures de la bouche comme pour sourire, puis s'arrête : parce qu'elle a changé d'avis ou peut-être parce que c'est ainsi qu'elle sourit.

– Je ne sais pas si c'est un compliment, mais quoi qu'il en soit je le prends pour un compliment. Et puis ?

– Et puis je suis là, je suis le moi de maintenant, avec cette valise.

C'est la première fois que je parle de la valise, même si je n'arrête pas d'y penser.

Et elle : – C'est le soir des valises carrées à roulettes.

Moi je reste calme, impassible. Je demande : – Que voulez-vous dire ?

– J'en ai vendu une aujourd'hui, de valise comme ça.

– À qui ?

– À quelqu'un qui n'était pas d'ici. Comme vous. Il allait à la gare, il partait. Avec la valise vide, à peine achetée. Exactement la même que la vôtre.

– Ça vous paraît bizarre ? Ne vendez-vous pas des valises ?

– Ici, des valises comme celle-ci, depuis que j'en ai en magasin, personne n'en achète. Elles ne plaisent pas. Ou elles ne servent pas. Ou on ne les connaît pas. Et pourtant, elles doivent être bien pratiques.

– Pas pour moi. Par exemple, si je pense que ce soir ce pourrait être une très belle soirée, et puis que je me souviens que je dois me traîner cette valise, alors je n'arrive plus à penser à rien.

– Et pourquoi est-ce que vous ne la laissez pas quelque part ?

– Par exemple dans un magasin de valises, lui dis-je.

– Par exemple. Une en plus, une en moins.

Elle se lève du tabouret, elle rajuste le col de son manteau face au miroir, ainsi que la ceinture.

– Si, plus tard, je passe par là et que je frappe au volet, vous m'entendrez ?

– Essayez.

Elle ne salue personne. Elle est déjà dehors sur la place.

Le docteur Marne quitte le flipper et s'avance vers le bar. Il veut me regarder en face, peut-être capter quelques allusions de la part des autres, ou seulement quelques ricanements. Mais ceux-là, ils parlent des paris, des paris sur lui, sans se demander s'il écoute. Il règne une agitation d'allégresse et de familiarité, de tapes sur l'épaule, autour du docteur Marne, une histoire de vieilles blagues et de railleries, mais au cœur de cette bringue, il y a une zone de respect qu'on ne franchit jamais, non seulement parce que le docteur Marne est médecin, officier sanitaire ou quelque chose de ce genre, mais aussi parce que c'est un ami, ou peut-être parce qu'il est malheureux, et qu'il porte ses malheurs sur lui tout en restant un ami.

– Le commissaire Gorin arrive aujourd'hui plus tard que tous les pronostics, dit quelqu'un, parce qu'à ce moment précis le commissaire entre dans le bar.

Il entre. – Salut la compagnie ! – Il s'approche de moi, abaisse le regard sur la valise, sur le journal, et susurre entre ses dents : – Zénon d'Élée, puis se dirige vers le distributeur de cigarettes.

Ils m'ont mis dans les mains de la police ? Est-ce un policier qui travaille pour notre organisation ? Je m'approche du distributeur, comme pour prendre des cigarettes à mon tour.

Il dit : – Ils ont tué Jan. Va-t'en.

– Et la valise ? demandé-je.

– Remporte-la. On ne veut rien en savoir pour le moment. Prends le rapide de onze heures.

– Mais il ne s'arrête pas, ici…

– Il s'arrêtera. Va au quai numéro six. À la hauteur de la gare de marchandises. Tu as trois minutes.

– Mais...

– File ou je dois t'arrêter.

L'organisation est puissante. Elle commande à la police, aux chemins de fer. Je fais glisser la valise sur les passages entre les rails, jusqu'au quai numéro six. Je marche le long du quai. La gare de marchandises est là-bas au fond, avec le passage à niveau qui donne sur le brouillard et sur la nuit. Le commissaire se tient dans la porte du buffet de la gare et me suit du regard. Le rapide arrive à grande vitesse. Il ralentit, il s'arrête, il m'efface à la vue du commissaire, il repart.

II

Tu as déjà lu une trentaine de pages et tu es en train de te passionner pour l'histoire. À un certain point tu remarques : « Mais cette phrase ne me semble pas nouvelle. Je dirais même qu'il me semble avoir déjà lu tout ce passage. » C'est clair : ce sont des motifs qui reviennent, le texte est tissé de ces allers retours, qui servent à exprimer le passage du temps. Tu es un lecteur sensible à ces finesses, toi, prêt à capter les intentions de l'auteur, rien ne t'échappe. Et cependant, en même temps, tu éprouves aussi une certaine déception : maintenant que tu commençais à t'y intéresser pour de bon voilà que l'auteur se croit obligé d'aller chercher, un des bons vieux trucs de la littérature moderne, répéter un alinéa tel quel. Un alinéa, dis-tu ? Mais il s'agit d'une page entière, tu peux faire la comparaison, rien n'a changé d'un iota. Et en avançant, qu'est-ce qui se passe ? Rien, le récit se répète identique à la page que tu as déjà lue.

Un moment. Regarde le numéro de la page. Mince ! De la page 32, tu es revenu à la page 17 !

Ce que tu croyais être effet de style raffiné de l'auteur n'est qu'une erreur de la typographie : ils ont répété deux fois les mêmes pages. C'est au moment de la reliure du livre qu'a dû se produire l'erreur : un livre est fait de « seizièmes » ; chaque seizième est une grande feuille sur laquelle on imprime seize pages et qu'on replie en huit : quand on relie les seizièmes, il arrive que dans une copie se glissent deux seizièmes identiques ; c'est un accident qui arrive parfois. Tu feuillettes fébrilement les pages qui suivent pour retrouver la page 33, dans l'espoir qu'elle existe ; un seizième redoublé serait un inconvénient sans gravité ; le dommage irréparable, c'est quand le bon seizième a disparu, qu'il a fini dans une autre copie où il sera en double et où c'est celui-ci qui manquera. Quoi qu'il en soit, toi tu veux reprendre le fil de ta lecture, rien d'autre ne t'intéresse, tu étais arrivé à un point où tu ne peux pas sauter la moindre page.

Et voilà encore page 31, 32... Et puis quoi ? Encore la page 17, une troisième fois ! Mais c'est quoi ce livre qu'ils t'ont vendu ? Ils ont relié ensemble toutes ces copies du même seizième, il n'y a plus une seule bonne page de tout le livre.

Tu jettes le livre par terre, tu le lancerais volontiers par la fenêtre, et même par la fenêtre fermée, à travers les lames des stores vénitiens, et qu'elles triturent ses in-folio incohérents, que les phrases les mots les morphèmes les phonèmes jaillissent sans plus pouvoir se recomposer en discours ; à travers les vitres, si ce sont des vitres incassables, encore mieux, balancer le livre réduit en photons, en vibrations ondulatoires, en spectres polarisés ; à travers le mur, que le livre se décompose en molécules et en atomes, en passant entre les atomes du ciment armé, en se décomposant entre électrons, neutrons, neutrinos en particules élémentaires toujours plus petites ; à travers les fils du téléphone, qu'il se réduise en impulsions électroniques, en flux d'information, concassé par les redondances et les bruits, et qu'il se dégrade dans une vertigineuse entropie. Tu voudrais le jeter hors de la maison, hors du pâté de maisons, hors du quartier, hors de la zone urbaine, hors du cadre territorial, hors de l'administration régionale, hors de la communauté nationale, hors du Marché commun, hors de la culture occidentale, hors de la plaque continentale, de l'atmosphère, de la biosphère, de la stratosphère, du champ gravitationnel, du système solaire, de la galaxie, de l'amas des galaxies, réussir à le balancer plus loin que le point où les galaxies sont arrivées dans leur expansion, là où l'espace-temps n'est pas encore parvenu, là où l'accueillerait le non-être, mieux encore : le n'être jamais ni l'avoir été ni le devoir être, à se perdre dans la négativité la plus absolue garantie indéniable. Voilà ce qu'il mérite, ni plus, ni moins.

Eh bien non : tu le ramasses, tu l'époussettes : tu dois le rapporter au libraire pour qu'il te l'échange. Nous savons que tu es plutôt impulsif, mais tu as appris à te contrôler. Ce qui t'exaspère le plus, c'est de te retrouver à la merci du hasard, de l'aléatoire, du probable, pour les choses comme pour les relations humaines, la distraction, l'amateurisme, l'imprécision – la tienne ou celle des autres. Dans ces cas-là, la passion qui te domine est l'impatience d'effacer les effets perturbants de cette dimension arbitraire ou de la distraction, de rétablir le cours régulier des événements. Tu meurs d'envie de reprendre en main un exemplaire non défectueux du livre que tu as commencé. Tu te précipiterais en librairie si les magasins n'étaient pas fermés à cette heure-là. Tu dois attendre demain.

Tu passes une nuit agitée, ton sommeil est un flux intermittent et encombré comme la lecture du roman, avec des rêves qui te paraissent être la répétition d'un rêve toujours identique. Tu luttes avec tes rêves comme avec la vie sans sens ni forme, en cherchant un dessin, un parcours qui doit pourtant bien exister, comme quand on commence à lire un livre et qu'on ne sait pas encore dans quelle direction il va aller. Ce que tu voudrais, c'est voir s'ouvrir un espace et un temps à la fois abstraits et absolus au sein desquels te mouvoir en suivant une trajectoire exacte et tendue ; mais quand il te semble y être parvenu, tu t'aperçois que tu es resté immobile, bloqué, contraint à tout répéter depuis le commencement.

Le lendemain, dès que tu as un moment de libre, tu cours vers la librairie, tu entres dans le magasin en exhibant le livre grand ouvert et en pointant un doigt sur la page, comme s'il suffisait à lui seul à mettre en évidence le bouleversement général de la pagination. – Mais savez-vous ce que vous m'avez vendu... Mais regardez... Justement au moment clef...

Le libraire ne perd pas son aplomb... – Ah à vous aussi ? J'ai déjà eu plusieurs réclamations. Et pas plus tard que ce matin j'ai reçu une circulaire de la maison d'édition. Vous voyez ? « Nos services nous informent que, dans la distribution des dernières nouveautés de notre catalogue, une partie du tirage du volume de *Si une nuit d'hiver un voyageur* d'Italo Calvino est défectueuse et doit être retirée de la circulation. En raison d'une erreur de la reliure, les folios du volume indiqué ont été mélangés avec les feuillets d'une autre de nos nouveautés, le roman polonais *Loin de l'habitat de Malbork* de Tazio Bazakbal. La maison d'édition vous prie d'accepter ses excuses pour ce fâcheux contretemps et fera tout son possible pour remplacer au plus vite les exemplaires défectueux, etc. » Mais pensez donc si un pauvre libraire doit payer pour les négligences des autres. Cela fait toute la journée qu'on nous fait tourner en bourriques. Nous avons contrôlé les Calvino un à un. Par chance, il y a un certain nombre de bons exemplaires, et nous pouvons tout de suite échanger le *Voyageur* défectueux contre un exemplaire en parfait état, et flambant neuf.

Un instant. Concentre-toi. Remets en ordre dans ton esprit toutes les informations qui t'ont submergé toutes à la fois. Un roman polonais. Ainsi le livre que tu t'étais mis à lire avec un tel enthousiasme n'était pas le livre que tu pensais, mais un roman polonais. Le livre que tu dois maintenant te procurer d'urgence, c'est celui-là. Ne te fais pas avoir. Explique clairement ce qu'il en est. – Non, voyez-vous, désormais moi de cet Italo Calvino, je m'en fiche éperdument. J'ai commencé le polonais, et c'est le polonais que je veux continuer. Vous l'avez, ce Bazakbal ?

– Comme vous préférez. Une cliente est déjà passée tout à l'heure avec le même problème que vous, et elle aussi elle a voulu l'échanger pour le polonais. Voilà, là sur la table une pile de Bazakbal, là, vous voyez, juste sous votre nez. Servez-vous.

– Mais c'est un bon exemplaire au moins ?

– Écoutez, moi, là, je n'y mettrais plus ma main au feu. Si les maisons d'édition les plus sérieuses se mettent à faire de telles bourdes, alors on ne peut plus se fier à rien. Je vous le dis comme je l'ai dit à la demoiselle. Si vous avez encore des motifs de réclamation, vous serez remboursés. Moi je ne peux pas faire plus.

La demoiselle, il t'a indiqué une demoiselle. Elle est là, entre deux étagères de la librairie ; elle est en train de chercher parmi les Penguin Modern Classics, elle promène un doigt délicat et décidé sur les tranches couleur aubergine pâle. Œil grand et vif, teint d'une jolie couleur, belle pigmentation, riche chevelure ondulée et vaporeuse.

Et voilà la Lectrice qui fait son entrée réussie dans ton champ visuel, Lecteur, mieux, dans ton champ d'attention, mieux encore, c'est toi qui as pénétré dans un champ magnétique à l'attraction duquel tu ne peux plus échapper. Ne perds pas de temps, alors, tu tiens un bon argument pour engager la conversation, un terrain commun, rends-toi compte, tu peux faire étalage de tes lectures nombreuses et variées, lance-toi, qu'est-ce que tu attends ?

– Alors comme ça, vous aussi, ah, le polonais, tu dis tout d'une traite, mais ce livre qui commence et en reste là, quelle arnaque, parce que vous aussi, ils m'ont dit, et moi pareil, vous savez ? tant qu'à essayer, j'ai renoncé à celui-là et je prends celui-ci, mais quelle belle coïncidence nous deux.

Bah, tu aurais pu arranger ça un peu mieux, même si tu as exprimé les concepts essentiels. Maintenant, c'est son tour.

Elle sourit. Elle a des fossettes. Elle te plaît encore plus.

Elle dit : – Ah, c'est vrai, j'avais tellement envie de lire un bon livre. Celui-ci au tout début, non, mais ensuite il commençait à me plaire… Quelle rogne quand j'ai vu qu'il était interrompu. Et en plus ce n'était même pas lui l'auteur. Il faut dire qu'il m'avait semblé qu'il était différent de ses autres livres. Et en effet c'était un Bazakbal. Il est bon pourtant ce Bazakbal. Je n'avais jamais rien lu de lui.

– Moi non plus, peux-tu dire, rassuré, rassurant.

– Un peu trop floue à mon goût, comme manière de raconter. Moi, quand je commence à lire un roman et qu'il me fait sentir désorientée, cela ne me déplaît pas du tout, mais si le premier effet est plutôt celui du brouillard, alors je crains qu'à peine le brouillard dissipé, mon plaisir ne se perde.

Tu hoches la tête, pensif. – Effectivement, là, ce risque existe bien.

– Je préfère les romans, ajoute-t-elle, qui me font entrer tout de suite dans un monde où chaque chose est précise, concrète, bien spécifiée. Cela me donne une satisfaction particulière de savoir que les choses sont faites de cette manière-là et pas autrement, jusqu'aux choses ordinaires qui dans la vie me semblent indifférentes.

Tu es d'accord ? Dis-le-lui alors. – Ah, ces livres-là, ils valent bien la peine.

Et elle : – Malgré tout, je ne nie pas que ce roman aussi soit intéressant.

Allez, ne laisse pas retomber la conversation. Dis n'importe quoi, il suffit que tu parles. – Vous lisez beaucoup de romans ? Oui ? Moi aussi quelques-uns, même si je suis plutôt pour les essais… – C'est tout ce que tu sais dire ? Et ensuite ? Tu t'arrêtes là ? Génial ! Mais tu ne peux pas au moins lui demander : « Et celui-ci vous l'avez lu ? Et cet autre ? Lequel vous plaît le plus de ces deux-là ? » Ça y est, maintenant vous avez de quoi parler pour une demi-heure.

Le problème, c'est que des romans, elle, elle en a lu bien plus que toi, surtout étrangers, et qu'elle a une mémoire précise, qu'elle se réfère à des épisodes précis et qu'elle te demande : – Et vous vous souvenez de ce que dit la tante de Henry quand… – et toi qui étais allé chercher ce titre parce que tu connaissais le titre et c'est tout, et que tu voulais faire croire que tu l'avais lu, maintenant tu dois manœuvrer avec des commentaires généraux, et tu te risques à un jugement peu compromettant du genre : – Moi je le trouve un peu lent, ou alors : Il me plaît parce qu'il est ironique, et elle, elle réplique : – Mais vraiment, vous trouvez ? Je ne dirais pas ça… – et là tu te sens mal. Tu te lances sur un auteur célèbre, parce que tu as lu un de ses livres, deux au maximum, et elle, sans la moindre hésitation, elle aligne à la suite le reste des œuvres complètes, dont on dirait qu'elle les connaît à la perfection, et si jamais elle hésite un peu, c'est encore pire, parce qu'elle te demande : – Et le fameux épisode de la photographie découpée, il se trouve dans ce livre ou dans cet autre ? Je me trompe toujours… – Tu essaies de deviner, vu qu'elle se trompe. Et elle : – Mais comment ça, qu'est-ce que vous dites ? Ce n'est pas possible… – Eh bien disons que vous vous êtes trompés tous les deux.

Il vaut mieux se replier sur ta lecture d'hier soir, sur le volume qu'à présent vous tenez tous les deux en main et qui devrait vous dédommager de votre récente déception. – Espérons, dis-tu, qu'on ait pris un bon exemplaire, cette fois-ci, bien mis en pages, que nous ne restions pas suspendus au moment crucial, comme il arrive… (Comme il arrive quoi ? Qu'est-ce que tu veux dire ?) Bref, j'espère que nous arriverons à la fin avec satisfaction.

– Oh oui, répond-elle. Tu as entendu ? Elle a dit : « Oh oui. »

À ton tour maintenant, de tenter une approche.

– Eh bien, j'espère qu'il m'arrivera de vous rencontrer à nouveau, puisque vous aussi vous êtes cliente ici, ainsi nous pourrons échanger nos impressions de lecture. – Et elle répond : – Volontiers.

Tu sais où tu veux en venir, c'est un filet très fin que tu es en train de tendre.

– Ce qui serait vraiment marrant, c'est que comme nous avons cru lire Italo Calvino alors que c'était Bazakbal, maintenant que nous voulons lire Bazakbal, nous ouvrions le livre et tombions sur Italo Calvino.

– Ah non ! Si c'est comme ça, on fait un procès à l'éditeur !

– Écoutez, pourquoi n'échangeons-nous pas nos numéros de téléphone ? (Voilà où tu voulais en venir, ô Lecteur, en lui tournant autour comme un serpent à sonnettes !) Ainsi, si l'un de nous trouve qu'il y a quelque chose qui ne va pas dans son exemplaire, il peut demander de l'aide à l'autre… À nous deux, on aura plus de chances de composer un exemplaire complet.

Voilà, tu l'as dit. Qu'y a-t-il de plus naturel que de voir s'instaurer, grâce au livre, une solidarité, une complicité, un lien entre le Lecteur et la Lectrice ?

Tu peux sortir de la librairie content, toi qui croyais finie l'époque où l'on peut s'attendre à quelque chose de la vie. Tu portes en toi deux attentes différentes et dont chacune promet des journées pleines d'espérances agréables : l'attente contenue dans le livre – celle d'une lecture que tu es impatient de reprendre – et l'attente contenue dans ce numéro de téléphone – celle d'entendre à nouveau les vibrations tantôt aiguës tantôt voilées de cette voix, quand elle répondra à ton premier appel, sous peu, et même demain, avec la frêle excuse du livre, pour lui demander si elle l'aime ou non, pour lui dire combien de pages tu as lues ou pas, pour lui proposer de vous revoir…

Il serait indiscret, Lecteur, de te demander ton âge, ton état civil, ta profession, tes revenus. Ce sont tes affaires, c'est toi que ça regarde. Ce qui compte, c'est l'état d'âme avec lequel maintenant, dans l'intimité de ta maison, tu essaies de rétablir le calme parfait pour t'immerger dans le livre, tu allonges les jambes, les replies, les allonges de nouveau. Mais quelque chose a changé depuis hier. Ta lecture n'est plus solitaire : tu penses à la Lectrice qui à ce même moment est en train elle aussi d'ouvrir le livre, et voilà que se superpose au roman à lire, un roman à vivre, la suite de ton histoire avec elle, ou mieux : le début d'une histoire possible. Regarde comme tu as changé depuis hier, toi qui soutenais que tu préférais un livre, cette chose solide, qui est là, bien définie, et dont on peut jouir sans risque, à une expérience vécue, toujours fugace, discontinue, contradictoire. Est-ce que cela veut dire que le livre est devenu un instrument, un canal de communication, un lieu de rencontre ? La lecture n'en aura pas moins de prise sur toi : et même, quelque chose se trouve ajouté à ses pouvoirs.

Ce volume n'a pas été taillé : premier obstacle qui s'oppose à ton impatience. Muni d'un bon coupe-papier, tu t'apprêtes à pénétrer ses secrets. D'une lame décidée, tu pratiques une ouverture

entre le frontispice et le début du premier chapitre.
Et voilà que…

Voilà que dès la première page, tu t'aperçois
que le roman que tu as entre les mains n'a rien à
voir avec celui que tu étais en train de lire hier.

Loin de l'habitat de Malbork

Dès la première page il règne une odeur de friture, ou plus exactement d'oignons, d'oignons revenus, un peu brunis, parce que dans les oignons il y a des nervures qui deviennent violettes puis brunes, le bord surtout, la marge de chaque petit bout coupé menu devient noire avant d'être dorée, c'est le jus d'oignon qui caramélise en passant par une série de nuances olfactives et chromatiques, toutes enveloppées dans l'odeur de l'huile qui frit à feu doux. Huile de colza, est-il spécifié dans le texte, où tout est net et précis, les choses avec leur nomenclature, et les sensations que les choses transmettent, tous les mets cuisant en même temps sur les fourneaux de la cuisine, chacun dans son récipient nommé avec exactitude, les poêles, les plats à rôti, les marmites, ainsi que les opérations que chaque préparation comporte, fariner, monter les œufs en neige, couper les concombres en fines lamelles, larder une poularde pour la faire rôtir. Ici tout est vraiment concret, matériel, indiqué en toute compétence, ou en tout cas, l'impression qui t'est communiquée, Lecteur, est celle de la compétence, même s'il y a des nourritures que tu ne connais pas, indiquées avec leur nom que le traducteur a préféré laisser dans leur langue originale, par exemple, *schoëblintsjia*, mais toi, quand tu lis *schoëblintsjia*, tu peux jurer de l'existence de la *schoëblintsjia,* tu peux percevoir distinctement son goût, même si dans le texte il n'est pas dit de quel goût il s'agit, un goût acidulé, en partie parce que le mot te suggère par ses sonorités ou seulement par son aspect visuel un goût acidulé, en partie parce que dans la symphonie d'odeurs et de saveurs et de mots tu ressens le besoin d'une note acidulée.

En pétrissant la viande hachée sur la farine mélangée avec de l'œuf, les bras rouges et solides de Brigd piquetés de taches de rousseur dorées se couvrent d'une poussière blanche où se collent des fragments de viande crue. Chaque fois que le buste de Brigd descend et remonte sur la table de marbre, les jupons de derrière se soulèvent de quelques centimètres et laissent apercevoir le creux entre le mollet et le biceps fémoral, là où la peau est plus blanche, traversée d'une fine veine bleue. Peu à peu, les personnages prennent corps, grâce à l'accumulation de détails minutieux et de gestes précis, mais aussi de répliques, de morceaux de conversation comme quand le vieux Hunder dit : « Celui de cette année il ne te fait pas sauter comme celui de l'an passé », et quelques lignes plus bas, tu comprends qu'il s'agit du poivron rouge, et « Mais c'est toi qui sautes un peu moins à chaque année qui passe ! » dit la tante Ugurd, en goûtant dans la poêle avec une cuillère en bois et en ajoutant une pincée de cannelle.

À chaque instant, tu découvres qu'il y a un nouveau personnage, on ne sait pas combien nous sommes dans notre cuisine immense, il est inutile de nous compter, nous étions toujours si nombreux, à Kudgiwa, à aller et venir : cela ne fait jamais un compte rond, parce que des noms différents peuvent appartenir au même personnage, indiqué selon les cas par son nom de baptême, par son surnom, par son nom ou son patronyme, mais aussi avec des appellatifs comme « la veuve de Jan », ou comme « le coursier du magasin d'épis de maïs ». Mais ce qui compte, ce sont les détails physiques que le roman souligne, les ongles rongés de Bronko, le duvet sur les joues de Brigd, et les gestes aussi, les ustensiles utilisés par l'un ou par l'autre, l'instrument pour aplatir la viande, pour essorer le cresson, pour faire des coquilles de beurre, de sorte que non seulement chaque personnage reçoit une première définition de ce geste ou de cet attribut, mais qu'on désire aussi en savoir plus, comme si le coquilleur à beurre comportait une première détermination du caractère ou du destin du personnage qui apparaît dans le premier chapitre en manipulant un coquilleur à beurre, et comme si toi, Lecteur, tu te préparais, chaque fois que se présentait ce personnage, à t'exclamer « Ah, mais c'est celui du coquilleur à beurre ! », obligeant ainsi l'auteur à lui attribuer des actes et des événements qui soient dans le ton de ce coquilleur initial.

Notre cuisine de Kudgiwa semblait faite exprès pour qu'à toutes les heures s'y retrouve un grand nombre de personnes chacune désireuse de cuisiner quelque chose pour son propre compte, qui pour écosser des pois chiches, qui pour mettre les tanches à mariner, tous étaient là pour assaisonner, pour cuire ou pour manger quelque chose, certains partaient, d'autres arrivaient, depuis l'aube jusqu'à la nuit avancée, et moi ce matin-là, je me trouvais être descendu de bonne heure, et la cuisine était déjà en pleine activité parce qu'il s'agissait d'un jour différent des autres : la veille au soir, monsieur Kauderer était arrivé avec son fils et il devait repartir ce matin en m'emmenant à sa place. C'était la première fois que je partais de la maison : je devais passer toute la saison dans la propriété de monsieur Kauderer, dans la province de Pëtkwo, jusqu'à la récolte du seigle, pour apprendre le fonctionnement des nouveaux déshydratateurs importés de Belgique pendant que, dans la même période, Ponko, le plus jeune des Kauderer, devait rester chez nous pour acquérir la maîtrise des techniques de greffe du sorbier.

Les odeurs et les bruits habituels de la maison s'agitent autour de moi ce matin comme pour un adieu : tout ce que j'avais connu jusque-là, j'étais sur le point de le perdre, pour une période si longue – c'est du moins ce qu'il me semblait – qu'à mon retour, rien n'aurait plus été comme avant, ni moi non plus je ne serais resté le même. C'est pourquoi mon adieu semblait quasi définitif : à la cuisine, à la maison, aux Knödels de tante Ugurd ;

c'est pourquoi le sens du concret que tu as saisi dans les premières lignes comporte aussi en soi une dimension de perte, le vertige de la dissolution ; et cela aussi tu te rends compte que tu l'avais perçu dès la première page, en Lecteur attentif que tu es, quand tu avais remarqué que même si tu aimais beaucoup la précision de cette écriture, elle te filait, pour ainsi dire, entre les doigts, tu t'es dit que c'était peut-être à cause de la traduction qui a beau être fidèle, mais qui ne restitue certes pas la pleine substance que ces termes doivent avoir dans la langue originale, quelle qu'elle soit. Ainsi, chaque phrase veut te communiquer à la fois la solidité de mon rapport avec la maison de Kudgiwa et le regret de la perdre, et pas seulement : aussi – peut-être ne t'en es-tu pas encore aperçu, mais si tu y repenses, tu vas voir qu'il en va proprement ainsi – l'élan à m'en détacher, à courir vers l'inconnu, à tourner la page, loin de l'odeur acidulée de la *schoëblintsjia*, pour commencer un nouveau chapitre avec de nouvelles rencontres pendant les crépuscules interminables sur l'Aagd, pendant les dimanches à Pëtkwo, pendant les fêtes au Palais du Cidre.

Le portrait d'une fille avec des cheveux noirs coupés court et un visage long était sorti un instant de la petite malle de Ponko, et il l'avait rapidement caché sous sa blouse de toile cirée. Dans la chambre sous le colombier qui avait été la mienne jusque-là, et qui serait désormais la sienne, Ponko commençait à sortir ses affaires, et à les mettre dans les tiroirs que je venais à peine de vider. Je le regardais en silence, assis sur ma petite malle déjà fermée, en remettant machinalement une fermeture qui dépassait parce qu'elle était un peu tordue ; nous ne nous étions pas dit un mot sinon un salut marmonné entre les dents ; je le suivais dans tous ses mouvements en essayant de bien me rendre compte de qui se passait ; un étranger était en train de prendre ma place, il devenait moi, ma cage aux étourneaux devenait la sienne, le stéthoscope, l'authentique casque de lancier pendu à un clou, tout ce qui m'appartenait et que je ne pouvais pas emporter avec moi lui revenait, en fait c'étaient mes rapports avec les choses, les lieux, les personnes, qui devenaient siens, tout comme moi j'allais devenir lui, et prendre sa place entre les choses et les personnes de sa vie.

Cette fille… – Qui est cette fille ? lui demandai-je et avec un geste non calculé je tendis la main pour découvrir et saisir la photographie dans son cadre de bois gravé. C'était une fille différente de celles qu'on trouve ici et qui ont toutes la même face ronde et les tresses couleur semoule. Ce n'est qu'alors que je me mis à penser à Brigd, que je vis en un éclair Ponko et Brigd dansant ensemble à la fête de Saint-Taddeus, Brigd reprisant les gants de laine de Ponko et Ponko offrant à Brigd une martre qu'il aurait capturée avec mon piège. – Lâche ce portrait ! – avait hurlé Ponko et il m'avait saisi les bras avec des doigts de fer. – Lâche-le ! Tout de suite !

« Pour que tu te souviennes de Zwida Ozkart » avais-je eu le temps de lire sur le portrait. – Qui est Zwida Ozkart ?, je n'avais pas fini de poser ma question qu'un coup de poing m'arrivait en pleine figure et que je me jetais poings fermés contre Ponko, nous roulions par terre en essayant de nous tordre les bras, de nous frapper avec les genoux, de nous défoncer les côtes.

Ponko avait des os lourds, ses bras et ses jambes frappaient sec, les cheveux que j'essayais d'attraper pour le renverser formaient une brosse dure comme les poils d'un chien. Alors que nous étions entrelacés, j'eus la sensation que c'était au cours de cette lutte que devait advenir la transformation, et que, après que nous nous serions relevés, il aurait été moi et moi lui, mais peut-être est-ce seulement maintenant que je pense cela, ou peut-être est-ce toi et toi seul lecteur qui es en train de le penser, et pas moi, au contraire dans ce moment me battre avec lui signifiait rester collé à moi-même, à mon passé, pour qu'il ne tombât pas dans ses mains, fût-ce au prix de le détruire, c'était Brigd que je voulais détruire pour qu'elle ne tombât pas dans les mains de Ponko, Brigd de qui je n'avais jamais pensé être amoureux, et je ne le pensais toujours pas, mais avec laquelle une fois, une seule fois, nous nous étions retrouvés à rouler l'un sur l'autre, presque comme avec Ponko maintenant, en nous mordant, sur le tas de tourbe qui se trouve derrière l'étuve, et je sentais à ce moment que j'étais déjà en train de la contester à un Ponko qui devait encore arriver, que je lui contestais Brigd et Zwida à la fois, à l'époque déjà j'essayais d'arracher quelque chose de mon passé pour ne pas le laisser à mon rival, à mon nouveau moi-même aux cheveux de chien, ou alors peut-être j'essayais déjà à l'époque d'arracher du passé de ce moi-même inconnu un secret à annexer à mon passé et à mon futur.

La page que tu es en train de lire devrait rendre ce contact violent, avec ses coups sourds et douloureux, ses ripostes féroces et lancinantes, cette dimension corporelle qui appartient au fait d'agir avec son corps sur le corps d'autrui, au fait de conformer le poids de ses efforts et la précision de sa réceptivité en les adaptant à l'image spéculaire qu'un adversaire nous renvoie comme un miroir. Mais si les sensations que la lecture évoque restent pauvres par rapport à n'importe quelle sensation vécue, c'est aussi parce que ce que j'éprouve alors que j'écrase la poitrine de Ponko sous ma poitrine, ou alors que je résiste à la torsion d'un bras dans mon dos, ce n'est pas la sensation dont j'aurais besoin pour affirmer ce que je veux affirmer, c'est-à-dire, la possession amoureuse de Brigd, de sa chair à la fois ferme et pleine de jeune femme, aussi différente que possible du caractère compact des os de Ponko, ainsi que la possession amoureuse de Zwida, du moelleux déchirant que je prête en imagination à Zwida, la possession d'une Brigd que je sens déjà avoir perdue, et d'une Zwida qui n'a que la consistance incorporelle d'une photographie sous-verre. Dans ce nœud de membres masculins à la fois opposés et identiques, j'essaie en vain d'agripper ces fantasmes féminins qui disparaissent dans leur diversité inatteignable, et en même temps j'essaie de me frapper moi-même, peut-être l'autre moi-même qui est sur le point de prendre ma place dans la maison, ou alors ce moi-même qui est encore plus mien et que je veux soustraire à l'autre, mais ce que je sens appuyer sur moi, c'est seulement le caractère étranger de l'autre, comme si l'autre avait pris ma place et toute autre place, et que j'avais été effacé du monde.

Le monde m'apparut étranger quand, d'une poussée furieuse, je finis par me séparer de mon adversaire et que je me relevais en m'appuyant sur le sol. Ma chambre, étrangère, la malle pour mon voyage, étrangère, la vue depuis la petite fenêtre, étrangère. Je craignais de ne plus pouvoir établir aucun rapport avec rien ni personne. Je voulais aller chercher Brigd mais sans savoir ce que je voulais lui dire ou lui faire, ce que je voulais me pousser à lui dire ou à faire d'elle. Je me dirigeais vers Brigd en pensant à Zwida : je cherchais une figure *bifrons*, une Brigd-Zwida, tout comme moi-même j'étais *bifrons* alors que je m'éloignais de Ponko en essayant en vain d'enlever avec ma salive une tache de sang sur mon costume de velours côtelé – mon sang ou son sang, le sang de mes dents ou du nez de Ponko.

Et *bifrons* comme je l'étais alors, j'entendis et je vis par-delà la porte de la grande salle monsieur Kauderer debout qui prenait devant lui des mesures avec un grand geste horizontal et qui disait : – Et ainsi ils étaient là devant moi, Kauni et Pittö, vingt-deux et vingt-quatre ans, la poitrine déchirée par des balles à loup.

— Mais ça remonte à quand ? demanda mon grand-père. Nous, nous n'en savions rien.

— Avant de partir, nous avons assisté à la fonction du huitième jour.

— Nous on pensait que les choses s'étaient arrangées depuis longtemps entre vous et les Ozkart. Qu'après toutes ces années, vous aviez fini par mettre une croix dessus, sur vos vieilles histoires maudites.

Les yeux sans cils de monsieur Kauderer fixaient le vide, rien ne bougeait sur sa figure de gutta-percha jaune. Entre les Ozkart et les Kauderer, la paix ne dure que d'un enterrement à l'autre. Quant à la croix, c'est sur la tombe de nos morts que nous la mettons, et que nous écrivons : « Voilà ce que nous ont fait les Ozkart. »

— Et vous alors ? demanda Bronko qui n'avait pas sa langue dans la poche.

— Les Ozkart eux aussi écrivent sur leur tombe : « Voilà ce que nous ont fait les Kauderer. » – Puis, se passant un doigt sur les moustaches : – Ici Ponko sera enfin en sécurité.

Ce fut à ce moment que ma mère joignit les mains et dit :

— Sainte Vierge, ce sera dangereux pour notre Gritzvi ? Ils ne s'en prendront pas à lui ?

Monsieur Kauderer secoua la tête mais ne la regarda pas en face : – Ce n'est pas un Kauderer, lui. C'est pour nous qu'il y a du danger, toujours !

La porte s'ouvrit. De l'urine chaude des chevaux dans la cour s'élevait un nuage de vapeur dans l'air glacé de verre. Le garçon avança son visage écarlate et lança : – La voiture est prête !

– Gritzvi ? Où es-tu ? Prêt ? cria grand-père.

Je fis un pas en avant, vers monsieur Kauderer qui boutonnait son pardessus en velours.

III

Les plaisirs que réserve l'usage du coupe-papier sont tactiles, auditifs, visuels et surtout mentaux. L'avancée dans la lecture est précédée d'un geste qui traverse la solidité matérielle du livre pour te permettre d'accéder à sa substance incorporelle. Pénétrant depuis le bas entre les pages, la lame remonte d'un coup en ouvrant la fente verticale au fil d'une succession fluide de coupes qui frappent une à une les fibres et les fauchent – c'est avec un craquement joyeux et amical que le bon papier accueille le premier visiteur, craquement qui annonce toutes ces fois où le vent ou le regard feront tourner ces pages ; la pliure horizontale oppose une plus grande résistance, surtout si elle est double, parce qu'elle exige un geste de revers qui n'a rien d'aisé, et le son est alors celui d'une lacération étouffée, avec des notes plus sombres. La marge des feuilles se déchire en révélant son tissu filamenteux ; un copeau subtil – appelé « frisure » – s'en détache, doux à la vue comme de l'écume de mer sur la crête d'une vague. S'ouvrir un passage dans la barrière des pages au fil de l'épée s'associe à la pensée de tout ce que la parole renferme et cache : tu te fraies un chemin dans la lecture comme dans un bois touffu.

Le roman que tu es en train de lire voudrait te présenter un monde matériel, dense, minutieux. Immergé dans la lecture, tu déplaces machinalement le coupe-papier dans l'épaisseur du volume : pour ce qui concerne la lecture, tu n'as pas encore atteint la fin du premier chapitre, mais pour ce qui est de la coupe, tu es bien plus avancé. Et voilà que, au moment où ton attention est au plus haut, tu tournes une page à la moitié d'une phrase décisive, et tu te retrouves face à deux pages blanches.

Tu es abasourdi, tu contemples ce blanc cruel comme une blessure, espérant presque qu'un trouble de ta vision t'ait porté à projeter une tache de lumière sur le livre, de laquelle peu à peu tu ne tarderas pas à effleurer à nouveau le rectangle zébré de caractères d'encre. Non, vraiment, c'est une candeur intacte qui règne sur les deux pages qui se font face. Tu tournes encore une page et tu trouves deux feuillets imprimés comme il se doit. Tu continues à feuilleter le livre ; deux pages blanches alternent avec deux pages imprimées. Blanches ; imprimées ; blanches ; imprimées ; et ainsi de suite jusqu'à la fin. Les feuilles ont été imprimées d'un seul côté ; puis elles ont été pliées et reliées comme si elles étaient complètes.

Et voilà comment ce roman si intensément traversé de sensations se présente tout à coup à toi comme déchiré d'abîmes sans fond, comme si l'ambition de restituer la plénitude vitale finissait par révéler le vide qui la sous-tend. Tu essaies de sauter les lacunes, de reprendre l'histoire en t'accrochant au bout de prose qui vient après, effrangé lui aussi comme la marge des feuilles séparées par le coupe-papier. Tu ne t'y retrouves plus : les personnages ont changé, les milieux, tu ne comprends plus de quoi il est question, tu tombes sur des noms de personnes dont tu ne sais pas qui ils sont : Hela, Casimir. Tu es saisi par le doute qu'il s'agit d'un autre livre, peut-être le vrai roman polonais, *Loin de l'habitat de Malbork*, tandis que le début que tu as lu pourrait appartenir à un autre livre encore, dieu sait lequel.

Tu avais déjà eu l'impression que les noms n'avaient pas l'air spécialement polonais : Brigd, Gritzvi. Tu as un bon atlas, très détaillé, tu vas chercher dans l'index des noms : Pëtkwo, qui devrait être un centre important, et Aagd, qui pourrait être un fleuve ou un lac. Tu les retrouves dans une plaine du Nord perdue que les guerres et les traités de paix ont attribuée successivement à des États différents. Peut-être à la Pologne aussi ? Tu consultes une encyclopédie, un atlas historique ; non, la Pologne n'a rien à faire là-dedans ; cette zone, entre les deux guerres, constituait un État indépendant : la Chimmérie, capitale Örkko, langue nationale, le chimmérien, qui appartient à la souche botno-ougrienne. L'entrée « Chimmérie » de l'encyclopédie s'achève sur des phrases peu consolantes : « Dans les partages territoriaux qui suivirent, entre ses voisins puissants, la jeune nation ne tarda pas à être effacée de la carte géographique, la population autochtone fut dispersée ; la langue et la culture chimmériennes ne connurent aucun développement. »

Il te tarde de retrouver la Lectrice, de lui demander si sa copie aussi est comme la tienne, de lui communiquer tes conjectures, les informations que tu as glanées... Tu cherches dans ton cahier le numéro que tu as inscrit à côté de son nom quand vous vous êtes présentés.

– Allô, Ludmilla ? Vous avez vu qu'il s'agit d'un autre roman, mais celui-là aussi, du moins mon exemplaire ?...

La voix à l'autre bout du fil est dure, légèrement ironique. – Non, écoutez, je ne suis pas Ludmilla. Je suis Lotaria, sa sœur. (Effectivement elle te l'avait dit : « Si je ne réponds pas, ma sœur sera là. ») Ludmilla n'est pas là. Pourquoi ? Que vouliez-vous ?

– C'était juste pour lui parler d'un livre... ça ne fait rien, je rappellerai.

– Un roman ? Ludmilla est toujours plongée dans un roman. C'est qui l'auteur ?

– Eh bien, c'est censé être un roman polonais qu'elle est en train de lire elle aussi, c'était pour échanger nos impressions, c'est le Bazakbal.

– Un roman polonais comment ?

– Ben, moi il ne me semble pas trop mal...

Mais non, tu n'as pas compris. Lotaria veut connaître la position de l'auteur par rapport aux Tendances De La Pensée Contemporaine et aux Problèmes Qui Exigent Une Solution. Pour te faciliter la tâche elle te suggère une liste de noms de Grands Maîtres parmi lesquels tu devrais le situer.

Tu éprouves la même sensation que lorsque le coupe-papier a ouvert devant tes yeux les pages blanches.

– Je ne saurais pas vous dire exactement. Voyez-vous je ne suis même pas sûr du titre ni de l'auteur. Ludmilla vous expliquera, c'est une histoire un peu compliquée.

– Ludmilla lit un roman après l'autre, mais elle n'expose jamais clairement les problèmes. À mon avis, c'est une grande perte de temps. Ça ne vous fait pas cette impression ?

Si tu commences à discuter, elle ne va plus te lâcher. Ça y est : elle t'invite à un séminaire à l'université où les livres sont analysés selon tous les codes conscients et inconscients et où tous les tabous qu'imposent le Sexe, la Classe et la Culture Dominants sont levés.

– Est-ce que Ludmilla y va aussi ?

Non, il semble que Ludmilla ne se mêle pas des activités de sa sœur. En revanche, Lotaria compte sur ta participation.

Tu préfères ne pas te compromettre : – Je vais voir, j'essaierai de faire un saut, je ne peux rien vous promettre. Mais si vous voulez bien avoir la gentillesse de dire à votre sœur que j'ai téléphoné. Sinon ce n'est pas grave, je rappellerai. Merci beaucoup. – Ça suffit comme ça. Allez, raccroche.

Mais Lotaria te retient. – Écoutez, il est inutile de rappeler ici, Ludmilla n'habite pas ici, c'est chez moi. Ludmilla donne mon numéro aux personnes qu'elle connaît mal, elle dit que je sers à les tenir à distance…

Tu es blessé. Une autre douche froide : le livre qui semblait si prometteur s'interrompt ; ce numéro de téléphone dont tu croyais qu'il serait le début de quelque chose est une voie sans issue, et il y a cette Lotaria qui prétend te soumettre à un examen…

– Ah, je comprends… Excusez-moi, alors.

– Allô ? Ah, c'est vous, le monsieur que j'ai rencontré dans la librairie ? Une voix différente, la *sienne*, s'est emparée du téléphone.

– Oui, c'est Ludmilla. Vous aussi, les pages blanches ? Il fallait s'y attendre. Encore un piège. Juste maintenant que je commençais à me passionner, que je voulais continuer à lire les aventures de Ponko, de Gritzvi…

Tu es tellement content que tu n'arrives plus à dire un mot.

Tu dis : – Zwida…

– Quoi ?

– Oui, Zwida Ozkart ! Je serais content de savoir ce qui se passe entre Gritzvi et Zwida Ozkart… Est-ce vraiment le genre de roman qui vous plaît ?

Une pause. Et puis la voix de Ludmilla reprend lentement, comme si elle essayait d'exprimer quelque chose de difficile à définir : – Oui, c'est vrai, il me plaît beaucoup… Mais je voudrais aussi que les choses que je lis ne soient pas données tout d'un bloc, solides comme si on pouvait les toucher, j'aimerais mieux qu'on sente autour d'elles la

67

présence de quelque chose d'autre dont on ignore encore la nature, le signe de je-ne-sais-quoi…

– Ah oui, en ce sens-là, moi aussi…

– En même temps, je ne dis pas, car ici aussi, il y a bien un élément de mystère…

Et toi : – Bon, écoutez, pour moi le mystère se ramène à ça : il s'agit d'un roman chimmérien, oui, chim-mé-rien, et en aucune façon d'un roman polonais, l'auteur et le titre ne doivent pas être les bons. Vous n'avez rien compris ? Attendez que je vous explique. La Chimmérie, 340 000 habitants, capitale Örkko, ressources principales : tourbe et dérivés, composés bitumineux. Non tout cela, on ne le trouve pas dans le roman…

Une pause de silence, de ton côté comme du sien. Ludmilla a peut-être recouvert le combiné avec sa main pour consulter sa sœur. Elle est sans doute capable d'avoir des idées bien nettes sur la Chimmérie celle-là. Dieu seul sait ce qu'elle va te sortir ; fais gaffe.

– Allô Ludmilla…

– Allô.

Ta voix se fait chaude, insinuante, pressante : – Écoutez, Ludmilla, j'ai besoin de vous voir, nous devons parler de ces choses, de ces circonstances coïncidences discordances. Je voudrais vous voir tout de suite, là où vous êtes, là où nous pourrons nous rencontrer sans que cela vous dérange, je n'ai qu'à faire un saut et j'arrive.

Et elle, toujours calme : – Je connais un professeur qui enseigne la littérature chimmérienne à l'université. Nous pourrions aller lui demander un avis. Attendez que je l'appelle pour lui demander quand il peut nous recevoir.

Te voilà à l'université, Ludmilla a annoncé au professeur Uzzi-Tuzii votre visite, dans son institut. Au téléphone, le professeur s'est montré très content de se mettre à la disposition de ceux qui sont intéressés par les auteurs chimmériens.

Tu aurais préféré retrouver Ludmilla quelque part un peu avant, passer par exemple la prendre chez elle pour l'accompagner à l'Université. Tu le lui as proposé au téléphone, mais elle a dit non, pas besoin que tu te déranges, à cette heure-là elle sera déjà dans le quartier, pour d'autres affaires. Tu as insisté en disant que tu n'avais pas l'habitude, que tu avais peur de te perdre dans les labyrinthes de l'Université ; est-ce qu'il ne vaudrait pas mieux se rencontrer dans un café, un quart d'heure avant ? Mais là-dessus non plus, elle n'était pas d'accord : vous deviez vous voir directement là-bas, « au département de langues botno-ougriennes », tout le monde sait où c'est, il n'y a qu'à demander. Tu as maintenant compris que Ludmilla, sous ses airs doux, aime prendre en main les situations et décider de tout : il ne te reste qu'à la suivre.

Tu arrives à l'heure à l'Université, tu te fraies un chemin entre des garçons et des filles assis sur les escaliers, tu te retournes égaré parmi ces murs austères que les mains des étudiants ont légendés d'écritures majuscules exorbitantes et de graffitis minutieux tout comme les hommes des cavernes avaient ressenti le besoin de le faire sur les froides parois des grottes pour en maîtriser l'angoissante étrangeté minérale, pour se familiariser avec elles, pour les reverser dans leur espace intérieur et les annexer au caractère physique de leur vécu. Lecteur, je te connais trop peu pour savoir si tu te meus avec une assurance indifférente à l'intérieur d'une université, ou si des anciens traumatismes ou des choix médités ont fait qu'un univers d'étudiants et de professeurs studieux apparaisse comme un cauchemar à ton âme sensible et sensée. Quoi qu'il en soit, personne ne connaît l'Institut que tu cherches, on te renvoie du sous-sol au quatrième étage, aucune porte que tu ouvres n'est la bonne, tu te retires penaud, tu as l'impression de t'être perdu dans le livre des pages blanches et de ne pas réussir à en sortir.

Un jeune homme dégingandé portant un long pull-over vient vers toi. À peine t'a-t-il aperçu qu'il pointe un doigt vers toi et dit : – Toi tu attends Ludmilla !

– Comment le savez-vous ?

– Je l'ai compris. Il me suffit d'un coup d'œil.

– C'est Ludmilla qui vous envoie ?

– Non, mais moi je traîne toujours un peu partout, je rencontre quelqu'un, et puis je rencontre quelqu'un d'autre, j'entends et je vois une chose ici et puis une autre là, et il m'est naturel de les relier.

– Vous savez aussi où je dois me rendre ?

– Si tu veux, je t'accompagne chez Uzzi-Tuzii. De deux choses l'une : ou Ludmilla est déjà là-bas depuis un petit bout de temps, ou elle va arriver en retard.

Ce jeune homme tellement exubérant et si bien informé s'appelle Irnerio. Tu peux le tutoyer vu qu'il a commencé à le faire.

– Tu es un élève du professeur ?

– Je ne suis un élève de rien. Je sais où c'est parce que j'allais y chercher Ludmilla.

– Alors, c'est Ludmilla qui fréquente l'Institut ?

– Non, Ludmilla a toujours cherché des endroits où se cacher.

– De qui ?

– Bof, de tout le monde.

Les réponses d'Irnerio sont toujours un peu vagues, mais on dirait que c'est surtout sa sœur que Ludmilla cherche à éviter. Si elle n'a pas été ponctuelle au rendez-vous, c'est pour ne pas croiser Lotaria dans les couloirs car cette dernière a son séminaire à la même heure.

Mais tu as l'impression quant à toi que cette incompatibilité entre les sœurs connaît quelques exceptions, au moins pour ce qui est du téléphone. Tu devrais faire parler un peu plus cet Irnerio, voir s'il en sait autant qu'il le prétend.

– Mais toi, tu es ami avec Ludmilla ou avec Lotaria ?

– Avec Ludmilla bien sûr. Mais j'arrive aussi à parler avec Lotaria.

– Elle ne critique pas les livres que tu lis ?

– Moi ? Mais moi je ne lis pas de livres ! dit Irnerio.

– Qu'est-ce que tu lis alors ?

– Rien. Je me suis si bien habitué à ne rien lire que je ne lis même pas ce qui me tombe sous les yeux par hasard. Ce n'est pas facile : on nous apprend à lire dès l'enfance et après on reste esclave toute sa vie de tous ces trucs écrits qu'on nous balance sous les yeux. Peut-être ai-je fait moi-même un certain effort, au début, pour apprendre à ne pas lire, mais maintenant ça me vient vraiment naturellement. Le secret, c'est de ne pas refuser de regarder les mots écrits, au contraire, il faut les regarder intensément jusqu'à ce qu'ils disparaissent.

Les yeux d'Irnerio ont une large pupille claire et espiègle ; ce sont des yeux auxquels rien ne semble échapper, comme ceux d'un indigène de la forêt qui s'adonne à la chasse et à la cueillette.

— Mais qu'est-ce que tu viens faire à l'Université, tu veux bien me le dire ?

— Et pourquoi donc ne devrais-je pas y venir ? Il y a du mouvement, on rencontre des gens, on discute. Moi je viens pour ça, les autres je ne sais pas.

Tu essaies de te représenter comment peut apparaître le monde, ce monde bourré d'écritures qui nous cernent de toutes parts, à quelqu'un qui a appris à ne pas lire. Et en même temps, tu te demandes quels liens peuvent exister entre la Lectrice et le Non-Lecteur, et tout à coup, il te semble que c'est précisément la distance qui les sépare qui les réunit et tu ne peux réprimer un sentiment de jalousie.

Tu voudrais encore interroger Irnerio, mais vous êtes arrivés, en gravissant un escalier latéral, à une porte basse où se trouve affiché le nom « Institut des Langues et Littératures botno-ougriennes ».

Irnerio frappe avec force, te dit « Salut » et te laisse là.

La porte s'entrouvre avec difficulté. À voir les taches de plâtre sur le montant de la porte, et la casquette qui se montre par-dessus le bleu de travail fourré en mouton, il te semble que l'Institut est fermé pour travaux, et qu'il ne s'y trouve qu'un peintre en bâtiment ou une personne qui vient pour faire le ménage.

– C'est ici que je peux trouver le professeur Uzzi-Tuzii ?

Le regard qui acquiesce de dessous la casquette est différent de celui que tu pouvais attendre d'un peintre en bâtiment : ce sont les yeux de quelqu'un qui se prépare à sauter par-dessus un précipice et se projette mentalement sur l'autre rive en regardant droit devant lui pour éviter de regarder en bas et sur les côtés.

– C'est vous ? demandes-tu alors que tu as compris qu'il ne peut s'agir de personne d'autre que lui.

Le petit homme n'ouvre pas davantage la porte.
– Que voulez-vous ?

– Excusez-moi, c'était pour un renseignement... Nous vous avions téléphoné... Mademoiselle Ludmilla... Est-ce que mademoiselle Ludmilla est ici ?

– Ici il n'y a aucune mademoiselle Ludmilla..., dit le professeur en reculant, et il indique les rayonnages serrés contre les murs, les noms et les titres illisibles sur les dos et les couvertures, comme une haie épineuse sans la moindre ouverture. Pourquoi la cherchez-vous chez moi ? – Et pendant que tu te souviens de ce que disait Irnerio, que Ludmilla venait ici pour se cacher, Uzzi-Tuzii semble te faire voir d'un geste combien son bureau est exigu, comme s'il voulait te dire : « Allez-y, cherchez, si vous croyez qu'elle est là », comme s'il ressentait le besoin de se défendre du soupçon qu'il pourrait cacher Ludmilla à l'intérieur.

– Nous devions venir ici ensemble, dis-tu pour que tout soit clair.

– Alors pourquoi n'est-elle pas avec vous ? réplique Uzzi-Tuzii, et cette remarque, si logique soit-elle, est également formulée sur un ton soupçonneux.

– Elle ne va pas tarder…, dis-tu avec assurance, mais avec un accent qui est presque interrogatif, comme si tu demandais à Uzzi-Tuzii une confirmation des habitudes de Ludmilla, dont tu ne sais rien alors que lui pourrait en savoir beaucoup plus.

– Monsieur le professeur, vous connaissez Ludmilla, n'est-ce pas ?

– Je connais… Pourquoi me demandez-vous… Que voulez-vous savoir… – il s'énerve. – Vous vous intéressez à la littérature chimmérienne ou… – et il semble vouloir dire « ou bien à Ludmilla ? » mais il ne finit pas sa phrase ; et toi, pour être honnête, tu devrais répondre que tu ne parviens plus à distinguer ton intérêt pour le roman chimmérien de celui pour la Lectrice dudit roman. Et puis maintenant les réactions du professeur au nom de Ludmilla, ajoutées aux confidences d'Irnerio jettent des lueurs mystérieuses qui créent autour de la Lectrice une curiosité inquiète qui n'est pas sans rappeler celle qui te lie à Zwida Ozkart, dans le roman dont tu cherches la suite, et aussi à madame Marne dans le roman que tu avais commencé à lire le jour précédent et que tu as mis de côté temporairement, et te voilà lancé à la poursuite de toutes ces ombres à la fois, celles de l'imagination et celles de la vie.

– Je voulais... nous voulions vous demander s'il y a un auteur chimmérien qui...

– Asseyez-vous, dit le professeur, soudain calmé, ou mieux, saisi d'une anxiété plus stable et obstinée qui reprend le dessus et dissout toutes les angoisses contingentes et passagères.

La pièce est étroite, les murs sont couverts d'étagères, et il y a, en plus, une étagère qui, n'ayant pas trouvé un endroit où s'appuyer, est là, en plein milieu de la pièce et coupe en deux cet espace exigu, de sorte que le bureau du professeur et la chaise sur laquelle tu es assis sont séparés par une sorte de tringle, et que vous devez tendre le cou pour vous voir.

– On nous a relégués dans cette espèce de soupente... L'Université s'agrandit, et nous on rétrécit... Nous sommes la cendrillon des langues vivantes... Si on peut encore considérer le chimmérien comme une langue vivante. Mais c'est justement là toute sa valeur ! s'exclame-t-il avec un brusque mouvement d'affirmation qui s'estompe aussitôt, – le fait d'être une langue moderne et une langue morte en même temps... Condition privilégiée, même si personne ne s'en aperçoit.

– Vous n'avez pas beaucoup d'étudiants ?

– Qui est-ce que vous voulez que ça intéresse ? Qui est-ce que vous voulez qui se souvienne encore des Chimmériens ? Dans le champ des langues opprimées il y en a beaucoup actuellement qui sont plus attirantes… le basque… le breton… le tzigane… Ils s'inscrivent tous là… Non pas qu'ils veuillent étudier la langue, ça, ça n'intéresse plus personne. Ce qu'ils veulent, ce sont des problèmes dont ils pourront discuter, des idées générales à rattacher à d'autres idées générales. Mes collègues s'adaptent, ils suivent le courant, ils intitulent leurs cours « Sociologie du gallois », « Psycholinguistique de l'occitan ». Avec le chimmérien, ce n'est pas possible.

– Et pourquoi ?

– Les Chimmériens ont disparu, comme si la terre les avait engloutis. – Il secoue la tête comme pour reprendre toute sa patience et redire ce qu'il a dû dire une centaine de fois. – Vous êtes dans un Institut mort d'une littérature morte qui est écrite dans une langue morte. Pourquoi donc devrait-on étudier le chimmérien aujourd'hui ? Je suis le premier à le dire, le premier à le comprendre : si vous ne voulez pas venir, ne venez pas, pour ce qui me concerne, l'Institut pourrait aussi bien fermer. Mais venir ici pour faire… Non, cela, c'est trop.

– Mais pour faire quoi ?

– Tout, je dois tout avaler. Pendant des semaines, personne ne vient, mais quand quelqu'un arrive, c'est pour faire des choses qui… Vous pourriez bien ne pas vous en occuper, comme je leur dis, qu'est-ce qui peut vous intéresser dans ces livres écrits dans la langue des morts ? Mais non, ils le font exprès, on va en botno-ougriennes, disent-ils, on va chez Uzzi-Tuzii, et voilà que moi aussi, je me retrouve au milieu de tout cela, forcé à voir, à participer...

– À quoi ? – tu vas à la pêche, en pensant à Ludmilla qui venait ici, qui se cachait ici, peut-être avec Irnerio et avec d'autres...

– À tout... Il y a peut-être quelque chose qui les attire, cette incertitude entre la vie et la mort, c'est peut-être cela qu'ils perçoivent, sans vraiment comprendre. Ils viennent ici faire ce qu'ils font, mais ils ne s'inscrivent pas, ils ne vont pas suivre les cours, il n'y a jamais personne pour s'intéresser à la littérature des Chimmériens, ensevelie dans les livres de ces étagères comme dans les tombes d'un cimetière.

– Ben moi, justement, j'étais intéressé... J'étais venu pour vous demander s'il existe un roman chimmérien qui commence... Non, il vaut mieux tout de suite que je vous dise le nom des personnages : Gritzvi et Zwida, Ponko et Brigd ; l'action commence à Kudgiwa, mais c'est peut-être seulement le nom d'une propriété, et puis je crois qu'elle se déplace à Pëtkwo, sur l'Aagd...

– Oh, rien de plus facile ! – s'exclame le professeur, et en une seconde il se libère des brumes hypocondriaques et s'illumine comme une ampoule. – Il s'agit sans le moindre doute de *Au bord de la côte à pic*, le seul roman laissé par un des poètes chimmériens les plus prometteurs du

premier quart de ce siècle, Ukko Ahti... Le voici !
– et comme un poisson bondit pour remonter le
courant, il se dirige vers un point précis des étagères, se saisit d'un mince volume relié de vert et
le secoue pour faire voler la poussière. – Il n'a
jamais été traduit dans aucune autre langue. Les
difficultés sont en effet de nature à décourager
n'importe quelle tentative. Jugez plutôt : « je suis
en train d'adresser la conviction ». Non : « Je suis
en train de me convaincre moi-même de l'acte de
transmettre... » Vous aurez remarqué que les deux
verbes sont au fréquentatif...

Il t'apparaît immédiatement que ce livre n'a
aucun rapport avec celui que tu avais commencé.
Seuls quelques noms propres sont les mêmes,
détail à coup sûr fort curieux, mais sur lequel tu
n'as pas le temps de t'attarder, parce que, au fur et
à mesure de la traduction laborieuse qu'improvise
Uzzi-Tuzii, le dessin d'une aventure prend forme,
et que, au travers du déchiffrement poussif de ces
grumeaux verbaux, un récit émerge et se déploie.

Au bord de la côte à pic

Je suis en train de me convaincre que le monde veut me dire quelque chose, m'envoyer des messages, des avertissements, des signaux. C'est depuis que je suis à Pëtkwo que je m'en suis aperçu. Tous les matins, je sors de la pension Kudgiwa pour ma promenade habituelle jusqu'au port. Je passe devant l'observatoire météorologique et je pense à la fin du monde qui s'approche, et qui est même en acte depuis longtemps. Si la fin du monde pouvait être localisée en un point précis, ce serait l'observatoire météorologique de Pëtkwo : un toit de tôle ondulée appuyé sur quatre pieux en bois un peu branlants qui protège, alignés sur une planche, des baromètres enregistreurs, des hygromètres, des thermographes, avec leurs rouleaux de papier millimétré qui tournent avec un tic-tac d'horlogerie contre une plume oscillante. La girouette d'un anémomètre au sommet d'une haute antenne et l'entonnoir grossier d'un pluviomètre complètent l'équipement fragile de l'observatoire, qui a tout l'air, isolé sur le bord d'un talus du jardin muni-

cipal, contre le ciel gris perle uniforme et immobile, d'un piège pour cyclones, d'un appât posé
là pour attirer les tornades venues des lointains
océans tropicaux, et s'offrant déjà comme une
épave idéale à la furie des ouragans.

Certains jours, chaque chose que je vois me
semble chargée de significations : des messages qu'il me serait difficile de communiquer à
d'autres, de définir, de traduire en mots, mais qui,
pour cette raison même, m'apparaissent comme
décisifs. Ce sont des annonces ou des présages qui
concernent à la fois moi et le monde : et pour ce
qui me concerne, ils ne portent pas sur les événements extérieurs de mon existence, mais sur ce
qui arrive à l'intérieur, au fond ; quant au monde,
non pas un fait particulier, mais la manière générale d'être de tout. Vous comprendrez donc qu'il
m'est bien difficile d'en parler, sauf par allusions.

Lundi. Aujourd'hui j'ai vu une main sortir
d'une fenêtre de la prison, côté mer. Je marchais
sur la jetée du port, comme à mon habitude, et
j'étais arrivé derrière la vieille forteresse. La forteresse est toute refermée dans ses murs obliques ;
les fenêtres, que défendent des doubles ou triples
grilles, semblent obturées. Tout en sachant que
des prisonniers s'y trouvent enfermés, j'ai toujours vu la forteresse comme un élément inerte,
relevant du règne minéral. C'est pourquoi l'apparition de la main m'a surpris comme si elle était
sortie de la roche. La main n'était pas dans une
position naturelle ; je suppose que les fenêtres se

trouvent en hauteur dans les cellules et enfoncées dans les murailles ; il a fallu que le prisonnier accomplît un effort d'acrobate, ou de contorsionniste, et qu'il fît passer son bras entre une grille et l'autre pour pouvoir agiter sa main à l'air libre. Il ne s'agissait pas du geste d'un prisonnier qui s'adresserait à moi, ou à quelqu'un d'autre ; en tout cas je ne l'ai pas pris ainsi ; au contraire, sur le moment je n'ai même pas pensé aux prisonniers ; je dirai que la main m'a semblé blanche et fine, une main qui n'était pas différente des miennes, où rien n'indiquait la grossièreté qu'on pourrait attendre d'un prisonnier. Pour moi, c'était comme un signe qui venait de la pierre ; la pierre voulait m'avertir que nous partagions la même substance et que, pour cette raison, quelque chose de ce qui constitue ma personne serait resté, ne se serait pas perdu avec la fin du monde : une communication sera encore possible dans le désert dont toute vie sera supprimée, dont ma vie et tout souvenir de moi seront supprimés. Je rapporte les premières impressions que j'ai enregistrées, ce sont celles qui comptent.

Aujourd'hui je suis arrivé au belvédère sous lequel on aperçoit un petit bout de plage, en bas, déserte, face à la mer grise. Les fauteuils en osier, dont les hauts dossiers sont recourbés comme un panier pour protéger du vent, disposés en demi-cercle, semblaient indiquer un monde où le genre humain a disparu, où les choses ne savent parler que de son absence. J'ai eu comme un vertige, comme si je ne cessais de tomber d'un monde à l'autre et que, dans l'un comme dans l'autre, j'arrivais peu après que la fin du monde avait eu lieu.

Je suis repassé par le belvédère après une demi-heure. D'un fauteuil qui se présentait à moi de dos flottait un ruban lilas. Je suis descendu par le sentier abrupt du promontoire, jusqu'à une terrasse d'où le point de vue change : comme je m'y attendais, assise dans un de ces paniers, complètement cachée par les abris en osier, mademoiselle Zwida était là avec son chapeau de paille blanc, son album à dessin ouvert sur ses genoux ; elle copiait un coquillage. Je n'ai pas été content de l'avoir vue ; les signes contraires de ce matin me déconseillaient d'entamer la conversation ; cela fait bien une vingtaine de jours que je la rencontre seule lors de mes promenades sur les rochers et sur les dunes, et je n'ai pas d'autre désir que de pouvoir lui adresser la parole ; en fait, c'est dans cette intention que je descends chaque jour de ma pension, mais chaque jour quelque chose m'en dissuade.

Mademoiselle Zwida séjourne à l'hôtel du Lys de Mer ; j'avais été m'enquérir de son nom auprès du portier ; peut-être l'a-t-elle su, il y a très peu de vacanciers en cette saison à Pëtkwo ; quant à ceux qui sont jeunes, on peut les compter sur les doigts de la main ; en me rencontrant aussi souvent elle s'attend peut-être à ce qu'un jour je finisse par lui adresser un salut. Les raisons qui s'opposent à une rencontre possible entre nous sont nombreuses. Pour commencer, mademoiselle Zwida ramasse et dessine des coquillages ; moi j'ai eu une belle collection de coquillages il y a des années ; quand j'étais adolescent, mais ensuite j'ai laissé tomber et j'ai tout oublié : classifications, morphologie, distribution géographique des différentes espèces ; une conversation avec mademoiselle Zwida me porterait inévitablement à parler des coquillages, et je ne sais pas me décider sur la conduite à prendre : si je dois feindre une incompétence absolue ou bien faire appel à une expérience lointaine et restée dans le vague ; le sujet des coquillages m'oblige à prendre en considération mon rapport à cette vie faite de choses que je n'ai pas su porter à terme et que j'ai à moitié effacées ; d'où le malaise qui finit par me faire fuir.

À quoi s'ajoute le fait que l'application avec laquelle cette jeune fille se consacre à dessiner des coquillages indique en elle une recherche de la perfection comme forme que le monde peut et doit rejoindre ; alors que moi je suis convaincu depuis longtemps que la perfection ne se produit que de manière accessoire et par hasard ; et qu'elle ne mérite aucun intérêt, la véritable nature des choses ne se révèle que dans la débâcle ; en m'approchant de mademoiselle Zwida, je devrais donc formuler quelque appréciation sur ses dessins – d'une qualité d'ailleurs extrêmement fine, pour ce que j'ai pu en voir, – et donc, feindre, au moins dans un premier temps, de consentir à un idéal esthétique et moral que je refuse ; ou bien déclarer d'emblée ma manière de sentir, avec le risque de la blesser.

Troisième obstacle, mon état de santé, qui, s'il s'est considérablement amélioré à cause du séjour marin auquel m'ont obligé les médecins, conditionne mes possibilités de sortir et de rencontrer des étrangers ; je suis encore sujet à des crises intermittentes et surtout à de nouvelles flambées d'un pénible eczéma qui m'éloigne de toute tentation de sociabilité.

J'échange de temps à autre quelques mots avec le météorologue, monsieur Kauderer, quand je le rencontre à l'observatoire. Monsieur Kauderer passe toujours à midi pour relever les données. C'est un homme long et sec, au visage sombre, un peu comme un Indien d'Amérique. Il arrive à bicyclette en regardant droit devant lui, comme s'il avait besoin de toute sa concentration pour rester droit sur sa selle. Il pose sa bicyclette contre l'abri, décroche un sac attaché au guidon et il en tire un registre aux pages larges et courtes. Il monte sur les marches de l'estrade et inscrit les chiffres que lui fournissent les instruments, certains au crayon, d'autres avec un gros stylographe, sans relâcher une seconde sa concentration. Il porte des pantalons de zouave sous un long pardessus ; tous ses vêtements sont gris ou à carreaux noirs et blancs, jusqu'à sa casquette à visière. Ce n'est qu'après avoir mené toutes ces opérations à terme qu'il s'aperçoit que je suis là à l'observer et qu'il me salue avec affabilité.

Je me suis rendu compte que la présence de monsieur Kauderer est importante pour moi : le fait que quelqu'un fasse encore montre de tant de scrupule et d'une attention si méthodique, alors même que je sais que tout cela est inutile, a sur moi un effet tranquillisant, peut-être parce que cela compense ma manière imprécise de vivre, que – malgré les conclusions auxquelles je suis parvenu, – je continue à ressentir comme une faute. C'est pourquoi je m'arrête pour regarder le météorologue, et que je vais jusqu'à discuter avec lui, même si ce n'est pas la conversation en elle-même qui m'intéresse. Il me parle du temps, naturellement, avec des termes techniques circonstanciés, et des effets sur la santé des différences de pression atmosphérique, mais aussi des temps instables dans lesquels nous vivons, en citant comme exemples des épisodes de la vie locale ou des nouvelles lues dans les journaux. Dans ces moments-ci, il révèle un caractère moins obtus que ce qu'il semble à première vue, il finit même par s'enflammer et devenir verbeux, surtout pour désapprouver les manières d'agir et de penser de la majorité des gens, parce qu'il s'agit d'un homme porté au mécontentement.

Aujourd'hui monsieur Kauderer m'a dit qu'ayant le projet de s'absenter pendant quelques jours, il devrait trouver quelqu'un qui puisse le remplacer pour relever les données, mais qu'il ne connaît personne en qui il puisse avoir confiance. Et ainsi, au fil de la conversation il en est venu à me demander si cela ne m'intéresserait pas d'apprendre à lire les instruments météorologiques, auquel cas il m'aurait appris à le faire. Je ne lui ai répondu ni oui ni non, ou du moins je n'ai pas eu l'intention de lui donner une réponse précise, mais je me suis retrouvé à ses côtés sur l'estrade pendant qu'il m'expliquait comment établir le maximum et le minimum et l'avancement de la pression, la quantité des précipitations, la vitesse des vents. En bref, sans m'en rendre compte, il m'a confié la charge de prendre sa place pendant les prochains jours, à partir du lendemain midi. Quand bien même mon acceptation aurait été un peu forcée, puisque je n'avais pas eu le temps de réfléchir, ni de faire comprendre que je ne pouvais pas me décider comme ça de but en blanc, cette responsabilité ne m'a pas déplu.

Mardi. Ce matin j'ai parlé pour la première fois avec mademoiselle Zwida. La charge de relever les données météorologiques a certes joué un rôle dans le fait que j'ai surmonté mes incertitudes. Au sens où, pour la première fois pendant mes journées à Pëtkwo, quelque chose était fixé à l'avance à quoi je ne pouvais faire défaut ; et en conséquence, quelque tour qu'aurait pris notre conversation, à midi moins le quart j'aurais dit : « Ah, j'oubliais, il faut que j'aille vite à l'observatoire parce que c'est l'heure des relevés. » Et j'aurais pris congé, peut-être à contrecœur, peut-être soulagé, mais quoi qu'il en soit, avec la certitude que je ne pouvais pas faire autrement. Je crois que j'avais déjà compris hier de manière confuse, quand monsieur Kaude-rer m'a fait sa proposition, que cette charge allait m'encourager à parler à mademoiselle Zwida : mais c'est seulement maintenant que cette chose m'apparaît clairement, si jamais elle a été claire.

Mademoiselle Zwida dessinait un oursin. Elle

était assise sur un tabouret pliant, sur le môle. L'oursin était renversé sur un rocher, ouvert : il contractait ses épines en essayant inutilement de se relever. Le dessin de la jeune fille était une étude de la chair humide du mollusque, dans ses dilatations et ses contractions, rendue en clair-obscur, avec des traits denses et hérissés tout autour. Le discours que j'avais en tête, sur la forme des coquillages comme harmonie trompeuse, enveloppe qui dissimule la véritable substance de la nature, ne convenait plus. Aussi bien la vision de l'oursin que le dessin lui-même transmettaient des sensations désagréables et cruelles, comme un viscère exposé au regard. J'ai engagé la conversation en disant que rien n'est plus difficile à dessiner que les oursins : l'enveloppe d'épines vue du dessus n'offre pas plus d'appuis à une représentation linéaire que le mollusque renversé, malgré la symétrie radiale de sa structure. Elle m'a répondu qu'elle voulait le dessiner parce qu'il s'agissait d'une image récurrente qui revenait dans ses rêves et qu'elle voulait s'en libérer. En prenant congé, je lui ai demandé si on pouvait se voir le lendemain matin au même endroit. Elle a dit qu'elle avait des engagements, mais que le surlendemain elle sortirait de nouveau avec son album à dessin et qu'il me serait facile de la rencontrer.

Pendant que je contrôlais les baromètres, deux hommes se sont approchés de l'abri. Je ne les avais jamais vus : encapuchonnés, tout de noir vêtus, avec le col relevé. Ils m'ont demandé si monsieur Kauderer était là ; et puis : où il était parti, si je n'avais pas son adresse, quand il devait revenir. J'ai répondu que je n'en savais rien et je leur ai demandé qui ils étaient et pourquoi ils me posaient ces questions.

– Non, non ça ne fait rien, ont-ils dit en s'éloignant.

Mercredi. J'ai été à l'hôtel porter un bouquet de violettes pour mademoiselle Zwida. Le portier m'a dit qu'elle était sortie depuis longtemps. J'ai traîné un long moment en espérant tomber sur elle par hasard. Sur la place de la forteresse, il y avait la file des parents des prisonniers : aujourd'hui, à la prison, c'est le jour des visites. Parmi les petites dames avec leur foulard sur la tête et les enfants qui pleurent, j'ai vu mademoiselle Zwida. Son visage était couvert d'un crêpe noir sous les bords du chapeau, mais son port était à nul autre pareil : elle se tenait tête haute, le cou droit et comme fier.

Dans un angle de la place, comme s'ils surveillaient la queue à la porte de la prison, il y avait les deux hommes en noir qui m'avaient interpellé hier à l'observatoire.

L'oursin, le voile, les deux inconnus : la couleur noire continue de m'apparaître dans des circonstances qui s'imposent à mon attention : des messages que j'interprète comme un appel de la nuit. Je me suis rendu compte que cela fait longtemps que j'essaie de réduire la présence du noir dans ma vie. L'interdiction des médecins de sortir après le coucher du soleil m'a contraint depuis des mois à vivre dans les marges du monde diurne.

Mais ce n'est pas tout : c'est aussi que je trouve dans la lumière du jour, dans cette luminosité diffuse, pâle, presque sans ombre, une obscurité plus dense que celle de la nuit.

Mercredi soir. Tous les soirs je passe les premières heures de l'obscurité à remplir ces pages dont j'ignore si quelqu'un les lira un jour. Le globe de pâte de verre de ma chambre à la pension Kudgiwa illumine la course de mon écriture peut-être trop nerveuse pour qu'un futur lecteur puisse la déchiffrer. Peut-être ce journal viendra-t-il au jour des années et des années après ma mort, quand notre langue aura subi dieu sait quelles transformations et que quelques-uns des termes et des tournures de phrase que j'utilise couramment sembleront désuets et de signification incertaine. Quoi qu'il en soit, celui qui trouvera mon journal aura un net avantage sur moi : il est toujours possible de tirer un vocabulaire et une grammaire d'une langue écrite, d'isoler des phrases, de les transcrire ou de les paraphraser dans une autre langue, alors que moi j'essaie de lire dans la succession des choses qui se présentent à moi tous les jours les intentions du monde à mon égard, et que je tâtonne, tout en sachant qu'il ne peut exister de vocabulaire qui traduise dans des mots le poids des allusions obscures qui gît dans les choses. Je voudrais que cet air de pressentiments et de doutes parvienne à qui me lira non pas comme un obstacle accidentel à la compréhension de ce que j'écris, mais comme sa substance même ; et si la progression de mes pensées devait apparaître fuyante à qui tentera de la suivre en partant d'habitudes mentales radicalement changées, l'important, c'est que lui soit transmis l'effort que j'accomplis pour lire entre les lignes des choses le sens élusif de ce qui m'attend.

Jeudi. Grâce à un permis spécial de la direction, m'a expliqué mademoiselle Zwida, je peux entrer dans la prison les jours de visite et m'asseoir à la table du parloir avec mes feuilles à dessin et le fusain. L'humanité simple que dégagent les parents des prisonniers offre des sujets intéressants pour les études d'après nature.

Moi je ne lui avais rien demandé, mais comme elle s'était aperçue que je l'avais vue hier sur la place, elle s'est crue dans l'obligation de justifier sa présence en ce lieu. J'aurais préféré qu'elle ne me dît rien, parce que je n'éprouve aucune attraction pour les dessins de figures humaines et que je n'aurais pas su les commenter si elle me les avait montrés, chose qui de toutes les manières ne s'est pas produite. J'ai pensé que ces dessins devaient être contenus dans une pochette spéciale, que la jeune femme laissait dans les bureaux de la prison d'une fois sur l'autre, puisque hier – je me le rappelais bien – elle n'avait pas avec elle son inséparable album relié ni sa trousse pour les crayons.

– Si je savais dessiner, je m'appliquerais seulement à dessiner la forme des objets inanimés, dis-je avec un air plutôt péremptoire, à la fois parce que je voulais changer de sujet et aussi parce qu'une inclination naturelle me porte effectivement à reconnaître mes états d'âme dans la souffrance immobile des choses.

Mademoiselle Zwida s'est tout de suite montrée d'accord : l'objet qu'elle aurait dessiné le plus volontiers, dit-elle, était une de ces petites ancres à quatre pelles appelées « grappins » qui servent pour les bateaux de pêche. Elle m'en montra quelques-unes alors que nous passions à côté des barques qui mouillaient au môle, et elle m'expliqua les difficultés que représentaient les quatre crochets pour qui voulait les dessiner dans les différentes inclinaisons et perspectives. Je compris que cet objet renfermait un message pour moi et que je devais le déchiffrer : l'ancre, une exhortation à me fixer, à m'agripper, à faire fond, en mettant fin à mon état fluctuant, à ma tendance à me tenir à la surface. Mais cette interprétation pouvait laisser place à des doutes : il pouvait s'agir aussi d'une invitation à lever l'ancre, à me jeter vers le large. Quelque chose dans la forme du grappin, les quatre dents aplaties, les quatre bras de fer usés par le frottement contre les rochers du fond, m'avertissaient que chaque décision n'irait pas sans déchirements ni souffrances. Ce qui me soulageait, c'est qu'il ne s'agissait pas d'une de ces lourdes ancres de haute mer, mais d'une petite ancre agile : elle ne me demandait donc pas de renoncer à la disponibilité de la jeunesse, mais seulement de m'arrêter un moment, de réfléchir, de sonder l'obscurité qui m'habitait.

– Pour dessiner à mon aise cet objet de tous les points de vue, ajouta Zwida, je devrais en avoir une en ma possession pour pouvoir me familiariser avec elle. Croyez-vous que je pourrais en acheter une chez un pêcheur ?

– On peut demander, répondis-je.

– Pourquoi n'essayez-vous pas d'en acquérir une, vous ? Je n'ose pas le faire moi-même parce qu'une demoiselle de la ville qui s'intéresse à un vulgaire instrument de pêcheurs pourrait susciter une certaine stupeur.

Je me vis moi-même en train de lui présenter le grappin de fer comme s'il s'agissait d'un bouquet de fleurs : cette image, dans son incongruité, avait quelque chose de strident et de féroce. Certes, il y avait là cachée une signification qui m'échappait ; et, tout en me promettant de méditer à ce sujet avec calme, je répondis oui.

– Je voudrais que le grappin soit pourvu de son câble d'amarrage, précisa Zwida. Je peux passer des heures sans me lasser à dessiner un tas de cordes enroulées. C'est pourquoi je préférerais que vous preniez une corde très longue : dix mètres, mieux : douze.

Jeudi soir. Les médecins m'ont donné la permission de faire un usage modéré de boissons alcoolisées. Pour fêter la nouvelle, au coucher du soleil je suis allé à la buvette « L'étoile de la Suède » prendre une tasse de rhum chaud. Autour du comptoir, il y avait des pêcheurs, des douaniers, des hommes de peine. Sur toutes les voix

dominait celle d'un vieil homme en uniforme de
gardien de prison qui délirait en état d'ivresse dans
une mer de bavardages : – Et chaque mercredi,
la demoiselle parfumée me donne un billet de
cent couronnes pour que je la laisse seule avec le
détenu. Et le jeudi les cent couronnes se sont déjà
évanouies en autant de bière. Et quand l'heure
de la visite est achevée la demoiselle sort avec la
puanteur de la prison sur ses vêtements élégants ;
et le détenu retourne dans sa cellule avec le parfum
de la demoiselle sur ses nippes de prisonnier. Et
moi, je reste avec mon odeur de bière. La vie n'est
rien d'autre qu'un échange d'odeurs.

– La vie et aussi la mort, tu peux le dire, fit
remarquer un autre ivrogne qui était croque-mort
de son état, comme je ne tardai pas à l'apprendre.
Moi avec l'odeur de bière, j'essaie de me débarrasser de l'odeur de mort. Et seule l'odeur de la
mort te débarrassera de l'odeur de bière, comme
ce sera le cas pour tous les buveurs pour lesquels
je dois creuser une tombe.

J'ai pris ce dialogue comme un avertissement
à me tenir sur mes gardes : le monde est en train
de se défaire et il essaie de m'entraîner dans sa
dissolution.

Vendredi. Le pêcheur a tout de suite montré
de la méfiance : – Et à quoi est-ce que cela vous
servira ? Qu'est-ce que vous allez en faire d'une
ancre à grappins ?

Il s'agissait de questions indiscrètes. J'aurais dû
répondre : « Pour la dessiner », mais je connaissais

la réticence de la demoiselle à exhiber ses activités artistiques dans un milieu qui n'était pas en mesure de les apprécier ; et puis, la bonne réponse, de ma part, eût été, « Pour la penser », et voyez un peu si j'aurais été compris.

– C'est moi que ça regarde, répondis-je. Nous avions commencé à discuter de manière affable, puisque nous nous étions rencontrés la veille à la buvette, mais soudain, notre dialogue est devenu brusque.

– Allez donc voir dans une boutique de fournitures nautiques – et le pêcheur mit ainsi fin à la conversation. – Moi je ne vends pas.

Avec le commerçant ce fut la même chose : à peine avais-je posé ma question que son visage s'obscurcit. – Nous ne voulons pas vendre ces choses-là à des étrangers, dit-il. Nous ne voulons pas d'histoires avec la police. Et avec une corde de douze mètres, en plus… Ce n'est pas que j'aie des soupçons sur vous, mais ce ne serait pas la première fois que quelqu'un lancerait un grappin jusqu'aux grilles des prisons pour faire évader un prisonnier…

Le mot « évader » est un de ceux que je ne peux pas entendre sans me laisser aller à un travail mental infini. La recherche d'une ancre dans laquelle je me trouve engagé semble m'indiquer la voie d'une évasion, peut-être d'une métamorphose, d'une résurrection. Avec un frisson, j'écarte l'idée que la prison puisse être mon corps mortel et l'évasion qui m'attend le détachement de l'âme, le début d'une vie dans l'au-delà.

Samedi. C'était ma première sortie nocturne depuis plusieurs mois et cela me rendait véritablement très anxieux, surtout pour les rhumes de cerveau auxquels je suis sujet ; au point que, avant de sortir, j'enfilai un passe-montagne et un bonnet de laine par-dessus, et par-dessus encore, un chapeau en feutre. Emmitouflé de la sorte, et avec en plus l'écharpe autour du cou, et une autre autour des reins, le blouson de laine, le blouson en peau et le blouson en cuir, les bottes fourrées, je pouvais retrouver un peu d'assurance. La nuit, comme je pus ensuite le constater, était douce et sereine. Mais je continuais à ne pas comprendre pourquoi monsieur Kauderer avait besoin de me fixer un rendez-vous au cimetière en pleine nuit par ce billet mystérieux qui m'était parvenu dans le plus grand secret. S'il était revenu, pourquoi ne pouvions-nous pas nous voir comme tous les jours ? Et s'il n'était pas revenu, qui donc allais-je rencontrer au cimetière ?

Ce fut le croque-mort qui m'ouvrit la porte du cimetière, celui que j'avais rencontré à la buvette « L'étoile de Suède ». – Je cherche monsieur Kauderer, lui dis-je.

Il répondit : – Monsieur Kauderer n'est pas là. Mais comme le cimetière est la maison de ceux qui ne sont pas là, entrez donc.

J'avançais entre les tombes, quand une ombre m'effleura, rapide et bruissante ; elle freina et descendit de la selle. – Monsieur Kauderer ! m'exclamai-je, stupéfait de le voir circuler à vélo entre les tombes toutes lumières éteintes.

– Chuut !, il me fit taire. Vous commettez de graves imprudences. Quand je vous ai confié l'observatoire, je ne pouvais pas supposer que vous alliez vous compromettre dans une tentative d'évasion. Sachez que nous nous opposons aux évasions individuelles. Il faut donner du temps au temps. Nous avons un dessein plus général à mener à bien, à plus longue échéance.

En l'entendant dire « nous », avec un geste large autour de lui, je pensais qu'il parlait au nom des morts. Monsieur Kauderer était de toute évidence le porte-voix des morts et ils déclaraient ne pas encore vouloir m'accepter parmi eux. J'éprouvais un soulagement certain.

– Et par votre faute, je devrai encore prolonger mon absence, ajouta-t-il. Demain ou après, vous allez être convoqué par le commissaire de police qui vous interrogera à propos de l'ancre à grappins. Faites ce qu'il faut pour ne pas me mêler à cette affaire ; considérez que toutes les questions du commissaire tendront à vous faire avouer quelque chose qui concerne ma personne. À mon sujet vous ne savez rien, si ce n'est que je suis en voyage et que je n'ai pas dit quand je reviendrai. Vous pouvez dire que je vous ai prié de me remplacer pour le relevé des données pour quelques jours seulement. Au reste, à partir de demain, vous êtes dispensé de vous rendre à l'observatoire.

– Oh non, non pas ça, m'exclamai-je, pris d'un désespoir soudain, comme si en ce moment, je me rendais compte que seul le contrôle des instruments météorologiques me permettait de maîtriser les forces de l'univers et d'y reconnaître un ordre.

Dimanche. Tôt le matin, je me suis rendu à l'observatoire météorologique, je suis monté sur l'estrade et je suis resté là debout, à écouter le tic-tac des instruments enregistreurs comme la musique des sphères célestes. Le vent courait dans le ciel du matin en transportant des nuages légers ; les nuages se disposaient en festons de cirrus, puis en cumulus ; vers neuf heures et demie, il se fit un crépitement de pluie, et le pluviomètre en conserva quelques centilitres ; un arc-en-ciel partiel s'ensuivit, de brève durée ; le ciel recommença à s'obscurcir ; la plume du barographe descendit en traçant une ligne presque verticale ; le tonnerre gronda et la grêle crépita. Moi, juché là-haut, sur le sommet, je sentais que j'avais en main les éclaircies et les tempêtes, les éclairs et les brumes : non comme un dieu, non ne me croyez pas fou, je ne me sentais pas Zeus tonnant, mais un peu comme un directeur d'orchestre qui trouve face à lui une partition déjà écrite et sait que les sons qui montent des instruments répondent à un dessein dont il est le principal gardien et dépositaire. Le toit de tôle résonnait comme un tambour sous les crépitements ; l'anémomètre tourbillonnait ; cet univers tout entier fait d'éclats et d'écarts pouvait être traduit en chiffres à mettre en colonnes dans mon registre ; un calme souverain présidait à la trame des cataclysmes.

Dans ce moment d'harmonie et de plénitude un

craquement me fit baisser le regard. Blotti entre les marches de l'estrade, et les pieux soutenant l'abri, il y avait là un homme barbu, vêtu d'une tenue grossière à rayures trempée de pluie. Il me regardait avec ses yeux clairs immobiles.

– Je me suis évadé, dit-il. Ne me trahissez pas. Vous devriez aller avertir une personne. Voulez-vous ? Elle se trouve à l'hôtel du Lys de Mer.

Je sentis immédiatement que dans l'ordre parfait de l'univers une brèche s'était ouverte, une déchirure irréparable.

IV

Écouter quelqu'un lire à voix haute est très différent de lire en silence. Quand tu lis, tu peux t'arrêter ou survoler les phrases : c'est toi qui décides du temps. Quand c'est une autre personne qui lit, il est difficile de faire coïncider ton attention avec le temps de sa lecture : la voix va ou trop vite ou trop lentement.

Mais écouter une personne qui est en train de traduire depuis une autre langue implique une fluctuation d'hésitations autour des mots, une marge indéterminée et provisoire. Quand tu le lis, un texte est une chose bien présente, et contre laquelle tu es obligé de te heurter, tandis que, quand on le traduit pour toi à voix haute, c'est une chose qui existe et qui n'existe pas, que tu ne parviens pas à toucher.

De plus, le professeur Uzzi-Tuzii avait commencé sa traduction orale comme s'il n'était pas tout à fait certain de faire tenir les mots les uns avec les autres, en revenant sur chaque période pour en démêler les nœuds syntaxiques, en manipulant les phrases jusqu'au moment où elles seraient complètement défroissées, en les dépliant et en les étalant, en s'arrêtant sur chaque mot pour en illustrer les usages idiomatiques et les connotations, et en s'accompagnant avec des gestes enveloppants pour inviter à se contenter d'équivalents approximatifs, en s'interrompant pour énoncer règles de grammaire, dérivations étymologiques, citations de classiques. Mais une fois que tu t'es convaincu que la philologie et l'érudition comptent plus pour le professeur que l'histoire racontée, tu t'aperçois que c'est plutôt le contraire qui est vrai : cette enveloppe académique sert seulement à protéger tout ce que le récit dit et ne dit pas, ce souffle intérieur toujours sur le point de se perdre au contact de l'air, l'écho d'un savoir disparu qui se révèle dans la pénombre et dans les allusions cachées.

Partagé entre la nécessité d'intervenir par ses lumières interprétatives dans l'intention d'aider le texte à expliciter la multiplicité de ses significations et la conscience que chaque interprétation exerce sur le texte une violence et un arbitraire, face aux passages les plus embrouillés, le professeur ne trouvait pas mieux, pour faciliter ta compréhension, que de se mettre à les lire dans l'original. La prononciation de cette langue inconnue, déduite de règles théoriques, et non à partir de l'écoute de voix transmises avec leurs inflexions individuelles, ni marquée par les traces de l'usage qui modèle et transforme, cette prononciation acquérait le caractère d'absolu des sons qui n'attendent pas de réponse, comme le chant du dernier oiseau d'une espèce disparue, ou le vrombissement strident d'un avion à peine inventé qui se désagrégerait en plein ciel au premier vol d'essai.

Puis, peu à peu, quelque chose avait commencé à se mouvoir et à courir entre les phrases de cette diction survoltée. La prose du roman s'était imposée aux incertitudes de la voix ; elle était devenue fluide, transparente, continue ; Uzzi-Tuzii y nageait comme un poisson, s'accompagnant du geste (il gardait les mains ouvertes comme des palmes), avec le mouvement des lèvres (qui laissaient sortir les mots comme des bulles d'air), avec le regard (ses yeux parcouraient la page comme les yeux d'un poisson les fonds marins, mais aussi comme les yeux du visiteur d'un aquarium qui suit les mouvements d'un poisson dans un bassin illuminé).

Désormais, autour de toi, il n'y a plus de salle de l'Institut, d'étagères, de professeur : tu es entré dans le roman, tu vois cette plage nordique, tu suis les pas du monsieur délicat. Tu es tellement absorbé que tu tardes à t'apercevoir d'une présence à tes côtés. Tu notes la présence de Ludmilla dans ton champ de vision. Elle est là, assise sur une pile de grands volumes, elle aussi est tout entière tendue pour écouter la suite du roman.

Est-ce qu'elle vient d'arriver ou est-ce qu'elle a entendu la lecture depuis le début ? Est-ce qu'elle est entrée en silence, sans frapper ? Est-ce qu'elle était déjà là, cachée entre les étagères ? (Irnerio avait dit qu'elle venait se cacher là. Uzzi-

Tuzii avait dit qu'ils venaient faire ici des choses innommables.) Ou s'agit-il d'une apparition évoquée par l'enchantement que libèrent les mots du professeur-sorcier ?

Uzzi-Tuzii, lui, continue dans sa récitation, il ne semble pas s'étonner de la présence de la nouvelle auditrice, comme si elle avait toujours été là. Il ne bronche pas davantage quand elle lui demande, après avoir remarqué qu'il faisait une pause plus longue que les autres : – Et puis ?

Le professeur referme le livre d'un coup. – Et puis rien. *Au bord de la côte à pic* s'interrompt ici. Après avoir écrit ces premières pages de son roman, Ukko Ahti est entré dans la crise dépressive qui l'a mené en quelques années à trois tentatives de suicide ratées et à une réussie. Le fragment a été publié dans le recueil de ses écrits posthumes avec quelques vers épars, un journal intime et des notes pour un essai sur les incarnations de Bouddha. Malheureusement, il a été impossible de retrouver un plan ou un brouillon qui aurait pu expliquer comment Ahti entendait développer cette histoire. Malgré son caractère mutilé, ou peut-être, précisément, à cause de ce caractère, *Au bord de la côte à pic* est le texte le plus représentatif de la prose chimmérienne, en raison de ce qu'il manifeste, et plus encore, en raison de ce qu'il occulte, pour sa manière de se retirer, de s'absenter, de disparaître...

Il semble que la voix du professeur soit sur le point de s'éteindre. Tu tends le cou pour t'assurer qu'il est toujours là, par-delà la paroi des étagères qui le sépare de ta vue, mais tu ne parviens plus à le voir, peut-être s'est-il faufilé dans le buisson des publications académiques et des annales de revues, rétrécissant au point de pouvoir se glisser dans les interstices avides de poussière, emporté peut-être par le destin effaceur qui s'abat sur l'objet de ses études, absorbé peut-être dans le gouffre ouvert par la brusque interruption du roman. Tu voudrais t'appuyer sur le bord de ce gouffre, en soutenant Ludmilla ou en t'agrippant à elle, tes mains tentant d'attraper les siennes…

– Ne me demandez pas où se trouve la suite de ce livre ! – Un cri strident est parti d'un point imprécis du milieu des étagères. – Tous les livres continuent au-delà… La voix du professeur monte et descend ; où s'est-il fourré ? Peut-être est-il en train de se rouler sous le bureau ou de se pendre à la lampe du plafond.

– Continuent où ? demandez-vous, cramponnés au bord du précipice. Au-delà de quoi ?

– Les livres sont les marches du seuil… Tous les auteurs chimmériens l'ont franchi… Puis commence la langue sans mots des morts qui dit les choses que seule la langue des morts peut dire. Le chimmérien est la dernière langue des vivants… c'est la langue du seuil ! On vient ici pour tendre l'oreille vers l'au-delà… Écoutez…

Mais vous n'écoutez plus rien du tout, vous deux. Vous avez disparu vous aussi, aplatis dans un coin, serrés l'un à l'autre. C'est ça votre réponse ? Voulez-vous démontrer que les vivants aussi ont une langue sans mots, avec laquelle on ne peut pas écrire de livres mais seulement vivre, seconde après seconde, sans l'enregistrer ni s'en souvenir ? Il y aurait d'abord la langue sans mots des corps vivants, – c'est la prémisse dont vous voudriez que Uzzi-Tuzii tienne compte ? – puis les mots avec lesquels on écrit les livres et on tente inutilement de traduire cette première langue, et puis...

– Les livres chimmériens sont tous inachevés..., soupire Uzzi-Tuzii, parce qu'ils continuent au-delà... dans l'autre langue, dans la langue silencieuse à laquelle renvoient tous les mots des livres que nous croyons lire...

– Nous croyons... Pourquoi : croyons ? Moi j'aime lire, lire vraiment... C'est Ludmilla qui parle ainsi, avec conviction et chaleur. Elle est assise face au professeur, vêtue de manière simple et élégante, avec des couleurs claires. Sa manière d'être au monde, pleine d'intérêt pour ce que le monde peut lui donner, éloigne l'abîme égocentrique du roman suicidaire qui finit par s'enfoncer en lui-même. Tu cherches dans sa voix la confirmation de ton besoin de t'accrocher à la réalité des choses, de lire ce qui est écrit un point c'est tout, en éloignant les fantômes qui fuient entre les mains. (Même si votre étreinte, avoue-le, n'a existé que dans ton imagination, il s'agit toujours d'une étreinte qui pourrait avoir lieu d'un moment à l'autre.)

Mais Ludmilla a toujours au moins une longueur d'avance sur toi. – J'aime savoir qu'il y a encore des livres que je pourrai lire..., dit-elle, certaine qu'à la force de son désir devront correspondre des objets réels, concrets, même s'ils sont encore inconnus. Comment pourras-tu suivre le pas de cette femme qui est toujours en train de lire un autre livre, en plus de celui qu'elle a sous les yeux, un livre qui n'est pas encore là, mais qui ne pourra pas ne pas exister à partir du moment où elle le veut ?

Le professeur est là, à sa table ; dans le cône de lumière de sa lampe de bureau affleurent ses mains suspendues ou à peine posées sur le volume refermé, comme dans une caresse triste.

– Lire, dit-il, c'est toujours cela : il y a une chose qui est là, une chose faite d'écriture, un objet solide, matériel, qu'on ne peut pas changer, et à travers cette chose on affronte une autre chose qui n'est pas présente, une autre chose qui appartient au monde immatériel, invisible, parce qu'elle est seulement pensable, imaginable, ou parce qu'elle a existé et qu'elle n'existe plus, passée, perdue, inatteignable, dans le pays des morts…

– … Ou qui n'est pas présente parce qu'elle n'existe pas encore, une chose qu'on désire et qu'on craint, possible ou impossible, dit Ludmilla, lire, c'est aller vers quelque chose qui va advenir mais dont personne encore ne sait ce qu'elle sera… (Voilà, maintenant tu vois la Lectrice tendue pour scruter par-delà le bord de la page imprimée les navires des sauveurs ou des envahisseurs qui pointent à l'horizon, et les tempêtes aussi…) Le livre que j'aurais envie de lire maintenant, c'est un roman dans lequel on sentirait arriver l'histoire, comme un tonnerre encore confus, l'histoire avec un grand H et en même temps celle des destins individuels, un roman qui donnerait l'impression qu'on est en train de vivre un bouleversement qui n'a pas encore de nom, qui n'a pas encore pris forme…

– Bravo, petite sœur, je vois que tu fais des progrès ! – Entre les étagères, fait son apparition une jeune fille au long cou et au visage d'oiseau, au regard immobile derrière ses lunettes, avec une grande aile de cheveux frisés, portant une large blouse et des pantalons étroits. – Je venais t'annoncer que j'ai trouvé le roman que tu cherchais, et c'est précisément celui qu'il faut pour notre séminaire sur la révolution au féminin, séminaire auquel tu es invitée, si tu veux nous entendre l'analyser et le discuter !

– Lotaria, tu ne vas pas me dire, s'exclame Ludmilla, que toi aussi tu es arrivée à *Au bord de la côte à pic*, le roman inachevé de Ukko Ahti, écrivain chimmérien !

– Tu es mal informée, Ludmilla, c'est bien ce roman, mais il n'est pas inachevé mais bel et bien fini, il n'est pas écrit en chimmérien mais en cimbre, le titre a été modifié par la suite pour *Sans craindre le vent et le vertige* et l'auteur l'a signé avec un pseudonyme différent, Vorts Viljandi.

– C'est un faux ! hurle le professeur Uzzi-Tuzii. C'est un cas bien connu de contrefaçon ! Il s'agit de matériaux apocryphes, diffusés par les nationalistes cimbres pendant la campagne de propagande anti-chimmérienne à la fin de la Première Guerre mondiale !

Derrière Lotaria se pressent les avant-postes

d'une phalange de jeunettes aux yeux limpides et tranquilles, des yeux un peu inquiétants peut-être parce que trop limpides et trop tranquilles. Parmi eux, s'avance un homme pâle et barbu, au regard sarcastique et avec sur les lèvres un pli de désillusion systématique.

– Navré de contredire un illustre collègue, dit-il, mais l'authenticité de ce texte a été prouvée par la découverte des manuscrits que les Chimmériens avaient occultés !

– Je suis surpris, Galligani, gémit Uzzi-Tuzii, que tu prêtes l'autorité de ta chaire de langues et littératures hérulo-altaïques à une grossière mystification ! Et de surcroît liée à des revendications territoriales qui n'ont rien à faire avec la littérature !

– Uzzi-Tuzii, je t'en prie, réplique le professeur Galligani, n'abaisse pas la polémique à ce niveau. Tu sais bien que le nationalisme cimbre est loin de mes intérêts comme j'espère que le chauvinisme chimmérien l'est aussi des tiens. En comparant l'esprit de ces deux littératures la question que je me pose est : qui va le plus loin dans la négation des valeurs ?

La polémique cimbre-chimmérienne ne paraît pas effleurer Ludmilla, désormais occupée à une seule pensée : la possibilité que le roman interrompu continue. – Est-ce que ça peut être vrai ce que dit Lotaria ? te demande-t-elle à voix basse. Cette fois-ci, je voudrais qu'elle ait raison, que le début que nous a lu le professeur ait une suite, peu importe en quelle langue…

– Ludmilla, fait Lotaria, nous, on va à notre collectif d'études. Si tu veux assister à la discussion du roman de Viljandi, viens. Tu peux aussi inviter ton ami, si ça l'intéresse.

Te voici enrôlé sous les drapeaux de Lotaria. Le groupe s'installe dans une salle, autour d'une table. Toi et Ludmilla vous voudriez vous mettre le plus près possible du gros classeur que Lotaria a devant elle et qui semble contenir le roman en question.

– Nous devons remercier le professeur Galligani, de littérature cimbrique, commence Lotaria, d'avoir bien voulu mettre à notre disposition un rare exemplaire de *Sans craindre le vent et le vertige*, et d'avoir voulu intervenir personnellement dans notre séminaire. Je tiens à souligner ce comportement d'ouverture d'autant plus appréciable si on le compare à l'incompréhension d'autres professeurs de disciplines proches… et Lotaria lance un regard en direction de sa sœur pour que l'allusion polémique à Uzzi-Tuzii ne lui échappe pas.

Pour encadrer le texte, le professeur Galligani est prié de fournir quelques éléments du contexte historique. – Je me limiterai à rappeler, dit-il, comment, après la Seconde Guerre mondiale, les provinces qui formaient l'État chimmérien ont fini par faire partie de la République populaire cimbrique. En remettant de l'ordre dans les documents des archives chimmériennes sens dessus dessous après le passage du front, les Cimbres ont pu réévaluer la personnalité complexe d'un écrivain comme Vorts Viljandi, qui a écrit aussi bien en chimmérien qu'en cimbre, mais dont les Chimmériens avaient publié seulement la production écrite en leur langue, production par ailleurs exiguë. Bien plus importants en quantité et en qualité étaient les écrits en langue cimbrique, tenus cachés par les Chimmériens, à commencer par l'ample roman *Sans craindre le vent et le vertige*, dont il semble que l'incipit d'une première version ait existé en chimmérien, signé du pseudonyme Ukko Ahti. En tout cas, il ne fait aucun doute que, pour ce qui est de ce roman, c'est seulement après avoir définitivement opté pour la langue cimbrique que l'auteur a trouvé son inspiration authentique…

– Je ne vais pas vous raconter l'histoire, poursuivit le professeur, de la fortune changeante de ce livre dans la République populaire cimbrique. Publié d'abord comme un classique, traduit aussi en allemand pour pouvoir être diffusé à l'étranger (c'est de cette traduction que nous nous servons désormais), le roman a fait par la suite les frais de la campagne de rectification idéologique et a été retiré de la circulation et même des bibliothèques. Quant à nous, nous croyons au contraire que son contenu révolutionnaire est des plus avancés…

Vous êtes impatients, Ludmilla et toi, de voir ce livre perdu resurgir des cendres, mais vous devez attendre que les filles et les garçons du collectif se distribuent les devoirs : pendant la lecture, certains devront souligner les reflets des modes de production, d'autres les processus de réification, d'autres la sublimation du refoulé, d'autres les codes sémantiques du sexe, d'autres les métalangages du corps, d'autres enfin la transgression des rôles, aussi bien au niveau politique que privé.

Et voilà que Lotaria ouvre son gros classeur, commence à lire. Les buissons de fil barbelé se défont comme des toiles d'araignée. Tout le monde suit en silence, vous comme les autres.

Vous vous rendez compte tout de suite que ce que vous êtes en train d'écouter n'a aucun point de contact possible ni avec *Au bord de la côte à pic*, ni avec *Loin de l'habitat de Malbork* ni même avec *Si une nuit d'hiver un voyageur*. Vous vous lancez un coup d'œil, toi et Ludmilla, deux coups d'œil même : le premier d'interrogation et le second d'intelligence. Quel que soit ce roman, une fois que vous y êtes entrés, vous voudriez aller de l'avant sans vous arrêter.

Sans craindre le vent et le vertige

À cinq heures du matin, la ville était traversée de convois militaires ; les files de femmes avec leurs lanternes de suif commençaient à se former devant les épiceries ; sur les murs, la peinture des inscriptions de propagande tracées dans la nuit par les escadrons des différents courants du Conseil provisoire n'avait pas encore eu le temps de sécher.

Quand les musiciens de l'orchestre remettaient leurs instruments dans leur étui et sortaient du souterrain, l'air était vert. Sur une portion de route, les habitués du « Nouveau Titania » marchaient en bande derrière les musiciens, comme s'ils ne voulaient pas rompre l'entente qui s'était formée dans le club pendant la nuit parmi les gens qui s'étaient rassemblés là par hasard ou par habitude, et qui avançaient en un seul groupe, les hommes tête enfoncée à l'intérieur du col relevé de leur pardessus portant un air cadavérique, comme des momies extraites au grand air de sarcophages conservés pendant quatre mille ans et qui tombent en poussière d'un seul coup, tandis qu'une bouffée d'excitation s'emparait des femmes qui chantaient chacune pour son compte, sans refermer leur manteau sur le décolleté de leur robe du soir, traînant leur longue jupe dans les flaques en formant des pas de danse incertains, en vertu de ce processus propre à l'ivresse qui déclenche une euphorie nouvelle au moment même où l'euphorie précédente s'écroule et s'émousse, et il semblait qu'en chacun d'eux restât encore l'espérance que la fête ne fût pas finie, que les musiciens allaient s'arrêter au milieu de la rue pour rouvrir leur étui et sortir à nouveau leur saxophone et leur contrebasse.

Devant l'ex-banque Levinson surveillée par les patrouilles de la garde populaire baïonnette au fusil et cocarde sur leur casquette, le groupe des noctambules, comme s'ils s'étaient passé le mot, se dispersait et chacun suivait sa route sans saluer personne. Nous étions restés nous trois : Valeriano et moi prenions Irina sous le bras chacun d'un côté, moi toujours à la droite d'Irina pour laisser de la place au fourreau du lourd pistolet que je portais accroché à mon ceinturon, alors que si jamais Valeriano, qui s'habillait en civil parce qu'il appartenait au Commissariat à l'industrie lourde, avait porté un pistolet – et je crois pour ma part qu'il en avait un – ce devait être un de ces pistolets plats que l'on tient dans sa poche. À cette heure-là, Irina devenait sombre, et une espèce de crainte s'insinuait en nous, je parle pour moi, mais je suis sûr que Valeriano partageait mon état d'âme, même si nous ne nous sommes jamais rien dit à ce sujet – parce que nous sentions bien que c'était alors qu'elle prenait véritablement possession de nous deux, et que, si folles qu'aient été les choses qu'elle nous aurait conduits à accomplir une fois qu'elle aurait refermé sur nous son cercle magique en nous emprisonnant, cela n'était rien par rapport à ce qu'elle était en train de construire dans son imagination, sans s'arrêter à aucun excès, dans l'exploration des sens, dans l'exaltation mentale, dans la cruauté. La vérité, c'est que nous étions tous très jeunes, trop jeunes pour tout ce que nous étions en train de vivre ; je dis nous, les hommes, parce que Irina avait la précocité des femmes de ce type, bien que, du point de vue des années, elle fût sans doute la plus jeune de nous trois, et elle nous faisait faire ce qu'elle voulait.

Irina se mit à siffloter silencieusement, avec un sourire des yeux comme si elle goûtait à l'avance une idée qu'elle venait d'avoir, puis son sifflement devint sonore, il s'agissait de la marche comique d'une opérette alors à la mode, et nous, craignant toujours un peu ce qu'elle était en train de nous préparer, nous nous mîmes à la suivre en sifflant après elle, et nous marchions comme au pas d'une irrésistible fanfare, nous sentant à la fois victimes et triomphateurs.

Cela s'est produit au moment de passer devant l'église de Sainte-Apollonia, transformée à l'occasion en lazaret pour les victimes du choléra, avec les cercueils exposés dehors sur des tréteaux entourés de grands cercles de chaux pour que les gens ne s'approchent pas, jusqu'à l'arrivée des chariots pour le cimetière. Il y avait une vieille qui priait à genoux sur le parvis et nous en grande pompe au son de notre marche triomphante nous avons manqué la renverser. Elle leva contre nous un petit poing sec et jaune, rugueux comme une châtaigne, en s'appuyant de l'autre poing sur le pavé et elle cria : – Maudits soient les seigneurs ! – ou plutôt : – Maudits ! Seigneurs !, comme s'il s'agissait de deux imprécations, en crescendo, et qu'en nous appelant seigneurs elle considérait qu'elle nous maudissait par deux fois, et puis un mot en dialecte qui voulait dire « race de bordel » et aussi quelque chose comme « finira… », mais à ce moment-là elle a aperçu mon uniforme, et elle s'est tue, et elle s'est inclinée.

Je raconte cet incident dans le détail, parce que – non pas sur le moment, mais par la suite – il a été considéré comme une prémonition de tout ce qui devait arriver, et aussi parce que toutes ces images de l'époque doivent traverser la page comme les convois militaires la ville (même si le mot convois évoque des images un peu approximatives, mais il n'est pas mauvais qu'une certaine indétermination flotte dans l'air, comme appartenant à la confusion de l'époque), comme les banderoles de toile tendues entre un immeuble et l'autre pour inviter la population à souscrire au prêt national, comme les cortèges d'ouvriers dont les parcours ne doivent pas se rencontrer parce qu'ils sont organisés par des centrales syndicales rivales, les uns manifestant pour que la grève ne

s'arrête jamais dans l'usine de munitions Kauderer, les autres pour que la grève cesse afin de
soutenir l'armement populaire contre les armées
contre-révolutionnaires qui sont sur le point d'encercler la ville. Toutes ces lignes obliques en se
croisant devraient délimiter l'espace dans lequel
nous nous déplaçons, Valeriano, Irina et moi, là
où notre histoire pourrait affleurer à partir de
rien, trouver un point de départ, une direction,
un dessein.

Irina, je l'avais connue le jour où le front avait
cédé à moins de douze kilomètres de la Porte
orientale. Alors que la milice urbaine – des gamins
qui n'avaient pas encore dix-huit ans et des vieux
de la réserve – prenait position autour des bas
édifices de la Boucherie bovine, lieu dont le nom
semblait déjà de mauvais augure rien qu'à le prononcer, mais on ne savait pas encore pour qui
– un torrent de gens refluait en ville par le Pont de
Fer. Paysannes portant sur la tête un panier d'où
pointait une oie, cochons hystériques qui fuyaient
entre les jambes de la foule, poursuivis par des
gamins qui hurlaient (l'espoir de pouvoir mettre
quelque chose à l'abri des perquisitions militaires
poussait les familles des campagnes à éparpiller
autant que possible les enfants et les animaux en
les envoyant au petit bonheur la chance), soldats
à pied ou à cheval qui désertaient de leur détachement ou tentaient de rejoindre le gros des forces
dispersées, vieilles nobles à la tête de caravanes de
domestiques et de bagages, brancardiers avec leur
civière, malades sortis des hôpitaux, marchands

ambulants, fonctionnaires, moines, tziganes, pupilles de l'ex-Collège des Filles des Officiers en uniformes de voyage : tous se dirigeaient entre les grilles du pont comme portés par le vent humide et glacé qui semblait souffler des déchirures de la carte géographique, des brèches qui lacéraient fronts et frontières. Ils étaient nombreux ce jour-là à chercher un refuge en ville : ceux qui redoutaient l'expansion des révoltes et des saccages et ceux qui avaient de bonnes raisons pour ne pas vouloir se trouver sur le chemin des armées de la restauration ; ceux qui cherchaient une protection sous la légalité fragile du Conseil provisoire et ceux qui voulaient seulement se cacher dans la confusion pour agir contre la loi, qu'il s'agît de l'ancienne ou de la nouvelle, sans être inquiétés. Chacun sentait que sa survie individuelle était en jeu, et précisément là où parler de solidarité eût été hors de propos, parce que ce qui comptait, c'était de se frayer un chemin avec les ongles et avec les dents, une sorte de communauté et d'entente s'établissait néanmoins, en vertu de laquelle devant des obstacles, les efforts s'unissaient et il ne fallait pas beaucoup de mots pour s'entendre.

Je ne sais si c'est à cause de cela ou si c'est parce que, dans la pagaille générale, la jeunesse se reconnaît elle-même et en jouit : le fait est qu'en traversant le Pont de Fer ce matin-là, au milieu de la foule, je me sentais content et léger, en harmonie avec les autres, avec moi-même et avec le monde, comme cela ne m'était pas arrivé depuis longtemps. (Je ne voudrais pas avoir employé un mauvais terme ; je dirai mieux : je me sentais en harmonie avec la dysharmonie des autres et la mienne et celle du monde.) J'étais déjà parvenu à la fin du pont, là où une rampe d'escalier rejoint la rive et le flux des gens ralentissait et s'engorgeait en obligeant à des contre-poussées vers l'arrière pour ne pas être poussé sur ceux qui descendaient plus lentement – culs de jatte qui s'appuyaient d'abord sur une béquille puis sur l'autre, chevaux tenus par le mors et menés en diagonale pour que le fer des sabots ne glisse pas sur le bord des escaliers de fer, motocyclettes avec un side-car qu'il faut soulever à bout de bras (ils eussent mieux fait de prendre le Pont des Chars, ceux-là, comme ne manquaient pas de leur crier à force d'invectives les piétons, mais cela signifiait allonger le chemin d'un bon mile) –, quand je m'aperçus de la dame qui descendait à mes côtés.

Elle portait un manteau avec un revers en fourrure sur l'ourlet du bas et sur les poignets, un chapeau à cloche avec un voile et une rose : élégante, donc, en plus d'être jeune et piquante, comme je ne tardai pas à le constater. Alors que je la regardais de profil, je la vis écarquiller les yeux, porter sa main gantée vers sa bouche grande ouverte dans un cri de terreur, et se laisser aller en arrière. Elle serait certainement tombée, écrasée par cette foule qui avançait comme un troupeau d'éléphants, si je n'avais pas eu la promptitude de l'attraper par un bras.

– Vous vous sentez mal ? lui dis-je. Appuyez-vous donc sur moi. Ce n'est rien, vous verrez.

Elle était paralysée, elle ne réussissait plus à faire un pas.

– Le vide, le vide, là, en dessous, disait-elle, à l'aide, j'ai le vertige…

Rien de ce qui se voyait ne semblait justifier un vertige, mais cette femme était vraiment en pleine panique.

– Ne regardez pas en bas et tenez-vous à mon bras ; suivez les autres ; nous sommes déjà à la fin du pont, je lui dis, en espérant que ce soit là les arguments les plus à même de la calmer.

Et elle : – Je sens tous ces pas qui se détachent d'une marche et qui avancent dans le vide, et qui tombent, une foule qui tombe…, dit-elle, toujours en se bloquant.

Je regarde à travers les intervalles qui séparent les marches de fer le courant incolore du fleuve là au fond qui transporte des fragments de glace comme des nuages blancs. Le temps d'un trouble qui dure un instant, je crois ressentir ce qu'elle sent : que chaque vide continue dans le vide, chaque surplomb si petit soit-il donne sur un autre surplomb, chaque gouffre débouche sur l'abîme infini. Je lui entoure les épaules de mon bras ; je tente de résister à la poussée de ceux qui veulent descendre et nous lancent des imprécations : – Eh, laissez passer ! Allez-vous embrasser ailleurs, honte à vous ! – mais la seule manière de se soustraire à l'éboulement humain qui nous emporte serait d'allonger nos pas dans les airs, et de voler… Et voilà que moi aussi, je me sens suspendu comme au-dessus d'un précipice…

Peut-être est-ce ce récit lui-même qui est un pont sur le vide, et avance en donnant nouvelles, sensations et émotions pour créer un fond de bouleversements collectifs ou individuels au milieu duquel se frayer un chemin tout en restant à l'écart de nombreuses circonstances historiques ou géographiques. Je me fraie un chemin dans la profusion de détails qui couvrent le vide dont je ne veux pas m'apercevoir et j'avance d'un bond, tandis que le personnage féminin se bloque sur le bord d'une marche, parmi la foule qui la pousse, jusqu'à ce que je trouve un moyen de la transporter presque à bras-le-corps, marche après marche, et de poser pied sur le pavé des bords du fleuve.

Elle se ressaisit : elle hausse devant elle un regard altier ; elle reprend son chemin sans s'arrêter ; son pas ne connaît pas la moindre hésitation ; elle se dirige vers la rue des Moulins ; et je peine à lui emboîter le pas.

Le récit aussi doit s'efforcer de nous suivre, de rapporter un dialogue construit sur le vide, réplique après réplique. Pour le récit, le pont n'est pas fini : sous chaque mot, il y a le rien.

– C'est passé ? lui demandé-je.

– Ce n'est rien. Les vertiges me prennent au moment où je m'y attends le moins, même s'il n'y a aucun danger apparent… Le haut et le bas n'y sont pour rien… Si je regarde le ciel, la nuit et que je pense à la distance des étoiles… Ou même le jour… Si je m'allongeais ici par exemple, avec les yeux tournés vers le haut, la tête me tournerait…, et elle indique les nuages qui passent vite poussés par le vent. Elle évoque cette possibilité comme une tentation qui d'une certaine manière l'attire.

Je suis un peu déçu qu'elle n'ait pas dit un seul mot pour me remercier. Je remarque : – Ce n'est pas un bon endroit pour s'allonger et regarder le ciel ici, ni de jour ni de nuit. Faites-moi confiance, je m'y connais un peu.

Comme entre les marches de fer du pont, dans le dialogue, des intervalles de vide s'ouvrent entre une réplique et l'autre.

– Vous vous y connaissez à regarder le ciel ? Pourquoi ? Vous êtes astronome ?

– Non, un autre genre d'observatoire. – Et je lui indique sur le col de mon uniforme les écussons de l'artillerie. – Des journées sous les bombardements à voir voler les shrapnels.

Son regard passe des écussons aux épaulettes que je n'ai pas, puis aux insignes modestes de mon grade cousus sur mes manches. – Vous venez du front, lieutenant ?

– Alex Zinober, – je me présente. – Je ne sais pas si on peut m'appeler lieutenant. Dans notre régiment les grades ont été abolis, mais les dispositions ne cessent de changer. Pour l'heure je suis un militaire avec deux bandes sur la manche, un point c'est tout.

– Irina Piperin, et je l'étais déjà avant la révolution. À l'avenir, je ne sais pas. Je dessinais des tissus, et tant que les tissus continueront à manquer, je ferai des dessins dans l'air.

– Avec la révolution, il y a des personnes qui changent au point de devenir méconnaissables, et des personnes qui se sentent égales à elles-mêmes plus qu'avant. Cela devrait être le signe qu'elles étaient prêtes pour les temps nouveaux. N'est-ce pas ?

Elle ne répond rien. J'ajoute : – À moins que ce ne soit leur refus absolu qui les préserve des changements. C'est votre cas ?

– Moi… mais dites-moi d'abord dans quelle mesure vous pensez avoir changé.

– Pas de beaucoup. Je m'aperçois que j'ai conservé quelques points d'honneur d'autrefois : soutenir une femme qui tombe, par exemple, même si désormais, plus personne ne sait dire merci.

– Nous avons tous des moments de faiblesse, femmes et hommes, et il n'est pas dit, lieutenant, que je n'aurai pas l'occasion de vous rendre votre courtoisie d'ici peu. – Dans sa voix, il y a une pointe d'âpreté, de ressentiment presque.

À ce point-là, le dialogue – qui a concentré toute l'attention, jusqu'à faire oublier ou presque la vision bouleversée de la ville – pourrait s'interrompre : les habituels convois militaires traversent la place et la page, en nous séparant, à moins que ce ne soit les habituelles files de femmes devant les magasins ou les habituels cortèges d'ouvriers avec leurs pancartes. Irina est loin maintenant, le chapeau avec la rose navigue sur une mer de bérets gris, de casques, de foulards noués sur la tête ; j'essaie de la suivre, mais elle ne se retourne pas.

Suivent quelques paragraphes remplis de noms de généraux et de députés, à propos des bombardements et des retraites sur le front, des scissions et unifications dans les partis représentés au Conseil, entrecoupés d'observations climatiques : averses, gelées, courses de nuages, tempêtes de tramontane. Tout cela néanmoins comme accompagnement de mes états d'âme : tantôt d'abandon festif à la vague des événements, tantôt de repli en moi-même comme si je me concentrais sur un but obsédant, comme si tout ce qui arrive autour de moi ne servait qu'à me dissimuler, à me cacher, comme les défenses des sacs de sable qu'on voit s'accumuler un peu partout (la ville semble se préparer à combattre une rue après l'autre), les palissades que chaque nuit les colleurs d'affiches de toutes tendances recouvrent de manifestes immédiatement trempés de pluie et illisibles en raison du papier qui absorbe trop et de l'encre de mauvaise qualité.

Chaque fois que je passe devant le palais qui accueille le Commissariat à l'industrie lourde, je me dis : « Cette fois j'irai saluer mon vieux Valeriano. » Je me le répète depuis le jour où je suis arrivé. Valeriano est l'ami le plus cher que j'ai dans cette ville. Mais à chaque fois je repousse parce qu'il y a toujours quelque chose d'important à faire. Et dire que je semble jouir d'une liberté insolite pour un militaire en service : mes attributions ne sont pas très claires ; je vais et je viens entre les différents bureaux des états-majors ; on me voit rarement en caserne, comme si je n'étais inscrit dans l'organigramme d'aucun détachement, et on ne me voit pas davantage cloué à un bureau.

À la différence de Valeriano qui ne peut pas se décoller de son bureau. Et le jour où je monte le chercher, je le trouve encore là, mais il ne semble pas se consacrer à des affaires liées au gouvernement : il est en train de nettoyer un revolver à tambour. En me voyant, il ricane dans sa barbe de quelques jours. Il dit : – Alors, tu es venu pour te jeter dans le piège, toi aussi, avec nous.

– Ou pour prendre les autres au piège, je lui réponds.

– Les pièges sont l'un dans l'autre, et ils se déclenchent tous en même temps. – Il semble vouloir m'avertir de quelque chose.

L'édifice dans lequel sont installés les bureaux du Commissariat est l'ancienne résidence d'une famille qui s'était enrichie avec la guerre, et qui a été confisquée par la révolution. Une partie de l'ameublement d'un luxe tape-à-l'œil est resté là et se mélange avec les tristes bibelots de la bureaucratie ; le bureau de Valeriano est encombré de chinoiseries de boudoir : des vases avec des dragons, des écrins laqués, un paravent de soie.

– Et qui voudrais-tu prendre au piège dans cette pagode ? Une reine d'Orient ?

De derrière le paravent sort une femme : cheveux courts, robe en soie grise, collants couleur lait.

– Les rêves masculins ne changent pas avec la révolution, dit-elle, et c'est au sarcasme agressif de sa voix que je reconnais la passante rencontrée sur le Pont de Fer.

– Tu vois ? Il y a des oreilles qui écoutent le moindre de nos mots…, fait Valeriano en riant.

– La révolution ne fait pas de procès aux rêves, Irina Piperin, je réponds.

– Et elle ne nous sauve pas davantage des cauchemars, réplique-t-elle.

Valeriano intervient : – Je ne savais pas que vous vous connaissiez.

– Nous nous sommes rencontrés dans un rêve, dis-je. Nous étions en train de tomber d'un pont.

Et elle : – Non. Chacun son rêve.

– Et il y en a même à qui il arrive de se réveiller dans un endroit bien à l'abri, comme ici, protégé de toutes sortes de vertiges… – j'insiste.

– Les vertiges sont partout, – et elle prend le revolver que Valeriano a fini de remonter, elle l'ouvre, elle appuie l'œil sur le canon comme pour voir s'il a été bien nettoyé, elle fait tourner le barillet, enfile un projectile dans un des trous, elle arme le chien, garde l'arme pointée contre son œil en faisant tourner le barillet. – On dirait un puits sans fond. On sent l'appel du néant, la tentation de tomber, de rejoindre la nuit qui appelle…

– Eh, on ne plaisante pas avec les armes ! faisje, et j'avance ma main, mais elle me pointe le revolver dessus.

– Ah bon ? dit-elle. Les femmes, non, mais vous oui ? La véritable révolution, ce sera quand les femmes auront des armes.

– Et que les hommes resteront désarmés ? Cela te semble juste, camarade ? Les femmes armées pour quoi faire ?

– Pour prendre votre place. Nous au-dessus et vous en dessous. Que vous compreniez un peu ce qu'on ressent quand on est une femme. Allez, bouge, passe de l'autre côté, rapproche-toi de ton ami, ordonne-t-elle en gardant l'arme pointée vers moi.

– Irina a de la suite dans les idées, m'avertit Valeriano. Inutile de la contredire.

– Et maintenant ? demandé-je et je regarde Valeriano en m'attendant à ce qu'il intervienne pour faire cesser la plaisanterie.

Valeriano regarde Irina, mais son regard est perdu, comme en transe, comme s'il s'était complètement rendu, c'est le regard de quelqu'un dont le plaisir dépendrait du seul fait de se soumettre à l'arbitraire de cette femme.

Un motocycliste du Commandement Militaire fait son entrée avec un fascicule de dossiers. En s'ouvrant, la porte cache Irina qui disparaît. Valeriano fait ce qu'il doit faire comme si de rien n'était.

– Non mais dis,… lui demandé-je, à peine nous pouvons parler, tu les trouves drôles ces plaisanteries ?

– Irina ne plaisante pas, dit-il, sans lever son regard des feuilles, tu verras.

Et voilà qu'à partir de ce moment le temps change de forme, la nuit se dilate, les nuits deviennent une seule et unique nuit dans la ville traversée par notre trio devenu inséparable, une seule et unique nuit qui culmine dans la chambre d'Irina, dans une scène qui doit être d'intimité, mais aussi d'exhibition et de défi, la cérémonie de je ne sais quel culte secret et sacrificiel dont Irina est à la fois la prêtresse et la divinité, la profanatrice et la victime. Le récit reprend son cours interrompu, désormais l'espace qu'il doit parcourir est surchargé, dense, il ne laisse pas la moindre place à l'horreur du vide, entre les rideaux et les dessins géométriques, les coussins, l'atmosphère imprégnée de l'odeur de nos corps nus, les seins d'Irina à peine relevés sur sa maigre cage thoracique, les aréoles brunes qui seraient mieux proportionnées sur un sein plus florissant, le pubis étroit et aigu en forme de triangle isocèle (pour l'avoir associé une fois au pubis d'Irina, le terme « isocèle » se charge pour moi d'une telle sensualité que je ne peux plus le prononcer sans claquer des dents). Quand on s'avance au centre de la scène, les lignes tendent à s'emmêler, à devenir sinueuses comme la fumée du brasero où brûlent les pauvres arômes rescapés de cette droguerie arménienne à laquelle la réputation usurpée de fumerie d'opium avait valu d'être saccagée par une foule désireuse de venger les bonnes manières, à s'entortiller – les lignes toujours – comme la corde invisible qui nous relie, nous trois, et qui, plus nous nous débattons pour nous en libérer, plus elle resserre autour de nous ses nœuds jusqu'à les inscrire à même notre chair. Au centre de ce nœud, dans le cœur du drame de notre union secrète, il y a le secret que je porte en moi, et que je ne peux révéler à personne, et encore moins à Irina et à Valeriano qu'à quiconque, la mission secrète qui m'a été confiée : découvrir qui est l'espion infiltré dans le Comité révolutionnaire qui est sur le point de faire tomber la ville aux mains des Blancs.

Au beau milieu des révolutions qui, en cet hiver venteux, balayaient les rues des capitales comme des rafales de tramontane, était en train de naître la révolution secrète qui devait transformer les pouvoirs des corps et des sexes : voilà ce que croyait Irina et ce qu'elle avait réussi à faire croire, non seulement à Valeriano, qui, fils d'un juge d'instance, diplômé en économie politique, disciple des sages de l'Inde et des théosophes suisses, était l'adepte prédestiné de toute doctrine aux limites du pensable, mais à moi aussi, qui venais d'une école nettement plus dure, à moi, qui savais que l'avenir allait se jouer sous peu entre le Tribunal révolutionnaire et la Cour martiale des Blancs, et que deux pelotons d'exécution, d'un côté comme de l'autre, attendaient avec des fusils chargés.

J'essayais de fuir en pénétrant avec des mouvements de reptation vers le centre de la spirale où les lignes s'échappaient comme des serpents suivant les contorsions des membres d'Irina, souples et inquiets, dans une danse lente où ce n'est pas tant le rythme qui compte mais le dessin des lignes serpentines qui s'entrelacent et se défont. De ses deux mains, ce sont bien deux têtes de serpent qu'Irina saisit, et elles réagissent à sa pression en accentuant leur propre tendance à la pénétration rectiligne, alors qu'Irina prétendait au contraire que le maximum de force contenue correspondît à une souplesse de reptile qui se plie pour la rejoindre en contorsions impossibles.

Parce que tel était le premier article de foi du culte institué par Irina : que nous abdiquions le parti pris de la verticalité, de la ligne droite, ce vain orgueil masculin persistant qui nous tenait jusque dans l'acceptation de notre condition d'esclaves d'une femme qui n'admettait aucune jalousie entre nous ni suprématie d'aucun genre. – Plus bas, – disait Irina, et sa main appuyait la tête de Valeriano sur l'occiput, plongeant ses doigts dans les cheveux de laine d'un roux d'étoupe du jeune économiste, sans lui permettre de soulever la tête de son giron, – encore plus bas ! – et pendant ce temps, elle me regardait de ses yeux de diamant, et elle voulait que moi aussi je regardasse, elle voulait que nos regards procédassent eux aussi sans discontinuer par des voies serpentines. Je sentais son regard qui ne me lâchait pas un instant, et en même temps je sentais sur moi un autre regard qui me suivait à chaque moment et en chaque lieu, le regard d'un pouvoir invisible qui n'attendait qu'une seule chose de moi : la mort, et peu importait que ce fût celle que je devais porter à d'autres, ou la mienne.

J'attendais le moment où le lacet du regard d'Irina se serait relâché. La voilà avec ses yeux mi-clos, et me voilà qui glisse dans l'ombre, derrière les coussins les divans le brasero, là où Valeriano a laissé ses vêtements pliés dans un ordre parfait, comme à son habitude, je me glisse dans l'ombre des cils abaissés d'Irina, je fouille dans les poches, dans le portefeuille de Valeriano, je me cache dans la nuit des paupières serrées d'Irina, dans la nuit du cri qui sort de sa gorge, je trouve la feuille pliée en quatre avec mon nom inscrit au stylo d'acier, sous la formule des condamnations à mort pour trahison, signée et contresignée sous les tampons réglementaires.

V

À ce point-là la discussion est ouverte. Aventures personnages milieux sensations sont évacués pour laisser la place aux concepts généraux.

– Le désir pervers polymorphe…
– Les lois de l'économie de marché…
– Les homologies des structures signifiantes…
– La déviance et les institutions…
– La castration…

Toi seul tu es resté là en suspens, toi et Ludmilla, alors que plus personne ne pense à reprendre la lecture.

Tu t'approches de Lotaria, tu tends une main vers les papiers étalés devant elle, et tu demandes :
– Je peux ? – tu essaies de t'emparer du roman. Mais il ne s'agit pas d'un livre, c'est un cahier déchiré. Et le reste ?

– Pardon, je cherchais les autres pages, la suite, dis-tu.

– La suite ?… Oh, il y a déjà là de quoi discuter pendant un mois. Ça ne te suffit pas ?

– Ce n'était pas pour discuter, c'était pour lire…, fais-tu remarquer.

– Écoute, les groupes d'étude sont très nombreux, la bibliothèque de l'Institut hérulo-altaïque ne disposait que d'un seul exemplaire ; alors on se l'est partagé, le partage a été un peu disputé, le livre a été mis en morceaux, mais je crois vraiment que j'ai récupéré la meilleure partie.

Assis à la table d'un café, Ludmilla et toi faites le point sur la situation. – Résumons-nous : *Sans craindre le vent et le vertige* n'est pas *Au bord de la côte à pic* qui à son tour n'est pas *Loin de l'habitat de Malbork*, qui est quelque chose de tout à fait différent de *Si une nuit d'hiver un voyageur*. Il ne nous reste qu'à remonter aux origines de toute cette confusion.

– Oui. C'est la maison d'édition qui nous a soumis à toutes ces frustrations, c'est donc la maison d'édition qui nous doit réparation. C'est à eux qu'il faut aller demander.

– Si Ahti et Viljandi sont la même personne ?

– Avant tout, il faut demander *Si une nuit d'hiver un voyageur*, se faire donner un exemplaire complet et de la même manière un exemplaire complet de *Loin de l'habitat de Malbork*. Je veux dire : des romans que nous avons commencé à lire en croyant qu'ils portaient ce titre ; si après leur vrai titre et leur vrai auteur sont différents, qu'ils nous le disent, et qu'ils nous expliquent quel mystère il y a sous ces pages qui passent d'un volume à l'autre.

– Et en suivant cette piste, ajoutes-tu, nous trouverons peut-être une trace qui nous conduira à *Au bord de la côte à pic*, qu'il soit inachevé ou porté à terme…

— Je ne peux pas nier, dit Ludmilla, que quand j'ai appris qu'on avait retrouvé la suite, j'ai voulu y croire.

— … et à *Sans craindre le vent et le vertige* qui est celui que je serais maintenant le plus impatient de continuer…

— Oui, moi aussi, même si je dois dire que ce n'est pas mon idéal de roman…

Et voilà, ça recommence. À peine penses-tu être sur la bonne voie que tu te retrouves tout de suite bloqué par une interruption ou un changement de direction : quand tu essaies de poursuivre tes lectures, de retrouver le livre perdu, ou de déterminer les goûts de Ludmilla.

— Le roman que je voudrais lire maintenant plus que tout autre, explique Ludmilla, devrait avoir comme seule force motrice l'envie de raconter, d'accumuler histoire sur histoire sans prétendre t'imposer une vision du monde, mais seulement de te faire assister à sa propre croissance, comme une plante, un entrelacs comme de branches et de feuilles…

Sur ce point tu es tout de suite d'accord avec elle : tournant le dos aux pages lacérées par les analyses intellectuelles, tu rêves de retrouver une condition de lecture naturelle, innocente, primitive…

— Il faut que nous retrouvions le fil que nous avons perdu, dis-tu. Allons tout de suite à la maison d'édition.

Et elle : — Inutile que nous y allions tous les deux. Tu vas y aller toi et tu me raconteras.

Tu n'es pas content. Cette chasse te passionne parce que tu la fais avec elle, parce que vous pouvez la vivre ensemble et la commenter pendant que vous la vivez. Et tout ça maintenant que tu avais l'impression d'avoir trouvé une entente, une intimité, non pas tant parce que maintenant vous vous tutoyez, mais parce que vous vous sentez comme des complices dans une entreprise que vous êtes peut-être les seuls à comprendre.

– Et pourquoi est-ce que tu ne veux pas venir ?

– Par principe.

– Qu'est-ce que tu veux dire ?

– Il y a une ligne de démarcation : d'un côté, il y a ceux qui font les livres, de l'autre côté, il y a ceux qui les lisent, moi je veux rester du côté de ceux qui les lisent, et c'est pourquoi je fais attention à me tenir toujours en deçà de cette ligne. Sinon, le plaisir désintéressé de lire disparaît, ou du moins se transforme en quelque chose d'autre, qui n'est pas ce que je veux, moi. C'est une ligne de démarcation approximative, qui tend à s'effacer : le monde de ceux qui ont quelque chose à faire avec les livres de manière professionnelle est de plus en plus peuplé et tend à s'identifier avec le monde des lecteurs. Certes, les lecteurs aussi deviennent de plus en plus nombreux, mais on dirait que ceux qui utilisent les livres pour produire d'autres livres augmentent plus que ceux qui aiment les livres simplement pour les lire. Je sais que si je passe au-delà de cette ligne de démarcation, même occasionnellement, par hasard, je risque de me confondre avec cette marée qui avance ; c'est pourquoi je refuse de mettre les pieds dans une maison d'édition, serait-ce pour quelques minutes.

– Et moi, alors ? objectes-tu.

– Toi, je ne sais pas. C'est à toi de voir. Chacun a sa manière de réagir. – Pas moyen de lui faire changer d'avis, à cette femme. Tu mèneras ton expédition tout seul, et vous vous retrouverez ici, dans ce café, à six heures.

– Vous êtes venu pour le manuscrit ? Il est en lecture, non, je me suis trompé, il a été lu, et avec intérêt, bien sûr que je me souviens !, remarquable épaisseur linguistique, dénonciation courageuse, vous n'avez pas reçu la lettre ?, nous avons le regret de vous annoncer, dans la lettre tout est expliqué, cela fait déjà un moment que nous vous l'avons envoyée, la poste est toujours en retard, vous la recevrez sans aucun doute, les programmes éditoriaux trop chargés, la conjoncture qui n'est pas favorable, vous voyez que vous l'avez reçue ?, et qu'est-ce qu'elle disait déjà ?, en vous remerciant de nous l'avoir fait lire, nous aurons soin de vous le renvoyer, ah, vous veniez pour reprendre un manuscrit ?, non, nous ne l'avons pas retrouvé, ayez encore un peu de patience, il va finir par émerger, n'ayez pas peur, ici on ne perd jamais rien, on vient juste de retrouver des manuscrits que nous cherchions depuis dix ans, oh, non pas dans dix ans, on retrouvera le vôtre avant, du moins nous l'espérons, on a tant de manuscrits, des piles hautes comme ça, si vous voulez on peut vous les faire voir, vous voulez le vôtre, ça se comprend, je voulais dire que nous gardons tellement de manuscrits que cela nous est égal, pensez donc si nous allons jeter le vôtre alors que nous y tenons tellement, non, non pas pour le publier, nous y tenons pour vous le rendre.

La personne qui parle ainsi est un petit homme desséché et voûté qui semble se dessécher et se voûter davantage chaque fois que quelqu'un l'appelle, le tire par la manche, lui soumet un problème, lui dépose une pile d'épreuves sur les bras, « Docteur Cavedagna », « Écoutez, docteur Cavedagna ! », « Demandons donc au docteur Cavedagna », et lui, à chaque fois, il se concentre sur la requête du dernier interlocuteur, les yeux fixes, le menton qui tremble, le cou qui se tord sous l'effort de tenir en réserve et en évidence toutes les autres questions non résolues, avec cette patience sans consolation des personnes trop nerveuses et cette nervosité ultrasonique des personnes trop patientes.

Quand tu t'es rendu au siège de la maison d'édition, et que tu as exposé aux huissiers le problème des volumes mal brochés que tu voudrais échanger, ils t'ont dit d'abord de t'adresser au Service commercial ; puis, quand tu as ajouté que ce n'était pas seulement l'échange des volumes qui t'intéressait, mais l'explication de ce qui s'était passé, ils t'ont envoyé au Service technique ; et quand tu as précisé que c'est la suite des romans interrompus qui t'intéressait, – Alors il vaut mieux que vous parliez avec le docteur Cavedagna, ont-ils conclu.

Installez-vous dans l'antichambre ; d'autres personnes attendent déjà ; votre tour viendra.

Ainsi, en te frayant un chemin entre les autres visiteurs, tu as entendu plusieurs fois le docteur Cavedagna recommencer l'histoire du manuscrit qu'on ne retrouve plus, s'adressant à chaque fois à des personnes différentes, toi compris, et à chaque fois interrompu par des visiteurs, d'autres rédacteurs ou des employés avant de pouvoir s'apercevoir du quiproquo. Tu comprends tout de suite que le docteur Cavedagna est ce genre de personnage indispensable dans la structure de toute entreprise et sur les épaules duquel les collègues tendent instinctivement à se décharger des tâches les plus compliquées et les plus épineuses. Dès que tu es sur le point de lui parler, quelqu'un lui confie la programmation de travail des cinq années à venir pour qu'il la mette à jour, ou un index des noms dont il faut changer tous les numéros de page, ou une édition de Dostoïevski à refaire du début à la fin parce qu'il y a écrit Maria et que maintenant il faut écrire Mar'ja et que chaque fois qu'il y a écrit Pjotr, il faut corriger par Pëtr. Lui, il écoute tout le monde, même s'il est toujours angoissé d'avoir laissé à moitié la conversation avec un autre postulant, et à peine est-il en mesure de le faire, qu'il tente de calmer les plus impatients en les assurant qu'il ne les a pas oubliés, qu'il suit leur problème : – Nous avons vivement apprécié l'atmosphère fantastique... (– Quoi ? sursaute un historien des scissions trotskistes en Nouvelle-Zélande). – Peut-être auriez-vous pu atténuer les images scatologiques... (– Mais de quoi est-ce que vous parlez ? proteste un spécialiste de macro-économie des oligopoles).

Tout à coup le docteur Cavedagna disparaît. Les couloirs de la maison d'édition sont pleins de dangers : il y a des troupes théâtrales qui rôdent, venues d'hôpitaux psychiatriques, des groupes qui se consacrent à la psychanalyse de groupe, des commandos de féministes. À chaque pas, le docteur Cavedagna risque d'être capturé, assiégé, englouti.

Tu as atterri ici à un moment où les personnes qui gravitent autour des maisons d'édition, ce ne sont plus comme autrefois surtout les aspirants poètes ou romanciers, les aspirantes poétesses ou écrivaines ; c'est le moment, (dans l'histoire de la culture occidentale), où ce ne sont plus les individus isolés qui recherchent à se réaliser personnellement sur le papier, mais des collectivités : séminaires d'étude, groupes opératifs, équipes de recherche, comme si le travail intellectuel était trop désolant pour pouvoir être affronté dans la solitude. La figure de l'auteur est devenue plurielle et se déplace toujours en groupe, parce que personne ne peut être délégué pour représenter quelqu'un d'autre : quatre ex-détenus dont l'un s'est évadé, trois anciens hospitalisés avec l'infirmier et le manuscrit de l'infirmier. Ou alors il s'agit de couples, pas nécessairement mariés, mais c'est la tendance générale, comme si la vie en couple ne connaissait pas de meilleur soutien que la production de manuscrits.

Chacun de ces personnages a demandé à parler avec le responsable d'un secteur particulier ou la personne compétente d'une branche particulière, mais tout le monde finit par se retrouver devant le docteur Cavedagna. Des flots de discours où confluent les lexiques des disciplines et des écoles de pensée les plus spécialisées et les plus sélectives se reversent sur cet ancien rédacteur que tu as défini au premier coup d'œil comme un « petit homme desséché et voûté », non parce qu'il serait plus petit, plus desséché et plus voûté que tant d'autres, ou parce que les mots « petit homme desséché et voûté » feraient partie de sa manière de s'exprimer, mais parce qu'il semble sorti tout droit d'un monde dans lequel on trouve encore – non, il semble sorti tout droit d'un livre dans lequel on trouve encore – voilà : il semble sorti tout droit d'un monde dans lequel on lit encore des livres où on trouve des « petits hommes desséchés et voûtés ».

Sans se laisser déborder, il laisse les problématiques glisser sur sa calvitie, secoue la tête et essaie de réduire chaque question à ses dimensions les plus pratiques : – Mais, pardon, ne pourriez-vous pas, je ne dis pas, mais faire rentrer dans le corps du texte toutes les notes en pied de page, et concentrer le texte un tantinet et puis, pourquoi pas, à vous de juger, le mettre comme note en pied de page ?

– Quant à moi, je suis un lecteur, seulement un lecteur, pas un auteur, t'empresses-tu de déclarer, comme quelqu'un qui se lancerait au secours d'une personne qui va faire un faux pas.

– Ah oui ? Bravo, bravo je suis vraiment content ! – Et le coup d'œil qu'il t'adresse exprime véritablement la sympathie et la gratitude. – Cela me fait plaisir. Des lecteurs, en fait, j'en rencontre de moins en moins.

Il est en veine de confidences ; il se laisse emporter ; il oublie ses autres charges ; il t'attire à l'écart : – Je travaille dans cette maison d'édition depuis si longtemps… tant de livres me passent par les mains… mais est-ce que je peux dire que je lis vraiment ? Ce n'est pas cela que j'appelle lire, moi… Dans mon patelin, il y avait peu de livres, mais je lisais, à l'époque, je lisais vraiment… Je me dis toujours que quand je serai à la retraite, je retournerai dans mon patelin et je me remettrai à lire comme avant. De temps à autre, je mets de côté un livre, et je me dis : celui-là, je le lirai quand je serai à la retraite, mais après je pense que ce ne sera pas la même chose… Cette nuit j'ai fait un rêve, j'étais dans mon patelin, dans le poulailler de ma maison, je cherchais, je cherchais quelque chose dans le poulailler, dans le panier où les poules font les œufs, et qu'est-ce que j'ai trouvé ?, un livre, un des livres que j'ai lus quand j'étais petit, une édition populaire, les pages en lambeaux, avec des gravures en noir et blanc que j'avais colorées avec les pastels… Voyez-vous ? Enfant je me cachais dans le poulailler pour lire…

Tu commences à lui expliquer le motif de ta visite. Il le comprend en un quart de seconde, au point qu'il ne te laisse même pas poursuivre :

– Alors vous aussi, vous aussi, les cahiers

mélangés, nous le savons parfaitement, les livres qui commencent et s'interrompent, toute la dernière production de la maison est sens dessus dessous ; vous y comprenez quelque chose, vous ? Nous, nous n'y comprenons vraiment plus rien, mon cher monsieur.

Il tient entre les bras une pile d'épreuves ; il la pose délicatement comme si la plus petite oscillation pouvait bouleverser l'ordre des caractères typographiques. – Une maison d'édition est un organisme fragile, mon cher monsieur, dit-il, il suffit qu'en un point quelconque quelque chose se passe mal et le désordre gagne, le chaos s'ouvre à nouveau sous nos pieds. Pardonnez-moi, mais voyez-vous, quand j'y pense, je suis saisi de vertiges. – Et il se bouche les yeux, comme persécuté par la vision de milliards de pages, de lignes, de mots qui tourbillonnent dans un nuage de poussière.

– Allons, allons docteur Cavedagna, ne vous frappez pas comme ça ! – Et voilà que c'est toi qui dois le consoler, maintenant. – C'était une simple curiosité de lecteur qui me guidait... Mais si vous ne pouvez rien me dire...

– Ce que je sais, je vous le dis volontiers, dit le rédacteur. Écoutez bien. Tout a commencé quand s'est présenté à la maison d'édition un petit jeune qui prétendait être un traducteur du machin, du machin-bidule-truc.

– Du polonais ?

– Non, rien à voir avec le polonais ! Une langue difficile, que peu de gens connaissent...

– Le chimmérien ?

– Non, non pas le chimmérien, plus loin, comment dit-on ? Celui-là, il se faisait passer pour un polyglotte extraordinaire, il n'y avait pas une langue qu'il ignorât, et même ce truc-là, le cimbre, oui c'est ça, le cimbre. Il nous apporte un roman écrit dans cette langue, un roman bien gros, épais, le machin-truc, le *Voyageur* ; non : le *Voyageur*, c'est celui de l'autre, le *Loin de l'habitat*...

– De Tazio Bazakbal ?

– Non, pas Bazakbal, non, ça, c'était *La côte à pic*, de machin...

– Ahti ?

– Bravo, précisément celui-là, Ukko Ahti.

– Mais, je vous prie de m'excuser, Ukko Ahti n'est-il pas un auteur chimmérien ?

– Bah, on sait que d'abord il était chimmérien, Ahti ; mais vous savez comment ça s'est passé, pendant la guerre, après la guerre, la rectification des frontières, le rideau de fer, le fait est que désormais, là où se trouvait auparavant la Chimmérie, il y a la Cimbrie, et la Chimmérie ils l'ont déplacée plus loin. Comme ça, dans les dédommagements de guerre les Cimbres se sont même pris la littérature chimmérienne...

– C'est la thèse du professeur Galligani, que le professeur Uzzi-Tuzii rejette...

– Mais pensez donc, à l'université, les rivalités entre Instituts, deux chaires concurrentes, deux professeurs qui ne peuvent pas se voir, on ne peut pas imaginer Uzzi-Tuzii admettre qu'il faut aller lire le chef-d'œuvre de sa langue dans la langue de son collègue.

– Il reste néanmoins, tu insistes, que *Au bord de la côte à pic*, est un roman inachevé, à dire le vrai, à peine entamé… J'ai pu voir l'original…

– *Au bord de la côte…* maintenant ne jetez pas le trouble dans mon esprit, c'est un titre qui lui ressemble, mais ce n'est pas celui-là, c'est quelque chose avec *Vertige*, voilà, c'est le *Vertige* de Viljandi.

– *Sans craindre le vertige et le vent* ? Mais alors dites-moi : ce livre a été traduit ? Vous l'avez publié ?

– Attendez. Le traducteur, un certain Hermès Marana, semblait avoir tous ses papiers en règle : il nous fait passer un essai de traduction, nous mettons le titre au programme, il nous remet ponctuellement les pages de sa traduction, cent à chaque fois, il empoche les avances, nous commençons à passer la traduction à la typographie, à faire composer, pour ne pas perdre de temps… Et voilà qu'au moment de corriger les épreuves, nous remarquons des contresens, des étrangetés… Nous appelons ce Marana, nous lui posons des questions, il se mélange les pinceaux, il se contredit… Nous le mettons au pied du mur, nous ouvrons le texte original sous ses yeux et nous lui demandons de traduire devant nous un passage à voix haute… Il finit par avouer qu'il ne sait pas le moindre mot de cimbre !

– Et la traduction qu'il vous avait remise ?

– Il avait mis les noms propres en cimbre, non : en chimmérien, je ne sais plus, mais le texte, il l'avait traduit d'un autre roman…

– Quel roman ?

– Quel roman ? c'est ce que nous lui avons demandé. Et lui : un roman polonais (ah le voilà le polonais !) de Tazio Bazakbal…

– *Loin de l'habitat de Malbork…*

– Bravo oui c'est ça. Mais un moment. Ça, c'est ce qu'il disait, et nous, sur le moment, nous le croyons ; le livre était déjà sous presse. Nous arrêtons tout, nous faisons changer le frontispice, la couverture. C'était une grosse perte, pour nous, mais de toute façon, avec ce titre ou un autre, avec cet auteur ou un autre, le roman était là, traduit, composé, imprimé… Nous n'avons pas calculé qu'avec tous ces ordres et contrordres, en typographie, à la reliure, la substitution de tous les premiers cahiers avec le frontispice qui portait le mauvais titre pour mettre les nouveaux cahiers avec le bon frontispice, au total, il s'est créé une confusion qui s'est étendue à toutes les nouveautés que nous avions en chantier, des tirages entiers à envoyer au pilon, des volumes déjà en distribution à retirer des librairies…

– Je n'ai pas compris une chose : de quel roman êtes-vous en train de parler ? Le roman de la gare ou celui du garçon qui quitte la ferme ? Ou celui…

– Un peu de patience. Ce que je vous ai raconté jusque-là, ce n'est rien. Parce que nous, entre-temps, nous n'avions plus confiance en aucun de ces messieurs, comme c'est bien naturel, et nous voulions y voir clair, confronter la traduction avec l'original. Qu'est-ce qu'on découvre ? Ce n'était même pas le Bazakbal, c'était un roman traduit du français, d'un écrivain belge peu connu, Bertrand Vandervelde, intitulé... Attendez, je vais vous le montrer.

Cavedagna s'éloigne et quand il réapparaît, il pose devant toi un petit fascicule de photocopies : – Voilà, il s'appelle *Regarde en bas où l'ombre est plus noire.* Nous avons ici le texte français des premières pages. Voyez de vos propres yeux, jugez un peu quelle arnaque ! Hermès Marana traduisait ce petit roman de quatre sous, mot à mot, et il nous le faisait passer pour chimmérien, pour cimbre, pour polonais...

Tu feuillettes les photocopies et au premier coup d'œil tu comprends que ce *Regarde en bas où l'ombre est plus noire* n'a rien à voir avec les quatre romans que tu as dû interrompre. Tu voudrais tout de suite avertir Cavedagna, mais il est en train d'extraire une feuille jointe au fascicule qu'il tient à te montrer : – Vous voulez voir ce que Marana a eu le culot de nous répondre quand nous lui avons reproché ses mystifications ? Voici sa lettre... – Et il te montre un alinéa pour que tu le lises.

« Qu'importe le nom de l'auteur sur la couverture ? Transportons-nous en pensée d'ici à trois mille ans. Dieu sait quels livres écrits à notre époque se seront sauvés, et de quels auteurs on aura conservé le nom. Certains livres seront restés célèbres mais seront considérés comme des œuvres anonymes comme c'est le cas pour nous de *L'Épopée de Gilgamesh* ; il y aura des auteurs dont le nom sera toujours célèbre mais dont il ne restera aucune œuvre, comme c'est arrivé à Socrate ; ou ces livres seront peut-être tous attribués à un seul auteur mystérieux, comme Homère. »

– Vous avez vu quel beau raisonnement ? s'exclame Cavedagna, puis il ajoute : Et il se pourrait même qu'il ait raison, c'est ça le plus beau…

Il secoue la tête, comme saisi par une pensée ; il rit un peu, il soupire un peu. Cette pensée, Lecteur, tu peux peut-être, toi, la lire sur son front. Il y a tant d'années que Cavedagna s'occupe des livres pendant qu'ils se font, pièce par pièce, il voit des livres naître et mourir tous les jours, et pourtant, les vrais livres, pour lui, ce sont les autres, ceux d'une époque où ils étaient pour lui comme des messages venus d'autres mondes. De même pour les auteurs : il a affaire à eux tous les jours, il connaît leurs obsessions, leurs atermoiements, leur susceptibilité, leur égocentrisme, et pourtant, les vrais auteurs restent pour lui ceux qui étaient seulement des noms sur la couverture, un mot qui faisait tout un avec le titre, des auteurs qui avaient la même réalité que leurs personnages et que les lieux qui étaient nommés dans les livres, qui existaient, et qui n'existaient pas en même temps, comme ces personnages, et comme ces villages. L'auteur était un point invisible d'où venaient les livres, un vide traversé de fantômes, un tunnel souterrain qui mettait les autres mondes en communication avec le poulailler de son enfance…

On l'appelle. Il hésite un moment entre reprendre les photocopies et te les laisser. – Attention c'est un document important, vous ne pouvez pas sortir d'ici, c'est le corps du délit, il pourrait en résulter un procès pour plagiat. Si vous voulez l'examiner, asseyez-vous ici, à ce bureau, et puis rappelez-vous de me le rendre, même si moi j'oubliais de vous le demander, surtout qu'il ne s'égare pas...

Tu pourrais lui dire que cela n'a pas d'importance, que ce n'est pas le roman que tu cherchais, mais comme l'attaque ne te déplaît pas et que le docteur Cavedagna, toujours plus soucieux, a été de nouveau englouti par le tourbillon de ses activités éditoriales, il ne te reste plus qu'à te mettre à lire *Regarde en bas où l'ombre est plus noire.*

Regarde en bas
où l'ombre est plus noire

J'avais beau m'escrimer à tirer sur l'ouverture du sac en plastique : elle arrivait à peine au cou de Jojo et la tête restait en dehors. L'autre système aurait consisté à le mettre dans le sac en commençant par la tête, mais il ne résolvait pas mon problème, parce que les pieds restaient au dehors. La solution aurait été de lui faire plier les genoux, mais malgré l'aide que j'essayais de lui apporter avec des coups de pied, les jambes devenues raides résistaient, et quand j'y suis enfin parvenu, les jambes et le sac se sont pliés ensemble, de sorte qu'il était encore plus difficile à transporter et que la tête sortait encore plus qu'avant.

– Quand donc arriverai-je à me libérer vraiment de toi, Jojo ? lui disais-je, et chaque fois que je le retournais, je me retrouvais face à son visage couleur aubergine, avec ses petites moustaches de joli cœur, ses cheveux gominés à la brillantine, son nœud de cravate qui pointait du sac comme d'un pull-over, je veux dire un pull-over qui datait des années dont il avait continué à suivre la mode.

Peut-être Jojo était-il arrivé à la mode de ces années avec retard, quand elle n'était déjà plus à la mode nulle part, mais comme dans sa jeunesse il avait envié des types habillés et coiffés comme ça, de la brillantine aux chaussures vernies noires avec empeigne de velours, il avait identifié ce style à la réussite, et lorsqu'il y était parvenu, il était trop pris par son succès pour regarder autour de lui et s'apercevoir que ceux auxquels il voulait ressembler avaient maintenant un style complètement différent.

La brillantine tenait bien ; et même quand on lui comprimait le crâne pour l'enfoncer dans le sac, la calotte de cheveux restait sphérique ; seulement elle se segmentait en bandes compactes qui se soulevaient en arcs. Le nœud de la cravate s'était un peu déplacé et l'instinct me prit de le redresser, comme si un cadavre avec une cravate de travers pouvait plus se faire remarquer qu'un cadavre en ordre.

— Il faut un autre sac pour lui enfiler sur la tête, dit Bernadette, et encore une fois il me fallut reconnaître que l'intelligence de cette fille était supérieure à ce qu'on pouvait attendre de sa condition sociale.

Le problème, c'est que nous n'avons pas réussi à trouver un autre sac de plastique de grande dimension. Il n'y avait qu'un sac-poubelle de cuisine, un sachet orange qui pouvait parfaitement servir à lui cacher la tête, mais pas à cacher qu'il s'agissait d'un corps humain enveloppé dans un sac et avec la tête enveloppée dans un sac plus petit.

De toute façon, nous ne pouvions pas rester plus longtemps dans ce souterrain, nous devions nous débarrasser de Jojo avant qu'il fasse jour, cela faisait déjà deux heures que nous baladions Jojo comme s'il était encore en vie, un troisième passager dans ma voiture décapotable, et trop de gens nous avaient déjà remarqués. Comme ces deux agents à bicyclette qui s'étaient approchés sans faire de bruit et qui s'étaient arrêtés pour regarder alors que nous étions sur le point de le balancer dans le fleuve (l'instant d'avant, le pont de Bercy nous avait semblé désert), et immédiatement Bernadette et moi nous nous sommes mis à lui donner des grandes tapes dans le dos, à Jojo affalé tête et bras pendants sur le parapet, et moi de m'exclamer : – Allez, mon vieux, vomis jusqu'au fond de ton âme, que ça va t'éclaircir les idées ! – Et en le portant tous les deux, ses bras sur nos épaules, nous le transportons jusqu'à la voiture. À ce moment-là, le gaz qui se gonfle dans le ventre des cadavres est sorti à grand fracas ; et les deux flics ont éclaté de rire. Je me suis pris à penser que Jojo mort avait un caractère bien différent de celui qu'il avait en vie, avec ses manières délicates ; et qu'il n'aurait pas eu la générosité de venir en aide à deux amis qui risquaient la guillotine pour son assassinat.

Alors on s'est mis à la recherche du sac en plastique et du bidon d'essence, et désormais il ne nous restait plus qu'à trouver l'endroit. C'est difficile à croire, mais dans une métropole comme Paris, on peut perdre des heures à chercher un endroit adéquat pour brûler un cadavre. – À Fontainebleau, il n'y a pas une forêt ? dis-je en mettant en marche à Bernadette qui était revenue s'asseoir à mes côtés, indique-moi le chemin, toi qui t'y connais. – Et je pensais que peut-être, quand le soleil allait teinter le ciel de gris, nous serions rentrés en ville dans la queue avec les camions de légumes, et qu'il ne serait alors resté de Jojo qu'un petit tas carbonisé et nauséabond dans une clairière entre les charmilles, et pareil pour mon passé, si seulement me dis-je, ça pouvait être la bonne occasion pour me convaincre que tous mes passés ont été incinérés et oubliés, comme s'ils n'avaient jamais existé.

Combien de fois, quand je m'étais aperçu que mon passé commençait à me peser, qu'il y avait trop de gens qui croyaient que j'avais une ardoise chez eux, qu'elle soit matérielle ou morale, par exemple à Macao, les parents des filles du « Jardin de Jade », je parle d'eux parce qu'il n'y a rien dont il soit plus difficile de se débarasser que ces familles chinoises – et pourtant moi, ces filles quand je les engageais, je mettais tout sur la table, avec elles et avec leurs familles, et je payais en argent comptant, plutôt que de les voir toujours revenir dans mes pattes, les papas et les mamans tout maigrichons, avec leurs chaussettes blanches, avec leur panier de bambou qui sentait le poisson, avec cet air dépaysé comme s'ils venaient de la campagne, alors qu'ils habitaient tous dans le quartier du port –, bref, combien de fois, quand le passé pesait trop lourd sur mes épaules, n'avais-je été pris par l'espoir d'une coupure nette : changer de métier, de femme, de ville, de continent – un continent après l'autre, jusqu'à faire le tour complet –, d'habitudes, d'amis, d'affaires, de clientèle. C'était une erreur, et quand je m'en suis rendu compte, il était trop tard.

Car, de cette manière, je n'ai cessé d'accumuler passé sur passé derrière moi, de les multiplier les passés, et si une seule vie me semblait déjà trop dense, trop ramifiée et si embrouillée pour toujours me la coltiner, alors imaginez-donc plusieurs vies, chacune avec son passé et les passés des autres vies qui ne cessent de se nouer les uns les autres. J'avais beau dire à chaque fois : quel soulagement, je remets les compteurs à zéro, je passe l'éponge : le lendemain du jour où j'étais arrivé dans un pays nouveau, ce zéro était déjà devenu un nombre avec tellement de chiffres qu'il ne tenait plus sur les rouleaux, qu'il occupait le tableau d'un bout à l'autre, personnes, lieux, sympathies, antipathies, faux pas. Comme cette nuit où nous cherchions le bon endroit pour carboniser Jojo, avec les phares qui fouillaient entre les troncs et les rochers, et Bernadette qui indiquait le tableau de bord : – Non, tu ne vas pas me dire qu'on est à sec. – C'était vrai. Avec tout ce que j'avais dans la tête, je ne m'étais pas souvenu de faire le plein et maintenant on risquait de se retrouver loin de toute zone habitée avec la voiture en panne à une heure où les pompes sont fermées. Par chance, Jojo on l'avait pas encore donné aux flammes : imagine que nous soyons restés bloqués à faible distance du feu sans pouvoir même nous enfuir à pied en laissant une voiture aussi facile à reconnaître que la mienne. Bref, il ne nous restait qu'à verser dans le réservoir le jerricane d'essence qui devait servir à imbiber le costard bleu de Jojo, sa chemise en soie avec les initiales, et à rentrer en ville au plus vite en essayant de trouver une autre idée pour nous débarrasser de lui.

J'avais beau dire que je m'étais toujours tiré des pétrins dans lesquels je m'étais trouvé fourré, de tous les bons coups comme de tous les mauvais pas. Le passé est comme un ver solitaire toujours plus long que je porte enroulé en moi et qui ne perd pas ses anneaux malgré les efforts que je fais pour vider mes tripes dans tous les cabinets à l'anglaise ou à la turque, dans les chiottes des prisons, dans les vases des hôpitaux ou dans les feuillées des campements, ou tout simplement dans les buissons, en vérifiant bien auparavant qu'un serpent ne surgisse pas, comme cette fameuse fois au Venezuela. Le passé on ne peut pas le changer, pas plus que l'on peut changer son nom, car avec tous les passeports que j'ai eus, portant des noms dont je ne me souviens même pas, on m'a toujours appelé Ruedi le Suisse : où que j'aille, et quelle que soit la manière dont je me présente, il y avait toujours quelqu'un qui savait qui j'étais et ce que j'avais fait, même si mon aspect a beaucoup changé avec les années, surtout depuis que mon crâne est devenu chauve et jaune comme un pamplemousse, ce qui est arrivé pendant l'épidémie de typhus à bord du *Stjärna*, quand nous n'avions pas pu nous rapprocher des côtes ni demander de l'aide à la radio à cause du chargement que nous transportions.

En fait, la conclusion à laquelle portent toutes ces histoires, c'est que la vie qu'on a vécue est une et une seule, uniforme et compacte comme une couverture toute feutrée dont on n'arrive plus à démêler les fils. Et comme ça, si par hasard il me prend de m'arrêter sur le détail particulier d'une journée particulière, la visite d'un Cingalais qui veut me vendre une couvée de crocodiles à peine nés dans une petite bassine en zinc, je peux être sûr que dans cet épisode infime et insignifiant on peut trouver tout ce que j'ai vécu, tout mon passé, tous ces passés multiples que j'ai tenté en vain de laisser derrière moi, les vies qui finissent par se souder dans une seule vie globale, ma vie qui continue jusque dans cet endroit que j'ai décidé de ne plus quitter, ce pavillon avec un jardin derrière, dans la banlieue parisienne où j'ai installé mon vivier de poissons tropicaux, un commerce tranquille, qui me contraint à une vie plus stable que nulle autre, parce qu'on ne peut pas négliger les poissons fût-ce un jour, et qu'avec les femmes, à mon âge, on a quand même le droit de ne plus vouloir se mettre dans de nouveaux pétrins.

Avec Bernadette, c'est une histoire qui n'a vraiment rien à voir : avec elle je peux dire que j'avais fait avancer les choses sans commettre la moindre erreur : à peine avais-je su que Jojo était rentré à Paris et qu'il était sur mes traces, que je n'avais pas perdu un instant pour me mettre moi sur ses traces, et c'est ainsi que j'avais découvert

Bernadette, et que j'avais su la faire passer de mon côté et que nous avions monté le coup tous les deux, sans que lui se doute de rien. J'ai tiré le rideau au bon moment, et ce que j'ai vu de lui en premier – après toutes ces années où nous nous étions perdus de vue, – ce fut le mouvement de piston de ses grosses fesses poilues serrées entre les genoux blancs de Bernadette ; puis son occiput bien peigné, sur l'oreiller, à côté de ce visage un peu pâle qui s'écartait de quatre-vingt-dix degrés pour me laisser libre de frapper. Tout s'est passé le plus rapidement et le plus proprement possible, sans qu'il ait eu le temps de se retourner et de me reconnaître, de comprendre qui était arrivé pour lui gâcher la fête, ni même peut-être de s'apercevoir qu'il passait la frontière qui sépare l'enfer des vivants de l'enfer des morts.

C'était mieux comme ça – que je me retrouve face à lui seulement après sa mort. – La partie est finie, vieux salopard, voilà ce qui m'est venu et que je lui ai dit d'une voix presque affectueuse, pendant que Bernadette le rhabillait complètement, y compris les souliers de vernis noir et de velours, parce que nous devions le porter à l'extérieur en faisant croire qu'il était ivre au point de ne pas pouvoir tenir debout. Et je me suis pris à penser à notre première rencontre, il y a tant d'années à Chicago, dans l'arrière-boutique de la vieille Mikonikos, pleine de bustes de Socrate, quand je m'étais rendu compte que j'avais investi la recette qui venait de l'assurance pour les incendies criminels dans ses machines à sous toutes rouillées, et que lui et la vieille paralytique nymphomane, ils me tenaient tous les deux à leur merci. Le jour d'avant, en regardant le lac gelé depuis les dunes, j'avais goûté la liberté comme cela ne m'était pas arrivé depuis des années, et puis en moins de vingt-quatre heures le cercle autour de moi avait fini par se refermer, et tout se décidait dans ce bloc de maisons puantes entre le quartier grec et le quartier polonais. Des retournements de ce genre, ma vie en a connu des dizaines, dans un sens ou dans un autre, mais c'est depuis ce moment-là que je n'ai cessé de chercher à prendre ma revanche sur lui, et depuis cet instant-là que le compte de mes pertes n'a cessé de s'allonger. Et maintenant, alors même que l'odeur de cadavre commençait à affleurer à travers sa mauvaise eau de Cologne, je m'apercevais que la partie n'était pas vraiment finie, que Jojo mort pouvait encore me ruiner comme il m'avait ruiné tant d'autres fois quand il était en vie.

Si je déballe trop d'histoires à la fois, c'est parce que je voudrais qu'on perçoive tout autour de ce récit un effet de saturation dû à d'autres histoires que je pourrais peut-être raconter et que peut-être je raconterai ou que peut-être même j'ai déjà racontées dans une autre occasion, un espace plein d'histoires qui n'est peut-être rien d'autre que le temps de ma vie, dans lequel on peut se déplacer dans toutes les directions comme dans l'espace, et où on trouverait des histoires qu'on ne pourrait pas raconter sans avoir raconté d'autres histoires auparavant de telle manière que quel que soit le moment ou l'endroit où l'on commence, on rencontre toujours la même densité de matériel à raconter. En fait, si je mets en perspective tout ce que je laisse de côté par rapport au récit principal, je vois comme une forêt qui s'étend de tous les côtés et qui ne laisse pas passer la lumière tellement elle est dense, au total, un matériau bien plus riche que celui que j'ai choisi de mettre au premier plan cette fois-ci, c'est pourquoi je n'exclus pas qu'en essayant de suivre mon récit on puisse se sentir un peu escroqué en voyant que le courant se disperse en tant de petits ruisseaux et que ne finissent par affleurer que les échos et les reflets ultimes de faits essentiels, mais je n'exclus pas non plus que ce soit justement cet effet que je me proposais en entamant mon récit, ou disons, un expédient de l'art de raconter que je tente d'adopter, une norme de discrétion qui consiste à me tenir un peu en dessous des possibilités de raconter dont je dispose.

Mais en fait, si tu vas chercher, tu t'aperçois que c'est là le signe d'une véritable richesse solide et étendue, au sens où si moi, par hypothèse, je n'avais qu'une seule histoire à raconter, je déploierais une énergie folle autour de cette histoire, et je finirais par la brûler par désir de trop en faire pour l'exposer dans le bon éclairage, alors que, comme j'ai à ma disposition un dépôt pratiquement infini de matériel racontable, je suis en mesure d'en disposer avec détachement et sans me presser, en allant même jusqu'à laisser percer un certain ennui et en me concédant le luxe de me répandre sur des épisodes secondaires et des détails insignifiants.

Chaque fois que la grille grince, je me trouve dans la remise aux bassins, au fond du jardin, je me demande duquel de mes passés arrive la personne qui vient me chercher jusqu'ici : il se peut bien que ce soit le passé d'hier et de cette banlieue, le balayeur arabe de petite taille qui commence en octobre le tour des étrennes une maison après l'autre avec son billet de vœux pour la nouvelle année, parce qu'il dit que les étrennes de décembre, ses collègues les gardent toutes pour eux et qu'il ne touche pas un sou, mais ce pourrait être aussi des passés plus éloignés, aux trousses du vieux Ruedi, qui retrouvent la sonnette dans l'Impasse : des contrebandiers du Valais, des mercenaires du Katanga, des croupiers du casino de Varadero de l'époque de Fulgencio Batista.

Bernadette n'avait rien à voir avec aucun de mes passés ; avec aucune de ces vieilles histoires entre Jojo et moi qui m'avaient obligé à le supprimer de cette manière, elle ne savait rien de moi, elle croyait peut-être que je l'avais fait pour elle, à cause de ce qu'elle m'avait dit de la vie à laquelle il l'obligeait. Et pour les sous bien sûr, et il y en avait, même si je ne pouvais pas dire que je les sentais déjà dans ma poche. C'était l'intérêt commun qui nous tenait ensemble : Bernadette est une fille qui saisit les situations au vol ; de ce pétrin, ou on s'en sortait ensemble, ou on y laissait la peau tous les deux. Mais il est clair que Bernadette avait une autre idée en tête : pour avancer dans le monde, une fille comme elle doit pouvoir compter sur quelqu'un qui connaît son affaire ;

si elle avait fait appel à moi pour la débarrasser de Jojo, c'était pour me mettre à sa place. Des histoires de ce genre, dans mon passé, il y en avait eu trop et toutes s'étaient conclues dans le rouge ; c'est pourquoi je m'étais rangé et que je ne voulais pas revenir aux affaires.

Et ainsi, au moment de nous lancer dans nos allers et retours nocturnes, avec lui remis sur son trente et un et bien assis à l'arrière de la décapotable, et elle assise devant à côté de moi obligée d'allonger un bras vers l'arrière pour qu'il reste immobile, alors même que j'allais mettre en marche, la voilà qui lance sa jambe gauche par-dessus le levier de vitesse et la pose à cheval sur ma jambe droite. – Bernadette ! me suis-je exclamé, qu'est-ce que tu fais ? Tu crois que c'est le moment ? Et elle se met à m'expliquer que quand j'avais fait irruption dans la pièce, je l'avais interrompue à un moment où on ne pouvait pas l'interrompre ; avec l'un ou avec l'autre, peu importait, mais elle devait reprendre à ce point précis et aller jusqu'au bout cette fois. Pendant ce temps-là, elle tenait le mort d'une main et de l'autre elle me déboutonnait ; nous étions écrasés tous les trois à l'intérieur de cette voiture minuscule, dans un parking public du faubourg Saint-Antoine. En dégageant ses jambes dans des contorsions – je dois l'avouer – harmonieuses, elle se met à cheval sur mes genoux, et elle me suffoque presque dans ses seins comme dans une avalanche. Pendant ce temps, Jojo nous tombait dessus, mais elle faisait bien attention de le dégager, son visage à quelques centimètres du visage du mort, qui la regardait avec le blanc de ses yeux écarquillés. Quant à moi, pris ainsi par surprise, avec les réactions physiques qui allaient leur cours, préférant évidemment obéir à Bernadette plutôt qu'à mon esprit stupéfait, sans avoir même besoin de bouger parce qu'elle s'en occupait, eh bien, j'ai compris à ce moment-là que ce que nous étions en train de faire était une cérémonie à laquelle elle donnait une signification particulière, là, sous les yeux du mort, et j'ai senti qu'une morsure tendre et des plus tenaces était en train de se resserrer et que je ne pouvais pas y échapper.

« Tu te goures, ma fille », aurais-je voulu lui dire, « ce mort, il est mort pour une autre histoire, pas pour la tienne, pour une histoire qui n'est pas encore refermée ». J'aurais voulu lui dire qu'il y avait une autre femme entre Jojo et moi, dans cette histoire pas encore refermée, et que si je continue à sauter d'une histoire à l'autre, c'est parce que je continue à tourner autour de cette histoire et à fuir, comme si c'était mon premier jour de cavale au moment même où j'ai appris que cette femme et Jojo s'étaient mis ensemble pour me ruiner. Cette histoire, tôt ou tard, je finirai bien par la raconter, mais au milieu des autres, sans lui donner plus d'importance qu'à une autre, sans y mettre d'autre passion particulière que le plaisir de raconter et de se rappeler, parce que même se rappeler le mal peut être un plaisir quand le mal est mélangé, je ne dis pas au bien, mais à ce qui est varié, changeant, mouvementé, bref, à ce que je pourrais même appeler le bien et qui est le plaisir de voir les choses avec détachement et de les raconter comme ce qui fait partie du passé.

– Cette histoire aussi, elle sera pas mal à raconter quand on s'en sera sortis, disais-je à Bernadette en montant dans cet ascenseur avec Jojo dans le sac en plastique. Notre projet était de le balancer d'une terrasse au dernier étage au fond d'une cour très étroite là où la personne qui l'aurait trouvé le lendemain aurait pensé à un suicide ou à un faux pas pendant une tentative de cambriolage. Et si quelqu'un était monté dans l'ascenseur à un étage intermédiaire et nous avait vus avec le sac ? J'aurais dit que l'ascenseur nous avait obligés à remonter alors que nous étions en train de descendre les ordures. D'ici peu, l'aube pointerait.

– Toi tu sais prévoir toutes les situations possibles, dit Bernadette. – Et comment j'aurais fait pour m'en sortir sans ça, avais-je envie de lui dire, alors que pendant des années j'avais dû me protéger de la bande à Jojo qui a des hommes dans tous les centres de grand trafic ? Mais j'aurais dû expliquer tous les arrière-plans de Jojo et de l'autre, qui n'ont jamais renoncé à vouloir que je leur fasse récupérer cette marchandise qu'ils disaient avoir perdue à cause de moi, à vouloir me remettre sur le cou cette chaîne de chantages qui m'oblige aujourd'hui encore à passer la nuit à chercher une solution pour un vieil ami dans un sac en plastique.

Avec le Cingalais aussi j'ai pensé qu'il y avait anguille sous roche. – Je ne prends pas de crocodiles, jeune homme, lui ai-je dit. Va au jardin zoologique, moi je m'occupe d'autres articles, je refournis les magasins du centre, aquariums d'appartement, poissons exotiques, tout au plus quelques tortues. On me demande des iguanes de temps à autre, mais je ne les garde pas, trop délicats.

Le jeune homme – il devait avoir dix-huit ans – restait là, avec ses moustaches et ses cils qui semblaient des plumes noires sur des joues d'orange.

– Qui t'a envoyé ? Ôte-moi d'un doute, lui ai-je demandé, parce que quand il y a le Sud-Est asiatique dans le coup, je n'ai jamais confiance et j'ai de bonnes raisons pour cela.

– Mademoiselle Sibylle, qu'il me répond.

– Quel rapport entre ma fille et les crocodiles ? me suis-je exclamé, parce que même si ça fait un bon moment qu'elle vit de son côté, chaque fois que j'ai de ses nouvelles, je me sens inquiet. Je ne sais pas pourquoi, penser à mes enfants m'a toujours donné comme des remords.

Et j'apprends ainsi que Sibylle fait un numéro avec des caïmans dans une boîte de la place Clichy ; sur le coup, la nouvelle m'a fait un si mauvais effet que je n'ai pas demandé de détails. Je savais qu'elle travaillait dans des night-clubs, mais se produire en public avec un crocodile me paraît la dernière chose qu'un père puisse souhaiter comme avenir pour sa seule fille ; au moins un père comme moi qui a reçu une éducation protestante.

– Comment il s'appelle ce bel établissement ? ai-je demandé, livide. J'ai bien envie d'y aller jeter un coup d'œil.

160

Il me tend une petite carte publicitaire et je sens tout de suite une sueur froide dans le dos parce que ce nom, « Le Nouveau Titania », me dit quelque chose, me dit trop de choses, même s'il s'agit de souvenirs d'un autre coin du monde.

— Et qui est-ce qui le dirige ? ai-je demandé. Oui le directeur, le patron !

— Ah, madame Tatarescu, vous voulez dire ? — Et il relève le baquet de zinc pour remporter sa nichée.

Quant à moi je fixais cette agitation d'écailles vertes, de pattes, de queues, de gueules béantes et je me sentais comme si on m'avait donné un coup de gourdin sur la tête, les oreilles ne transmettaient plus qu'un vrombissement sourd, les trompettes de l'au-delà, à peine avais-je entendu le nom de cette femme à l'influence dévastatrice de laquelle j'étais parvenu à soustraire Sybille, en lui faisant perdre nos traces à travers deux océans, construisant pour elle et pour moi une vie tranquille et silencieuse. Rien à faire : Vlada avait retrouvé sa fille et à travers Sibylle, elle me tenait encore à sa merci, avec la capacité qui n'appartenait qu'à elle de réveiller en moi l'aversion la plus féroce et l'attraction la plus obscure. Elle m'envoyait déjà un message qui me permettait de la reconnaître : ce grouillement de reptiles, pour me rappeler que le mal était son élément vital, que le monde était un puits de crocodiles auquel je ne pouvais pas échapper.

De la même manière, je regardais en me penchant de la terrasse le fond de cette cour lépreuse.

Le ciel s'éclaircissait déjà, mais en bas il faisait encore nuit noire et je distinguais mal cette tache irrégulière qu'était devenu le corps de Jojo après avoir tourné dans le vide avec les bords de la veste renversés comme des ailes et s'être fracassé tous les os, avec le grondement d'une arme à feu.

Le sac en plastique m'était resté dans les mains. Nous aurions pu le laisser là mais Bernadette craignait qu'en le trouvant on puisse reconstruire les faits, il était donc préférable de l'emporter et de le faire disparaître.

Au rez-de-chaussée, quand l'ascenseur s'est ouvert, il y avait trois hommes, les mains dans les poches.

– Salut, Bernadette.

Et elle :

– Salut.

Ça ne me plaisait pas, qu'elle les connût ; et encore moins vu la manière dont ils étaient habillés, car si cette manière était plus au goût du jour que celle de Jojo, je lui trouvais un certain air de famille.

– Qu'est-ce que tu portes dans ce sac ? Fais voir, dit le plus gros des trois.

– Regarde, il est vide, dis-je avec calme.

Il plonge une main dedans. – Et ça, c'est quoi ? Il retire une chaussure vernie noire avec empeigne de velours.

VI

Les pages photocopiées s'arrêtent ici, mais la seule chose qui compte pour toi désormais, c'est de pouvoir continuer ta lecture. Le volume complet doit bien exister quelque part ; ton regard fait le tour de la pièce pour le chercher, mais il se décourage aussitôt ; dans ce bureau, les livres apparaissent sous la forme de matériaux bruts, pièces de rechange, engrenages à démonter et à remonter. Tu comprends maintenant le refus de Ludmilla de venir avec toi ; tu es saisi par la peur d'être « passé de l'autre côté » toi aussi et d'avoir perdu ce rapport privilégié avec le livre qui n'appartient qu'au lecteur : la possibilité de considérer ce qui est écrit comme quelque chose d'à la fois fini et définitif, à quoi il n'y aurait rien à ajouter ni à enlever. Mais tu trouves du réconfort dans le fait que Cavedagna continue ici même dans ces murs à nourrir la confiance dans la possibilité d'une lecture ingénue.

Et voilà le vieux rédacteur qui réapparaît entre les baies vitrées. Prends-le par la manche, dis-lui que tu veux continuer à lire *Regarde en bas où l'ombre est plus noire.*

– Ah, qui sait où il est passé... Toute la documentation relative à l'affaire Marana a disparu. Ses tapuscrits, les textes originaux, cimbre, polonais, français. Lui disparu, tout a disparu d'un jour à l'autre.

– Et on n'a plus jamais rien su ?

– Si si, il a écrit... Nous avons reçu un courrier fou... Des histoires à dormir debout... Je ne vais pas vous les raconter parce que je ne saurais par où commencer. Il faudrait passer des heures à lire toute la correspondance.

– Est-ce que je pourrais jeter un coup d'œil ?

En te voyant prêt à aller jusqu'au bout, Cavedagna consent à te faire apporter des archives le dossier « Doc. Hermès Marana ».

– Vous avez un peu de temps ? Bon, asseyez-vous ici et lisez. Vous me direz après ce que vous en pensez. Peut-être que vous finirez par y comprendre quelque chose, vous.

Pour écrire à Cavedagna, Marana a toujours des raisons concrètes : justifier ses retards dans la remise des traductions, solliciter le paiement des avances, indiquer des nouveautés éditoriales étrangères à ne pas laisser passer. Mais parmi ces arguments attendus dans une correspondance administrative, font leur apparition des allusions à des intrigues, des complots, des mystères, et pour expliquer ces allusions, ou pour expliquer pourquoi il ne veut pas en dire plus,

164

Marana finit par se lancer dans des affabulations qui se font toujours plus délirantes et plus obscures.

Les lettres sont datées depuis des lieux éparpillés dans les cinq continents, mais il semble que loin d'être confiées aux postes régulières, elles passent toujours par des messagers occasionnels qui les postent ailleurs, et c'est pourquoi les timbres sur l'enveloppe ne correspondent jamais au pays de provenance de la lettre. La chronologie elle-même n'est pas claire : il y a des lettres qui font référence à des lettres précédentes, mais dont il résulte qu'elles ont été écrites à une date postérieure ; il y a des lettres qui promettent des précisions ultérieures, mais qui se trouvent dans des pages qui sont datées de la semaine précédente.

« Cerro Negro », nom à ce qu'il paraît d'un village perdu en Amérique du Sud, figure dans l'en-tête des dernières lettres ; mais, au vu des aperçus contradictoires des paysages évoqués, il est impossible de comprendre où il se situe exactement : s'il est perché dans la cordillère des Andes, ou s'il est enfoui dans les forêts de l'Orénoque. La lettre que tu as maintenant sous les yeux a l'apparence d'une lettre d'affaires des plus normales : mais comment diable une maison d'édition chimmérienne a-t-elle bien pu se retrouver là-bas ? Et comment se fait-il, si ces éditions sont vraiment destinées au marché limité des émigrés chimmériens des deux Amériques, que ces maisons d'édition puissent publier des traductions en chimmérien des *nouveautés* absolues des auteurs internationaux les plus cotés dont elles posséderaient l'*exclusivité mondiale* jusque dans la langue originale de l'auteur ? Le fait est que Hermès Marana, qui semble être devenu leur manager, offre à Cavedagna une option sur le nouveau roman si attendu du célèbre écrivain irlandais Silas Flannery : *Dans un filet de lignes entrelacées.*

Une autre lettre, toujours de Cerro Negro, est en revanche écrite dans le ton d'une évocation inspirée : rapportant – semble-t-il – une légende locale, elle raconte l'histoire d'un vieil Indien appelé le « Père des récits », doté d'une longévité immémoriale, aveugle et analphabète, qui raconte sans discontinuer des histoires qui se déroulent dans des pays et des époques qui lui sont absolument inconnus. Le phénomène a attiré sur place des expéditions d'anthropologues et de parapsychologues : il a été établi que bon nombre de romans publiés par de célèbres auteurs avaient été récités mot à mot par la voix catarrheuse du « Père des récits » quelques années avant leur parution. Le vieil Indien serait selon certains la source universelle de la matière narrative, le magma primordial à partir duquel se ramifient les manifestations individuelles de chaque écrivain ; pour d'autres, il s'agirait d'un voyant, qui, grâce à la consommation de champignons hallucinogènes, réussit à se mettre en contact avec le monde intérieur des tempéraments visionnaires les plus forts pour en capter les ondes psychiques ; pour d'autres encore, il serait la réincarnation d'Homère, de l'auteur des

Mille et Une Nuits, de l'auteur du *Popol Vuh*, sans oublier Alexandre Dumas et James Joyce ; mais certains objectent que Homère n'a pas vraiment besoin de la métempsycose, puisqu'il n'est jamais mort et qu'il a continué à travers des millénaires à vivre et à composer : il ne serait pas seulement l'auteur des deux poèmes qu'on a coutume de lui attribuer, mais aussi d'une grande partie des récits écrits que nous connaissons. En approchant un enregistreur de la bouche de la grotte où se cache le vieux, Hermès Marana avait...

Mais à se fier à une lettre précédente, de New York cette fois, l'origine des inédits offerts par Marana semble complètement différente :

« Comme vous pouvez le voir sur l'en-tête de cette lettre, le siège de l'OPEOLH se trouve dans le vieux quartier de Wall Street. Depuis que le monde des affaires a déserté ces édifices solennels, cet air d'église qui leur vient des banques anglaises s'est fait plus sinistre que jamais. Je sonne à un interphone : – C'est Hermès. Je vous apporte le début du roman de Flannery. – Cela faisait un moment qu'ils m'attendaient, depuis que j'avais télégraphié de la Suisse que j'avais réussi à convaincre le vieil auteur de polars de me confier le début du roman qu'il ne parvenait plus à avancer et que nos ordinateurs seraient capables de compléter sans mal puisqu'ils étaient programmés pour développer tous les éléments d'un texte avec une fidélité parfaite aux modèles stylistiques et conceptuels de l'auteur. »

Le transport de ces pages à New York n'a pas été facile, si on veut croire ce qu'écrit Marana d'une capitale de l'Afrique noire, en se laissant aller à sa veine épique :

« Nous avancions immergés, l'avion dans une crème de nuages ondulée, et moi dans la lecture de l'inédit de Silas Flannery, *Dans un filet de lignes entrelacées*, précieux manuscrit que le monde international de l'édition voulait s'arracher et que j'avais eu la chance de soustraire à l'auteur. Et voilà que le canon d'un fusil se pose sur une branche de mes lunettes.

« Un commando de jeunes gens armés s'est emparé de l'avion : l'odeur de transpiration est désagréable ; je ne tarde pas à comprendre que l'objectif principal est de s'emparer mon manuscrit. Il s'agit certainement de gars de l'APO ; mais les plus jeunes recrues me sont complètement inconnues ; leurs visages graves et poilus et leur air de suffisance ne sont pas des traits caractéristiques qui me permettent de distinguer à laquelle des deux ailes du mouvement ils appartiennent.

« Je ne vais pas vous raconter dans le détail les pérégrinations douteuses de notre appareil dont la trajectoire a continué de rebondir d'une tour de contrôle à l'autre puisque aucun aéroport n'était prêt à nous accueillir. Pour finir, le président Butamatari, dictateur aux velléités humanistes, a laissé atterrir l'avion à réaction à bout de forces sur les pistes accidentées de son aéroport qui jouxtait la brousse, et a voulu assumer le rôle de médiateur entre le commando des extrémistes et les chancelleries stupéfaites des grandes puissances. Pour nous autres otages, les journées s'allongent à la fois molles et filandreuses sous un toit de zinc dans un désert poussiéreux. Des vautours bleuâtres becquettent le terrain pour en tirer des lombrics. »

Qu'il y ait un lien entre Marana et les pirates de l'APO ressort clairement de la façon dont il les apostrophe dès qu'ils se retrouvent face à face :

« Rentrez chez vous, bande de morveux, et dites à votre chef que, la prochaine fois, il envoie des explorateurs plus expérimentés s'il veut mettre à jour sa bibliographie… Ils me regardent avec l'expression de sommeil et de rhume d'exécutants pris à contre-pied. Cette secte qui se voue au culte et à la recherche des livres secrets se retrouve entre les mains de gamins qui n'ont qu'une idée approximative de leur mission. – Mais t'es qui, toi ? me demandent-ils. Ils se raidissent dès qu'ils entendent mon nom. Nouveaux dans l'Organisation, ils ne pouvaient pas m'avoir connu personnellement et ils ne savaient de moi que les calomnies répandues après mon expulsion qui m'avaient transformé en un agent double ou triple ou quadruple au service de dieu sait qui et de dieu sait quoi. Personne ne sait que l'Organisation du Pouvoir Apocryphe que j'ai fondée n'a eu de sens que tant que mon ascendant empêchait qu'elle tombât sous l'influence de gourous sans foi ni loi. – Tu nous as pris pour ceux de la Wing of Light, allez, avoue…, me disent-ils. Pour ta gouverne, nous sommes ceux de la Wing of Shadow, et nous n'allons pas tomber dans tes pièges ! C'était ce que je voulais savoir. Je me suis contenté de hausser les épaules et de sourire. Wing of Light ou Wing of Shadow, pour les uns comme pour les autres, je suis le traître à éliminer, mais désormais, ils ne peuvent rien me faire, puisque le président Butamatari qui garantit leur droit d'asile m'a pris sous sa protection... »

Mais pourquoi diable les pirates de l'APO voulaient-ils s'emparer de ce manuscrit ? Tu feuillettes les pages en cherchant une explication, mais tu tombes surtout sur les vantardises de Marana qui s'attribue le mérite d'avoir négocié diplomatiquement l'accord selon lequel Butamatari, en désarmant le commando et en s'emparant du manuscrit de Flannery, en garantit la restitution à l'auteur et lui demande en contrepartie de s'engager à composer un roman dynastique qui puisse justifier le couronnement royal du leader et ses vues annexionnistes sur les territoires limitrophes.

« C'est moi qui ai proposé la formule de l'accord et qui ai conduit les tractations. À partir du moment où je me suis présenté comme le représentant de l'agence Mercure et les Muses, spécialisée dans l'exploitation publicitaire des œuvres littéraires et philosophiques, les choses ont pris bonne tournure. Une fois conquise la confiance du dictateur africain, une fois reconquise celle de l'écrivain celtique (en faisant passer son manuscrit, je l'avais mis à l'abri des projets de saisie envisagés par plusieurs organisations secrètes), il m'a été facile de persuader les parties de signer un contrat qui était avantageux pour l'une comme pour l'autre... »

Une lettre antérieure encore, avec en-tête du Liechtenstein, permet de reconstruire les prodromes des relations entre Flannery et Marana : « Ne croyez pas aux bruits qui courent, selon lesquels ce principat alpin accueillerait seulement le siège administratif et fiscal de la société anonyme qui détient les contrats du fécond auteur de best-sellers, et quant à lui, personne ne saurait dire où il se trouve, ni même s'il existe véritablement… Je dois avouer que mes premiers contacts, des secrétaires qui me renvoyaient à des fondés de pouvoir qui me renvoyaient à des agents, semblaient confirmer vos informations… La société anonyme qui exploite la production verbale infinie de frissons, crimes et copulations du vieil écrivain a la structure d'une banque d'affaires efficace. Mais l'atmosphère qui y régnait était faite de malaise et d'angoisse, comme à la veille d'un krach…

« Je ne tardai pas à en découvrir les raisons : cela fait quelques mois que Flannery est dans une mauvaise passe ; il n'écrit plus une ligne ; les nombreux romans qu'il a commencés et pour lesquels il a reçu des avances d'éditeurs du monde entier, impliquant des financements bancaires internationaux, ces romans dans lesquels les marques des liqueurs bues par les personnages, les localités touristiques qu'ils fréquentent, les derniers modèles de haute couture, d'ameublement, de gadgets qu'on lui fournit ont été déjà fixés par des contrats à travers des agences publicitaires, ces romans restent inachevés en proie à une crise spirituelle inexplicable et imprévue. Une équipe de nègres, experts dans l'art d'imiter le style du maître dans toutes ses nuances et ses maniérismes, se tient prête à intervenir pour combler les brèches, fignoler et achever les textes à moitié finis de telle sorte qu'aucun lecteur ne soit capable de distinguer les parties écrites par une main de celles écrites par une autre... (Il semble que leur contribution ait déjà joué un rôle non négligeable dans la dernière production de notre écrivain.) Mais désormais Flannery dit à tout le monde d'attendre, reporte les échéances, annonce des changements de programmes, promet de se remettre au travail au plus vite, refuse qu'on l'aide. Selon les rumeurs les plus pessimistes, il se serait mis à l'écriture d'un journal, un cahier de réflexions, dans lequel il ne se passe jamais rien, si ce n'est ses états d'âme et la description du paysage qu'il contemple de son balcon à travers une longue-vue... »

Le message que Marana envoie de la Suisse quelques jours plus tard est plus optimiste : « Veuillez noter ceci : là où tout le monde échoue, Hermès Marana triomphe ! J'ai réussi à parler directement à Flannery : il était là sur la terrasse de son chalet, en train d'arroser des zinnias dans un pot. C'est un petit vieux méthodique et tranquille, à l'air affable tant qu'il n'est pas pris par une de ses crises de nerfs... Je pourrais vous transmettre de nombreuses informations sur lui, précieuses pour votre activité éditoriale, et je le ferai dès que j'aurai reçu un signe d'intérêt de votre part par télex à la Banque dont je vous indique le numéro de compte courant à mon nom... »

À lire l'ensemble de la correspondance, on ne comprend pas très bien les raisons qui ont poussé Marana à rendre visite au vieux romancier : d'un côté on dirait qu'il s'est présenté comme représentant de l'OPEOLH de New York (l'Organisation pour la Production Électronique d'Œuvres Littéraires Homogénéisées) en lui proposant une assistance technique pour achever son roman (« Flannery était devenu tout pâle, il tremblait, il serrait son manuscrit contre sa poitrine. – Non, pas ça, disait-il, je ne le permettrai pas... ») ; d'un autre côté il a l'air d'être parti là-bas pour défendre les intérêts d'un écrivain belge que Flannery aurait plagié sans vergogne, Bertrand Vandervelde... Mais à s'en tenir à ce que Marana avait écrit à Cavedagna pour lui demander de le mettre en contact avec l'écrivain inatteignable, il se serait agi en fait de lui proposer comme décor pour les épisodes les plus saillants de son prochain roman, *Dans un réseau de lignes entrelacées*, une île de l'océan Indien, « qui se détache avec ses plages de couleur ocre sur une étendue de cobalt ». La proposition venait d'une compagnie d'investissements immobiliers de Milan, dans la perspective d'un découpage de l'île en lotissements, avec un village de bungalows qu'on pouvait aussi acquérir à crédit par correspondance.

Il semble que les responsabilités de Marana dans cette entreprise aient concerné « les relations publiques pour le développement des Pays en Voie de Développement, avec une attention particulière aux mouvements révolutionnaires avant et après l'accession au pouvoir de manière à se garantir les permis de construire à travers les différents changements de régime ». Dans ces fonctions, sa première mission s'est déroulée dans un Sultanat du Golfe Persique, où il devait s'adjuger un marché pour la construction d'un gratte-ciel. Un coup de chance, qui avait quelque rapport avec son activité de traducteur, lui avait ouvert des portes qui sont normalement fermées pour tout Européen... « La dernière femme du Sultan vient de notre pays, femme d'un tempérament sensible et inquiet, elle souffre de l'isolement auquel la contraignent la distance géographique dans laquelle elle se trouve, les mœurs locales et l'étiquette de cour, mais elle est soutenue par son insatiable passion pour la lecture... »

Forcée d'interrompre le roman *Regarde en bas où l'ombre est plus noire* à cause d'un défaut de fabrication de son exemplaire, la jeune sultane avait écrit au traducteur pour protester. Marana s'était précipité en Arabie. « ... Une vieille voilée et chassieuse me fit signe de la suivre. Dans un jardin couvert, entre les bergamotes, les oiseaux-lyres et les jets d'eau, elle vint vers moi, revêtue d'indigo, portant sur son visage un petit masque de soie verte piquée d'or blanc, un fil d'aigue-marine sur le front... »

Tu voudrais en savoir davantage sur cette Sultane, tes yeux parcourent avec inquiétude les feuilles légères de papier à lettres par avion, comme si tu t'attendais à la voir apparaître d'un moment à l'autre... Mais il semble que Marana lui aussi en remplissant page sur page soit mû par le même désir que toi, et qu'il tente de la suivre alors qu'elle se cache… D'une lettre à l'autre, l'histoire se révèle plus complexe : en écrivant à Cavedagna depuis « une somptueuse résidence aux marges du désert », Marana essaie de justifier sa disparition inopinée en racontant qu'il a été obligé par la force (ou convaincu par un contrat alléchant) par les émissaires du Sultan de déménager là-bas pour continuer son travail d'avant, tel quel… La femme du Sultan ne doit jamais se trouver à court de livres qui lui plaisent : il y a une histoire de clause dans le contrat matrimonial, une condition que l'épouse a imposée à son auguste prétendant avant de consentir aux noces… Après une paisible lune de miel lors de laquelle la jeune souveraine a reçu les nouveautés des principales littératures occidentales dans les langues originales qu'elle lit couramment, la situation s'est faite plus délicate… Le Sultan redoute, et avec raison semble-t-il, un complot révolutionnaire. Ses services secrets ont découvert que les conjurés reçoivent des messages chiffrés cachés dans les pages imprimées dans notre alphabet. À partir de ce moment, il a décrété un embargo et la confiscation de tous les livres occidentaux sur son territoire. Le ravitaillement de la bibliothèque personnelle de son épouse a été interrompu lui aussi. Un tempérament méfiant – qui s'appuie, semble-t-il, sur des indices précis – pousse le Sultan à soupçonner la Sultane elle-même de connivences avec les révolutionnaires. Mais un manquement à la fameuse clause du contrat matrimonial aurait porté à une séparation extrêmement onéreuse pour la dynastie au pouvoir, menace que cette dame ne se priva pas de brandir, dans le tourbillon de colère qui l'emporta quand les gardes lui arrachèrent des mains un roman à peine commencé, celui justement de Bertrand Vandervelde...

C'est alors que les services secrets du Sultanat, ayant appris qu'Hermès Marana était en train de traduire ce roman dans la langue maternelle de madame, l'ont poussé, avec des arguments convaincants d'ordres divers, à s'installer en Arabie. La Sultane reçoit régulièrement tous les soirs la quantité fixée de prose romanesque, non plus dans les éditions originales, mais sous la forme d'un tapuscrit tout juste sorti des mains du traducteur. Si un message secret codé avait été caché dans la succession des mots ou des lettres de l'original, il serait devenu impossible de le récupérer...

« Le Sultan m'a fait appeler pour me demander combien de pages il me reste encore à traduire pour finir le livre. J'ai compris que dans ses soupçons d'infidélité politico-conjugale, le moment qu'il redoute le plus, c'est la chute de tension qui suivra la fin du roman, quand, avant d'en commencer un autre, sa femme sentira à nouveau l'insatisfaction qui la lie à sa condition. Il sait que les conjurés attendent un signe de la Sultane pour mettre le feu aux poudres, mais qu'elle a donné l'ordre de ne pas la déranger pendant la lecture, même si le palais était sur le point d'exploser... Moi aussi j'ai mes raisons pour redouter ce moment, qui pourrait correspondre à la fin de mes privilèges à la cour... »

C'est pour cette raison que Marana propose au Sultan un stratagème inspiré par la tradition littéraire orientale : il interrompra la traduction au moment le plus passionnant et commencera par traduire un autre roman, en l'insérant dans le premier par quelque expédient rudimentaire, par exemple un personnage du premier roman qui ouvre un livre et qui se met à lire... Le deuxième roman lui aussi laissera la place à un troisième, qui n'ira pas très loin avant de s'ouvrir sur un quatrième, et ainsi de suite...

Des sentiments multiples t'agitent pendant que tu feuillettes ces lettres. Le livre dont tu commençais à goûter la suite par personne interposée s'interrompt à nouveau... Hermès Marana t'apparaît comme un serpent qui insinue ses maléfices dans le paradis de la lecture... Au lieu de l'Indien voyant qui raconte tous les récits du monde, voici un roman-piège inventé par un traducteur sans foi ni loi avec des débuts de roman qui restent en suspens... Tout comme la révolte reste en suspens, alors que les conjurés attendent en vain de communiquer avec leur illustre complice, et que le temps pèse immobile sur les côtes plates de l'Arabie... Tu es en train de lire ou tu te fais un film ? Comment les affabulations d'un graphomane peuvent-elles avoir sur toi un tel pouvoir de suggestion ? Est-ce que toi aussi tu rêves à la Sultane pétrolifère ? Est-ce que tu envies le sort de ce passeur de romans dans les sérails de l'Arabie ?

Est-ce que tu voudrais être à sa place pour établir ce rapport exclusif, cette communion de rythme intérieur que peuvent atteindre deux personnes qui lisent le même livre en même temps comme cela t'a semblé possible avec Ludmilla ? Tu ne peux pas t'empêcher de donner à la lectrice sans visage évoquée par Marana les traits de la Lectrice que tu connais, et déjà tu vois Ludmilla entre les voiles des moustiquaires, allongée sur le côté, la vague de ses cheveux tombe en pluie sur la feuille, dans la saison épuisante des moussons, alors que les conjurés du palais affûtent leurs lames en silence, et qu'elle s'abandonne au courant de la lecture comme au seul acte de vie possible dans un monde dans lequel il ne reste que du sable aride sur des couches de bitume huileux et le risque de mourir pour raison d'État, et la disparition des ressources énergétiques...

Tu parcours à nouveau la correspondance à la recherche de nouvelles plus récentes de la Sultane... Tu vois apparaître et disparaître d'autres figures de femmes :

dans l'île de l'océan Indien, une baigneuse « vêtue d'une paire de lunettes noires de star et d'une couche d'huile de noix, qui interpose entre sa personne et les rayons du soleil caniculaire le bouclier exigu d'un magazine populaire new-yorkais ». Le numéro qu'elle est en train de lire publie en avant-première le début du nouveau polar de Silas Flannery. Marana lui explique que la publication en revue du premier chapitre est le signal que l'écrivain irlandais est prêt à accepter des contrats des marques qui ont tout à gagner à faire figurer dans le roman des marques de whisky ou de champagne, des modèles de voiture, des localités touristiques. « Il semble que plus il reçoit de commissions publicitaires plus son imagination est stimulée. » La femme est déçue : elle est une lectrice passionnée de Silas Flannery. Les romans que je préfère, dit-elle, sont ceux qui communiquent un sentiment de malaise dès la première page...

de la terrasse de son chalet suisse, Silas Flannery regarde avec une longue-vue montée sur un trépied une jeune femme sur une chaise longue qui lit un livre sur une autre terrasse deux cents mètres plus bas. – Elle est là tous les jours, dit l'écrivain, chaque fois que je dois me mettre à mon bureau, je ressens le besoin de la regarder. Dieu sait ce qu'elle lit. Je sais que ce n'est pas un de mes livres et, instinctivement, j'en souffre, je ressens la jalousie de mes livres qui voudraient être lus comme elle sait lire. Je ne me lasse pas de la regarder : elle semble habiter dans une sphère suspendue dans un autre temps et dans un autre espace. Je m'assieds à mon bureau, mais aucune histoire que je peux inventer ne correspond à ce que je voudrais exprimer. – Marana lui demande si c'est pour cette raison qu'il n'arrive plus à travailler. – Oh non, j'écris, a-t-il répondu, c'est maintenant et maintenant seulement que j'écris, depuis que je la regarde. Je me contente de suivre la lecture de cette femme vue d'ici, jour après jour, heure après heure. Je lis sur son visage ce qu'elle désire lire, et je l'écris fidèlement... – Trop fidèlement, l'interrompt Marana, glacé. En tant que traducteur et représentant des intérêts de Bertrand Vandervelde, auteur du roman que cette femme est en train de lire, *Regarde en bas où l'ombre est plus noire*, je vous interdis de continuer à le plagier ! – Flannery pâlit ; une seule inquiétude semble occuper son esprit : – Alors, d'après vous, cette lectrice, ces livres qu'elle dévore avec tant de passion, ce serait des romans de Vandervelde ? Je ne peux pas le supporter...

dans l'aéroport africain, au milieu des otages du détournement qui attendent avachis par terre en s'éventant, ou bien blottis sous les plaids distribués par les hôtesses au moment où la température s'abaisse brusquement la nuit, Marana admire l'imperturbabilité d'une jeune femme accroupie dans un coin, avec les bras autour de ses genoux repliés pour former un lutrin dans sa jupe longue, les cheveux qui tombent en pluie sur le livre cachent son visage, la main détendue qui tourne les pages, comme si tout ce qui est important allait se décider là, au chapitre suivant. « Dans la dégradation que la captivité prolongée et la promiscuité ne manquent pas d'imposer à l'aspect et à la tenue de nous tous tant que nous sommes, cette femme me semble protégée, isolée, enveloppée comme dans une lune lointaine... » C'est alors que Marana se met à penser : je dois convaincre les pirates de l'APO que le livre pour lequel il valait la peine de monter cette opération risquée n'est pas celui qu'ils m'ont pris, mais celui qu'elle est en train de lire...

à New York, dans la salle de contrôle, il y a la lectrice attachée à son fauteuil par les poignets, avec les manomètres de pression et la ceinture stéthoscopique, les tempes serrées par la couronne hérissée de fils serpentins des encéphalogrammes qui indiquent l'intensité de sa concentration et la fréquence des stimuli. – Notre travail tout entier dépend de la sensibilité du sujet dont nous disposons pour les épreuves de contrôle : il doit s'agir en outre d'une personne avec une bonne vue et des nerfs solides pour qu'on puisse la soumettre à la lecture ininterrompue de romans et de variantes de romans comme ceux et celles que sort à tour de bras notre élaborateur. Si l'attention de la lecture atteint certaines valeurs avec une certaine continuité, le produit marche et il peut être lancé sur le marché ; si en revanche l'attention se ralentit et change, la combinaison est écartée, et ses éléments sont décomposés et réutilisés dans d'autres contextes. – L'homme avec une blouse blanche arrache un encéphalogramme après l'autre, comme s'il s'agissait des feuilles d'un calendrier. – De mal en pis, dit-il. On n'arrive plus à obtenir un roman qui tienne debout. Ou il faut revoir le programme ou bien la lectrice est hors d'usage. – « Je regarde le visage fin entre les œillères et la visière, rendu impassible aussi par les tampons dans les oreilles et la minerve qui immobilise son menton. Quel sera son sort ? »

Tu ne trouves pas la moindre réponse à cette question que Marana laisse tomber avec une quasi-indifférence. Le souffle coupé, tu as suivi d'une lettre à l'autre les transformations de la lectrice, comme s'il s'agissait de la même personne... Mais même s'il s'agissait de personnes différentes, tu attribues à toutes le visage de Ludmilla... Est-ce que ça ne lui ressemble pas d'affirmer que désormais la seule chose que l'on puisse exiger d'un roman c'est qu'il réveille un fond d'angoisse enfouie, comme ultime condition de vérité susceptible de le racheter de ce destin de produit en série auquel il ne peut plus se soustraire ? L'image qui la montre nue au soleil de l'équateur te convainc tout de même davantage que de la voir derrière le voile de la Sultane, mais il pourrait toujours s'agir d'une même Mata Hari qui traverse absorbée les révolutions extra-européennes pour ouvrir la voie aux bulldozers d'une entreprise de ciment... Tu envoies cette image promener et tu fais place à celle de la chaise longue qui vient vers toi à travers l'air limpide des Alpes. Et te voilà soudain prêt à tout planter, à partir, à retrouver le refuge de Flannery, juste pour arriver à regarder à travers la longue-vue la femme qui lit et chercher ses traces dans le journal de l'écrivain en crise... (Ou est-ce que, ce qui te tente, c'est l'idée de pouvoir reprendre la lecture de *Regarde en bas où l'ombre est plus noire*, même sous un autre titre et sous une autre signature ?) Mais désormais les nouvelles transmises par Marana se font de plus en plus angoissantes : voilà maintenant qu'elle est l'otage d'un détournement d'avion, puis prisonnière dans un ghetto de Manhattan... Mais comment est-ce qu'elle a bien pu finir là-bas, enchaînée à un instrument de torture ? Pourquoi est-elle obligée de subir comme un supplice ce qui est sa condition naturelle, la lecture ? Et par quel dessein secret les routes de ces personnages ne cessent-elles donc pas de se croiser : elle, Marana, la secte mystérieuse qui vole les manuscrits ?

Pour autant que tu puisses comprendre à partir d'indications éparses dans ces lettres, le Pouvoir Apocryphe, déchiré par des luttes intestines et hors du contrôle de son fondateur, Hermès Marana, a fini par se scinder en deux branches : une secte d'illuminés qui suivent l'Archange de la Lumière et une secte de nihilistes qui suivent l'Archonte de l'Ombre. Les premiers sont persuadés que parmi les livres faux qui envahissent le monde il faut chercher les rares livres porteurs d'une vérité peut-être extrahumaine ou extraterrestre. Les seconds soutiennent que seules la contrefaçon, la mystification, le mensonge intentionnel peuvent représenter dans un livre la valeur absolue, une vérité qui ne serait pas contaminée par les pseudo-vérités dominantes.

« Je croyais être seul dans l'ascenseur », écrivait Marana, à nouveau de New York, « mais une figure se dessine à mes côtés : un jeune avec une chevelure à l'expansion arboricole était tapi dans un coin, engoncé dans des habits en toile grège. Plus que d'un ascenseur, il s'agit d'un monte-charge en fer fermé par un grillage qui se replie. À chaque étage s'ouvre une perspective de pièces désertes, de murs déteints avec l'empreinte des meubles disparus et des tuyauteries arrachées, un désert de planchers et de plafonds moisis. En s'affairant avec ses mains rouges aux longs poignets, le jeune homme arrête l'ascenseur entre deux étages.

« – Donne-moi le manuscrit. C'est à nous que tu l'as apporté, pas aux autres. Même si tu croyais le contraire. Il s'agit d'un *vrai* livre, même si son auteur en a écrit beaucoup de faux. Donc, il nous revient.

« D'une prise de judo il me jette à terre et s'empare du manuscrit. Je comprends à ce moment que le jeune fanatique est convaincu d'avoir entre ses mains le journal de la crise spirituelle de Silas Flannery et non pas l'esquisse d'un de ses polars classiques. Il est extraordinaire de constater combien les sectes sont prêtes à saisir toute nouvelle, qu'elle soit vraie ou fausse, pourvu qu'elle aille dans le sens de leurs attentes. La crise de Flannery avait mis en difficulté les deux factions rivales du Pouvoir Apocryphe, qui avaient lâché leurs informateurs dans les vallées autour du chalet du romancier, avec des espérances contraires. Ceux de l'Aile d'Ombre, sachant que le grand fabricant de romans en série ne parvenait plus à croire en ses artifices, s'étaient convaincus que son prochain roman allait finalement marquer le saut de la mauvaise foi ordinaire et relative à la mauvaise foi essentielle et absolue, le chef-d'œuvre de la fausseté comme connaissance, à savoir le livre qu'ils cherchaient depuis si longtemps. Ceux de l'Aile de Lumière pensaient au contraire que de la crise d'un tel professionnel du mensonge ne pouvait naître qu'un cataclysme de vérité, et ils considéraient comme tel le journal de l'écrivain dont on parlait tant... Au bruit, répandu par Flannery, que je lui avais volé un manuscrit important, les uns et les autres avaient identifié ce manuscrit avec l'objet de leur recherche et ils s'étaient mis sur mes traces, l'Aile d'Ombre provoquant le détournement de l'avion, l'Aile de Lumière celui de l'ascenseur...

« Le jeune arborescent, une fois dissimulé le manuscrit dans son blouson, a glissé hors de l'ascenseur, m'a refermé sur le nez le grillage et il appuie maintenant sur les boutons pour me faire disparaître vers le bas, non sans m'avoir lancé une dernière menace : – La partie n'est pas finie avec toi, Agent de la Mystification ! Il nous reste encore à libérer notre Sœur enchaînée à la machine des Faussaires ! – Je ris, pendant que je m'enfonce lentement. – Il n'y a aucune machine, blanc-bec ! C'est le "Père des Récits" qui nous dicte les livres ! »

« Il rappelle l'ascenseur. – Tu as dit le "Père des Récits" ? – Il est tout pâle. Depuis des années les membres de la secte sont à la recherche du vieil aveugle par tous les continents où se transmet sa légende à travers d'innombrables variantes locales.

« – Oui, va le dire à l'Archange de la Lumière ! Dis-lui que j'ai trouvé le "Père des Récits". Je le tiens et il travaille pour moi ! C'est bien autre chose qu'une machine électronique ! – Et cette fois c'est moi qui ai appuyé sur le bouton pour descendre. »

Arrivé à ce point, trois désirs veulent l'emporter simultanément dans ton esprit. Tu serais prêt à partir immédiatement, à traverser l'océan, à explorer le continent sous la Croix du Sud afin de retrouver le dernier repaire d'Hermès Marana pour lui arracher la vérité ou au moins obtenir de lui la suite des romans interrompus. Au même moment tu veux demander à Cavedagna s'il peut te faire lire tout de suite *Dans un filet de lignes entrelacées* du pseudo (à moins qu'il ne s'agisse de l'authentique ?) Flannery, qui pourrait bien être la même chose que *Regarde en bas où l'ombre est plus noire* de l'authentique (à moins qu'il ne s'agisse du pseudo ?) Vandervelde. Et tu brûles de courir au café où tu as rendez-vous avec Ludmilla, pour lui raconter les résultats confus de ton enquête, et pour te convaincre, en la voyant, qu'il ne peut rien y avoir en commun entre elle et les lectrices rencontrées de par le monde par le traducteur mythomane.

Les deux derniers désirs sont facilement réalisables et ne s'excluent pas entre eux. Au café, en attendant Ludmilla, tu commences à lire le livre envoyé par Marana.

Dans un réseau
de lignes entrelacées

La première sensation que devrait transmettre ce livre, c'est ce que j'éprouve quand j'entends sonner le téléphone, je dis devrait, parce que je doute que les mots écrits puissent en donner une idée même partielle : il ne suffit pas de dire qu'il s'agit d'une réaction de refus, de fuite face à ce rappel agressif et menaçant, mais aussi d'urgence, de pression insoutenable, de coercition qui me pousse à obéir à l'injonction de ce son en me précipitant à répondre, tout en sachant pertinemment que je n'en retirerai que peine et malaise. Et je ne crois pas davantage qu'une métaphore vaudrait mieux qu'une tentative de description de cet état d'âme, par exemple la brûlure déchirante d'une flèche pénétrant dans la chair nue d'un de mes flancs, et non pas parce qu'on ne pourrait pas recourir à une sensation imaginaire pour restituer une sensation connue, puisque quand bien même personne ne saurait plus ce qu'on éprouve quand on est frappé par une flèche, nous pensons que nous pourrions l'imaginer sans difficulté – la sensation de se retrouver sans défense ni protection face à quelque chose qui viendrait d'espaces étrangers et inconnus pour nous frapper : car cela vaut parfaitement pour la sonnerie du téléphone –, mais parce que la dimension péremptoire inexorable et sans modulations de la flèche exclut toutes les intentions, les implications, les hésitations que peut avoir la voix d'une personne que je ne vois pas, et dont, avant même qu'elle dise quelque chose, je peux prévoir ce qu'elle dira, ou du moins la réaction que fera naître en moi ce qu'elle va dire. L'idéal serait que le livre commence en donnant le sentiment d'un espace occupé entièrement par ma présence, parce que tout autour il n'y a que des objets inertes, dont le téléphone, un espace qui paraît ne rien pouvoir contenir hormis moi, isolé dans mon temps intérieur, et puis l'interruption de la continuité du temps, l'espace qui n'est plus celui d'avant parce qu'il est occupé par la sonnerie, et ma présence qui n'est plus celle d'avant parce qu'elle se trouve conditionnée par la volonté de cet objet qui appelle. Il faudrait que le livre commence en restituant tout cela, non pas en une seule fois, mais comme à travers une dissémination dans l'espace et dans le temps de ces sonneries qui arrachent la continuité de l'espace et du temps et de la volonté.

Peut-être l'erreur consiste-t-elle à établir qu'au départ il y n'a que moi et le téléphone dans un espace défini qui serait ma maison, alors que ce que je dois communiquer, c'est ma situation par rapport à tous ces téléphones qui sonnent, des téléphones qui ne m'appellent peut-être pas moi personnellement, qui n'ont aucun rapport avec moi, mais le fait que je puisse être appelé par un de ces téléphones suffit à rendre possible ou du moins pensable que je puisse être appelé par tous les téléphones. Par exemple, quand le téléphone sonne dans une maison proche de la mienne et que je me demande l'espace d'un instant s'il ne sonne pas chez moi, doute qui se révèle tout de suite infondé, mais dont il semble qu'il reste une trace dans la mesure où il serait possible que l'appel fût effectivement pour moi mais qu'à cause d'une erreur de numéro ou d'un faux contact entre les fils, il soit arrivé chez le voisin, d'autant plus que dans cette maison, il n'y a personne pour répondre et que le téléphone continue à sonner, alors dans cette logique irrationnelle que la sonnerie ne manque pas de réveiller en moi, je me mets à penser : peut-être est-ce vraiment pour moi, peut-être le voisin est-il chez lui, mais qu'il ne répond pas parce qu'il le sait, peut-être la personne qui appelle sait-elle qu'elle compose un faux numéro mais qu'elle le fait exprès pour me maintenir dans cet état en sachant que je ne peux pas répondre mais que je devrais répondre.

Ou alors l'angoisse qui me prend quand je viens à peine de sortir de la maison, et que j'entends sonner un téléphone qui pourrait sonner chez moi, ou bien dans un autre appartement, que je reviens en arrière à toute allure, que j'arrive hors d'haleine après avoir remonté les escaliers en courant et que le téléphone s'arrête de sonner et que je ne saurai jamais si le coup de fil était pour moi.

Ou bien, quand je suis dans la rue et que j'entends sonner des téléphones dans des maisons inconnues ; même quand je me trouve dans des villes inconnues ; dans des villes où ma présence est inconnue de tous, même là, quand j'entends sonner le téléphone, à chaque fois, mon premier mouvement pendant une fraction de seconde est de penser que ce téléphone est en train de m'appeler, et dans la seconde suivante, il y a le sentiment de soulagement que j'éprouve de me savoir pour l'instant soustrait à tout appel, inatteignable, en sécurité, mais ce soulagement ne dure qu'une fraction de seconde, parce que je me prends à penser immédiatement après, que ce n'est pas seulement ce téléphone inconnu qui sonne, mais qu'il y a certainement aussi à beaucoup de kilomètres de là, à des centaines de milliers de kilomètres de là le téléphone de chez moi qui en cet instant précis ne peut pas manquer de sonner à distance dans les pièces désertes, et je me retrouve de nouveau déchiré entre la nécessité et l'impossibilité de répondre.

Tous les matins, avant l'heure de mes cours, je fais une heure de jogging, c'est-à-dire que je mets mon survêtement olympique et que je sors courir parce que je ressens le besoin de bouger, parce que les médecins me l'ont ordonné pour lutter contre l'obésité qui m'opprime, et aussi pour défouler un peu mes nerfs. Dans cet endroit, pendant la journée, si on ne va pas sur le campus, en bibliothèque ou écouter les cours des collègues, ou à la cafétéria de l'université, on ne sait vraiment pas où aller ; et donc la seule chose à faire est de se mettre à courir en long et en large sur la colline, entre les érables et les saules, comme le font beaucoup d'étudiants et aussi beaucoup de collègues. Nous nous rencontrons sur les sentiers aux buissons bruissant de feuilles et parfois nous nous disons « Hi » et parfois nous ne nous disons rien parce que nous devons économiser notre souffle. C'est un autre avantage de la course par rapport aux autres sports : chacun court pour soi et n'a de compte à rendre à personne.

La colline est entièrement habitée et en courant je longe des maisons en bois à deux étages avec jardin, toutes différentes et pourtant toutes les mêmes, et parfois j'entends sonner le téléphone. Cela me rend nerveux ; involontairement je ralentis la course en tendant l'oreille pour entendre s'il y a quelqu'un pour répondre et je deviens impatient si la sonnerie continue. Poursuivant ma course je passe devant une autre maison dans laquelle sonne le téléphone et je me dis : « il y a un coup de fil qui me poursuit, il y a quelqu'un qui cherche dans le bottin tous les numéros de la Chestnut Lane et qui appelle une maison après l'autre pour essayer de m'atteindre ».

Parfois les maisons sont toutes silencieuses et désertes, les écureuils courent sur les troncs, les pies descendent pour becqueter le blé qu'on a laissé pour elles dans des écuelles de bois. En courant, je me sens vaguement sur le qui-vive et, avant même de capter le son avec l'oreille, mon esprit enregistre la possibilité du coup de fil, et il l'invoque presque, l'aspire depuis son absence, et à ce moment précis me parviennent d'une maison, atténuées d'abord, puis toujours plus distinctes, les trilles de la sonnerie, dont les vibrations avaient peut-être déjà été accueillies par une antenne à l'intérieur de moi avant que l'ouïe ne les perçût, et voilà que je sombre dans une agitation absurde, je suis prisonnier d'un cercle au centre duquel il y a ce téléphone qui sonne à l'intérieur de cette maison, je cours sans m'éloigner, je temporise sans raccourcir mes foulées.

« Si personne n'a répondu jusqu'ici, c'est le signe qu'il n'y a personne dans cette maison... Mais pourquoi alors est-ce qu'ils continuent d'appeler ? Et qu'est-ce qu'ils espèrent ? Peut-être cette maison est-elle habitée par un sourd et espèrent-ils, en insistant, finir par se faire entendre ? Peut-être par un paralytique à qui il faut laisser beaucoup de temps pour qu'il puisse ramper jusqu'à l'appareil... Peut-être un suicidaire dont ils espèrent retenir le geste ultime s'ils n'arrêtent pas de l'appeler... » Je me dis que je devrais peut-être essayer de me rendre utile, de donner un coup de main, de venir en aide au sourd, au paralytique, au suicidaire... Et je me dis en même temps – dans cette logique absurde qui travaille à l'intérieur de moi – que je pourrais de cette manière m'assurer que le coup de fil n'est pas pour moi...

Sans cesser de courir je pousse le portail, je rentre dans le jardin, je fais le tour de la maison, j'explore le terrain derrière, je passe derrière le garage, derrière la cabane des outils, et la niche du chien. Tout semble désert, vide. D'une fenêtre qui donne derrière on peut voir une chambre en désordre, le téléphone sur la table qui continue à sonner. La persienne bat ; le montant des fenêtres se prend dans le rideau en lambeaux.

J'ai déjà fait trois fois le tour de la maison ; je continue à faire les mouvements du jogging ; à faire monter mes coudes et mes talons, à respirer avec le rythme de la course, pour qu'il apparaisse clairement que mon intrusion n'est pas celle d'un voleur : si j'étais surpris à cet instant, il me serait difficile d'expliquer que je suis entré parce que j'entendais sonner le téléphone. Un chien aboie, non pas ici, il s'agit du chien d'une autre maison, que je ne vois pas ; mais pendant un instant le signal « chien qui aboie » est plus fort en moi que le signal « téléphone qui sonne » et cela suffit pour ménager une issue dans le cercle qui me tenait prisonnier : et me voilà qui reprends ma course entre les arbres de la rue, laissant la sonnerie toujours plus amortie derrière moi.

Je cours jusqu'au point où il n'y a plus de maisons. Dans un pré je m'arrête pour reprendre ma respiration. Je fais des flexions, des étirements, je masse les muscles de mes jambes pour qu'ils ne refroidissent pas. Je regarde l'heure. Je suis en retard, je dois rentrer si je ne veux pas faire attendre mes étudiants. Il ne manquerait plus que ça, que se répande la rumeur que je cours à travers les bois au moment où je devrais faire cours… Je me jette sur le chemin du retour sans faire attention à rien, cette maison je ne la reconnaîtrais même pas, je pourrais passer devant sans m'en rendre compte. Au reste, il s'agit d'une maison pareille aux autres en tout point, et la seule manière de la distinguer serait que le téléphone se remît à sonner, chose impossible…

Plus je retourne ces pensées dans ma tête en dévalant la pente, plus il me semble que j'entends à nouveau la sonnerie, que je l'entends de plus en plus clairement, de plus en plus distinctement : et voici que la maison est à nouveau en vue et qu'il y a toujours le téléphone qui sonne. Je rentre dans le jardin, je fais le tour par-derrière, je cours à la fenêtre. Il me suffit d'allonger la main pour saisir le combiné. Je dis le souffle court : – Ici il n'y a… et dans le combiné, une voix un peu impatiente, mais un peu seulement, parce que ce qui frappe le plus dans cette voix, c'est le sang-froid, le calme, cette voix dit :

– Écoute-moi bien. Marjorie est ici, elle ne va pas tarder à se réveiller, mais elle est attachée et elle ne peut pas s'échapper. Écris bien l'adresse : 115, Hillside Drive. Si tu viens te la chercher, tant mieux ; sinon, à la cave il y a un jerricane de kérosène avec une charge de plastic reliée à un minuteur. D'ici une demi-heure, cette maison sera en flammes.

– Mais moi je ne… ai-je commencé à dire.

Ils ont déjà raccroché.

Et maintenant qu'est-ce que je dois faire ? Bien sûr, je pourrais appeler la police, les pompiers, en utilisant ce téléphone, mais comment faire pour expliquer, comment est-ce que je vais justifier le fait que, moi, enfin comment est-ce que j'aurais un rapport avec tout ça alors que je n'ai aucun rapport ? Je me remets à courir, je fais encore le tour de la maison, puis je reprends mon chemin.

Je suis navré pour cette Marjorie, mais si elle a fini dans un tel pétrin, c'est peut-être qu'elle trempe dans je ne sais quel type d'histoires et si je fais un pas pour la sauver, personne ne voudra jamais croire que je ne la connais pas, il s'ensuivrait tout un scandale, moi qui suis un enseignant d'une autre université, invité ici comme *visiting professor*, le prestige des deux universités serait entaché…

Certes, quand une vie est en danger, de telles considérations devraient passer au second plan… Je ralentis ma course. Je pourrais entrer dans n'importe laquelle de ces maisons, et demander qu'on me laisse téléphoner à la police, en commençant par dire bien clairement que cette Marjorie, je ne la connais pas, que je ne connais aucune Marjorie…

À dire la vérité, ici à l'université, il y a bien une étudiante qui s'appelle Marjorie, Marjorie Stubbs : je l'ai tout de suite remarquée parmi les étudiantes qui suivent mes cours. C'est une jeune fille qui, pour ainsi dire, m'avait beaucoup plu, dommage que la fois où je l'avais invitée à la maison pour lui prêter des livres, il s'était créé une situation embarrassante. Ce fut une erreur de l'inviter : c'était mes premiers jours de cours, on ne savait pas encore ici quel genre j'étais, elle pouvait se tromper sur mes intentions ; l'équivoque s'est alors créée, une équivoque désagréable, qu'il est encore bien difficile de dissiper parce que Marjorie a cette façon ironique de me regarder, moi qui ne sais pas lui adresser la parole sans bredouiller, les autres filles aussi me regardent avec un sourire ironique...

Mais voilà, je ne voudrais pas que ce malaise qu'a réveillé en moi le nom de Marjorie pût suffire à m'empêcher d'intervenir pour venir en aide à une autre Marjorie en danger de mort... À moins que ce ne soit la même Marjorie... À moins que ce coup de fil ne me soit justement destiné... Une bande de gangsters très puissante m'a à l'œil, ils savent que tous les matins je fais du jogging sur cette route, peut-être ont-ils un poste d'observation sur la colline avec un télescope pour suivre mes déplacements, et quand je m'approche de cette maison déserte, ils appellent au téléphone, parce qu'ils savent comment j'ai perdu la face ce jour-là avec Marjorie et ils me font chanter...

Je me retrouve presque sans m'en apercevoir à l'entrée du campus, je cours toujours, en sur-vêtement et en chaussures de tennis, je ne suis pas repassé chez moi pour me changer et prendre les livres, et maintenant qu'est-ce que je fais ? Je continue à courir à travers le campus, je rencontre des jeunes filles qui traversent le pré par petits groupes, ce sont mes étudiantes qui vont déjà en cours, elles me regardent avec ce sourire ironique que je ne peux pas supporter...

J'arrête Lorna Clifford tout en continuant à faire mes pas de course, je lui demande :

– Stubbs est là ?

Lorna Clifford cligne des yeux : – Marjorie ?
Cela fait deux jours qu'on ne la voit pas... Pourquoi ?

Je me suis déjà éloigné en courant. Je sors du
campus. Je prends Grosvenor Avenue, puis Cedar
Street, puis Maple Road. Je suis hors d'haleine,
si je cours, c'est parce que je ne sens pas la terre
sous mes pieds, ni mes poumons dans ma poitrine.
Voilà Hillside Drive. Onze, quinze, vingt-sept, cinquante et un ; par chance la numération progresse
rapidement, sautant d'une dizaine à l'autre. Voilà
le 115. La porte est ouverte, je grimpe les escaliers,
je rentre dans une chambre où règne la pénombre.
Attachée sur un divan, Marjorie est là, bâillonnée.
Je la détache. Elle vomit. Elle me regarde avec
mépris.

– Tu es un beau salaud, me dit-elle.

VII

Tu es assis à la table d'un café, en train de lire le roman de Silas Flannery que t'a prêté le docteur Cavedagna et tu attends Ludmilla. Ton esprit est occupé par deux attentes simultanées : celle qui relève de ta lecture et celle qui concerne Ludmilla, qui est en retard sur l'heure du rendez-vous. Tu te concentres dans la lecture en essayant de transférer le fait de l'attendre à l'intérieur du roman, en espérant presque que tu vas la voir surgir d'entre les pages. Mais tu ne réussis plus à lire, le roman reste bloqué à la page que tu as sous les yeux, comme si l'arrivée de Ludmilla pouvait seule remettre en mouvement la chaîne des événements.

On t'appelle. C'est ton nom que le serveur répète entre les tables. Lève-toi, on t'appelle au téléphone. Est-ce Ludmilla ? C'est elle. – Je te raconterai après. Maintenant je ne peux pas venir.

– Écoute, j'ai le livre ! Non, pas celui-là. Aucun de ceux-là : un nouveau… Écoute… – Mais tu ne vas quand même pas lui raconter le livre au téléphone ? Attends d'entendre ce qu'elle a à te dire.

– Tu n'as qu'à venir toi, dit Ludmilla, oui, chez moi. Maintenant je ne suis pas à la maison, mais je ne vais pas tarder. Si tu arrives avant moi tu peux entrer pour m'attendre. La clef est sous le paillasson.

Une simplicité désinvolte dans son mode de vie, la clef sous le paillasson, la confiance dans son prochain, et bien sûr pas grand-chose à voler. Tu cours à l'adresse qu'elle t'a donnée. Tu sonnes, en vain. Comme elle te l'avait annoncé, elle n'est pas à la maison. Tu retrouves les clefs. Tu entres dans la pénombre des persiennes abaissées.

Une maison de jeune fille qui vit seule, la maison de Ludmilla, elle vit seule. C'est cela que tu veux vérifier avant tout ? S'il y a les signes de la présence d'un homme ? Ou tu préfères éviter de le savoir tant que c'est possible, rester dans l'ignorance, dans le doute ?

Bien sûr, quelque chose te retient de fouiller dans la maison (tu as un peu relevé les persiennes, mais un peu seulement). Peut-être est-ce le scrupule que tu ne serais pas digne de son geste de confiance si tu en profitais pour mener une enquête de détective. Ou peut-être est-ce parce que tu crois savoir par cœur comment est fait l'appartement d'une jeune fille qui vit seule, tu crois pouvoir établir l'inventaire de ce qu'il contient avant même de la regarder. Nous vivons dans une civilisation uniforme, à l'intérieur de modèles culturels bien définis : l'ameublement, les éléments décoratifs, les couvertures, les tourne-disques sont choisis parmi un certain nombre de possibilités données. En quoi pourraient-ils te révéler comment elle est vraiment ?

Comment es-tu vraiment, Lectrice ? Cela fait un moment que ce livre à la deuxième personne du singulier ne s'adresse plus seulement à un toi masculin abstrait, frère peut-être et sosie d'un moi hypocrite, mais directement à toi qui as fait ton entrée dès le deuxième chapitre comme Troisième Personne nécessaire pour que le roman soit un roman, pour que, entre cette Seconde Personne masculine et cette Troisième Personne féminine quelque chose se passe, prenne forme, se confirme ou se détruise selon les phases des aventures humaines. C'est-à-dire : selon les modèles mentaux à travers lesquels nous vivons les aventures humaines. C'est-à-dire : selon les modèles mentaux à travers lesquels nous attribuons aux aventures humaines les significations qui nous permettent de les vivre.

Jusqu'à maintenant ce livre a veillé à laisser la possibilité au Lecteur qui lit de s'identifier au Lecteur qui est lu : c'est pourquoi il n'a pas été nommé pour qu'il ne soit pas automatiquement identifié à une Troisième Personne, à un personnage (alors qu'à toi, en tant que Troisième Personne, il a bien fallu t'attribuer un nom, Ludmilla) et qu'il a été maintenu dans la condition abstraite des pronoms, disponible pour tout attribut et toute action. Voyons si le livre parvient à offrir un véritable portrait de toi, Lectrice, en partant du cadre pour te cerner et établir les contours de ta figure.

La première fois que tu es apparue au Lecteur, c'était dans une librairie, tu as pris forme en te détachant d'un mur d'étagères, comme si la quantité de livres rendait nécessaire la présence d'une Lectrice. Comme ta maison est le lieu où tu lis, elle peut nous dire la place que les livres occupent dans ta vie, s'il s'agit d'une défense que tu mets en avant pour tenir le monde à distance, d'un rêve dans lequel tu t'enfonces comme dans une drogue, ou si au contraire, il s'agit de ponts que tu jettes vers l'extérieur, vers le monde qui t'intéresse tant, que tu voudrais en dilater et en multiplier les dimensions à travers les livres. Pour le comprendre, le Lecteur sait que la première chose à faire est de visiter la cuisine.

La cuisine est la partie de la maison qui peut dire le plus de choses de toi : si c'est toi qui cuisines ou pas (il semblerait que oui, sinon tous les jours, du moins assez régulièrement), si tu le fais pour toi toute seule ou aussi pour les autres (souvent pour toi toute seule mais avec soin, comme si tu le faisais aussi pour les autres ; mais aussi parfois pour les autres mais avec désinvolture comme si tu le faisais pour toi toute seule), si tu tends au minimum indispensable ou à la gastronomie (tes achats et ton arsenal de provisions font penser à des recettes élaborées et recherchées, au moins dans les intentions : il n'est pas dit que tu sois gourmande, mais l'idée de te faire deux œufs au plat pour dîner pourrait te sembler triste), si être aux fourneaux représente pour toi une nécessité pénible ou un plaisir aussi (la cuisine minuscule est équipée et disposée de telle manière qu'on peut s'y mouvoir de façon pratique et sans trop d'efforts ; tu essaies de ne pas y rester trop longtemps, mais tu pourrais y rester assez volontiers). Les appareils électroménagers sont bien à leur place d'animaux utiles dont on ne saurait oublier les mérites sans pour autant leur consacrer de culte particulier. Parmi les ustensiles on peut remarquer une tendance à l'esthétisme (une panoplie de hachoirs demi-lune classés en ordre décroissant alors qu'un seul suffirait), mais de manière générale les éléments décoratifs sont aussi des objets utiles, avec quelques rares concessions faites à la grâce. Les provisions, elles, peuvent nous dire quelque chose sur toi : un assortiment d'herbes aromatiques, certaines, évidemment d'usage courant, d'autres qui semblent là pour compléter une collection ; on peut se dire la même chose pour les moutardes ; mais ce sont surtout les collections de têtes d'ail pendues à portée de main qui permettent d'indiquer un rapport à la nourriture qui n'a rien de banal ni de commun. Un coup d'œil au frigo permet de rassembler d'autres données précieuses : dans les compartiments à œufs il ne reste qu'un seul œuf ; il n'y a plus qu'une moitié de citron et à moitié sec ; en somme dans les ravitaillements essentiels on note un peu de négligence. En revanche, il y a de la crème de marrons, des olives noires, un petit vase de salsifis ou scorsonères : il est clair que quand tu fais tes courses tu te laisses attirer par les marchandises que tu vois exposées, plutôt que de penser à ce qui manque à la maison.

En observant ta cuisine on peut donc composer une image de toi comme d'une femme extravertie et lucide, sensuelle et méthodique, qui sait mettre son sens pratique au service de l'imagination. Est-ce qu'on pourrait tomber amoureux de toi seulement en voyant ta cuisine ? Qui sait ? Le Lecteur, peut-être, qui était déjà favorablement disposé.

Il est en train de continuer sa perquisition de la maison dont tu lui as donné les clefs, le Lecteur. Il y a quantité de choses que tu accumules autour de toi : éventails, cartes postales, flacons, colliers pendus aux murs. Mais chacun de ces objets vu de près se révèle particulier, d'une certaine manière inattendu. Ton rapport aux objets est à la fois confidentiel et sélectif : seules les choses que tu sens comme tiennes, deviennent tiennes : il s'agit d'un rapport avec la dimension physique des choses, non pas avec une idée intellectuelle ou affective qui se substituerait à l'acte de les voir ou de les toucher. Et une fois que tu les as gagnés à ta personne, marqués de ta possession, les objets ne semblent plus là par hasard, mais ils assument une signification comme s'ils faisaient partie d'un discours, comme une mémoire faite de signaux et d'emblèmes. Est-ce que tu es possessive ? On n'a pas encore assez d'éléments pour l'affirmer : pour l'instant, on peut dire que tu es possessive en ce qui te concerne, que tu t'attaches aux signes dans lesquels tu peux identifier quelque chose de toi, et que tu as peur de te perdre avec eux.

Dans le coin d'un mur, il y a une quantité de photographies encadrées, accrochées serré. Des photographies de qui ? Des photos de toi, à des âges différents, et des photos de beaucoup d'autres personnes, hommes et femmes, mais aussi des photos très anciennes, comme prises dans un album de famille, mais qui, placées les unes à côté des autres semblent moins vouées à rappeler telle ou telle personne qu'à offrir un montage des strates de l'existence. Les cadres sont tous différents les uns des autres, il y a des formes du XIXe siècle liberty, en argent, en cuivre, en émail, en écailles de tortue, en cuir, en bois gravé : ils pourraient répondre au désir de mettre en valeur ces fragments de vie vécue, mais ils pourraient aussi constituer une collection de cadres et les photos être là pour les remplir, tant il est vrai que certains cadres sont remplis par des images découpées dans des journaux, un autre encadre le feuillet illisible d'une vieille lettre, un autre enfin est vide.

Sur le reste du mur, il n'y a rien d'accroché, et aucun meuble n'est appuyé. La maison tout entière est un peu comme ça : ici des murs vides, là des murs combles, comme pour répondre au besoin de concentrer les signes dans une écriture serrée et tout autour le vide pour retrouver le repos et la respiration.

La disposition des meubles et des bibelots n'est pas non plus symétrique. L'ordre que tu cherches à obtenir (l'espace dont tu disposes est restreint, mais on peut remarquer une certaine recherche pour en tirer profit de telle sorte qu'il semble plus grand) ne résulte pas de l'imposition d'un schéma, mais d'un accord entre les choses qui sont là.

En bref : est-ce que tu es ordonnée ou pas ? Aux questions tranchées ta maison ne répond ni par oui ni par non. Tu as une idée d'ordre, c'est clair, et exigeante, même, mais à laquelle ne répond pas, dans la pratique, une application méthodique. On voit que ton intérêt pour la maison est intermittent, qu'il suit la difficulté des jours et les hauts et les bas de tes humeurs.

Es-tu plutôt dépressive ou euphorique ? Il semble que ta maison ait eu la sagesse de profiter de tes moments d'euphorie pour se préparer à t'accueillir dans tes moments de dépression.

Est-ce que tu as le sens de l'hospitalité ou est-ce que le fait de laisser entrer chez toi des connaissances est un signe d'indifférence ? Le Lecteur est en train de chercher un endroit commode pour s'asseoir et pour lire sans empiéter sur ces espaces qui te sont clairement réservés : l'impression qu'il est en train de se former est qu'un invité peut se sentir très à l'aise chez toi à la condition de savoir s'adapter à tes règles.

Quoi d'autre ? Cela fait plusieurs jours semble-t-il que les plantes en pot n'ont pas été arrosées : mais peut-être les as-tu justement choisies parmi celles qui n'ont pas besoin de beaucoup de soins. Au reste, dans ces pièces, aucune trace de chiens, de chats ou d'oiseaux : tu es le genre de femme qui tend à ne pas multiplier les obligations ; et cela peut être autant un signe d'égoïsme que de ce que tu te concentres sur d'autres causes, moins extrinsèques, le signe donc que tu n'as pas besoin de substituts symboliques aux élans qui te portent naturellement à t'occuper des autres, à participer à leurs histoires, dans la vie, dans les livres….

Voyons les livres. La première chose qu'on remarque, du moins à regarder ceux que tu mets le plus en vue, c'est que la fonction des livres pour toi est celle de la lecture immédiate, non pas celle d'instruments d'étude ou de consultation ni celle d'éléments d'une bibliothèque rangée selon un certain ordre. Peut-être as-tu essayé quelques fois de donner une apparence d'ordre à tes étagères, mais chaque tentative de classement a été rapidement bouleversée par des apports hétérogènes. La raison principale du rapprochement des volumes, outre la dimension pour les plus grands ou pour les plus petits, reste le choix chronologique, le fait que les livres sont arrivés ici l'un après l'autre ; mais quoi qu'il en soit, tu sais toujours comment t'y retrouver, vu au reste qu'ils ne sont pas si nombreux (tu as dû laisser d'autres étagères dans d'autres maisons, à d'autres moments de ton existence), et qu'il ne t'arrive peut-être pas souvent de devoir rechercher un livre que tu as déjà lu.

Bref, il ne semble pas que tu sois une Lectrice Qui Relit. Tu te souviens très bien de tout ce que tu as lu (c'est là une des premières choses que tu as voulu faire savoir de toi) ; peut-être chaque livre s'identifie-t-il pour toi avec la lecture que tu en as faite à un moment déterminé, une fois pour toutes. Et tout comme tu les gardes dans ta mémoire, de même tu aimes les conserver en tant qu'objets, les retenir près de toi.

Parmi tes livres, dans cet ensemble qui ne forme pas une bibliothèque, on peut néanmoins distinguer une partie morte ou dormante, c'est-à-dire le dépôt des volumes mis de côté, lus et rarement relus ou que tu n'as jamais lus et que tu ne liras jamais mais pourtant conservés (et époussetés), et une part vive, c'est-à-dire les livres que tu es en train de lire ou que tu as l'intention de lire ou dont tu ne t'es pas encore détachée ou que tu as plaisir à manipuler, à trouver près de toi. Mais à la différence des provisions de la cuisine, ici, c'est la part vivante, de consommation immédiate qui dit le plus de choses de toi. Plusieurs volumes sont répandus par-ci par-là, certains sont laissés ouverts, d'autres avec des marque-pages improvisés ou des angles de pages cornés. Il est clair que tu as l'habitude de lire plusieurs livres en même temps, que tu choisis des lectures différentes pour les différentes heures de la journée, pour les différents coins de ton habitation, si petite soit-elle : il y a des livres destinés à la table de nuit, il y a ceux qui trouvent leur lieu près du fauteuil, dans la cuisine, aux toilettes.

Il pourrait s'agir d'un trait important à ajouter à ton portrait : ton esprit dispose de cloisons internes qui te permettent de séparer des temps différents pour s'arrêter, passer, ou se concentrer alternativement sur des canaux parallèles. Est-ce que cela suffit pour dire que tu voudrais vivre plusieurs vies simultanément ? Ou que tu les vis effectivement ? Que tu sépares ce que tu vis avec une personne ou dans un milieu de ce que tu vis avec d'autres et ailleurs ? Que pour chaque expérience tu tables sur une insatisfaction qui ne pourra être compensée que par la somme de toutes les insatisfactions ?

Lecteur, dresse l'oreille. C'est un soupçon qui se glisse en toi, qui vient nourrir ton angoisse de jaloux qui pour l'heure ne veut pas encore s'accepter comme tel. Ludmilla, lectrice de plusieurs livres à la fois, pour ne pas se laisser surprendre par la déception que peut lui réserver chaque histoire, a tendance à mener de front plusieurs histoires à la fois...

(Ne crois pas, Lecteur, que le livre te perde de vue. Le tu qui était passé à la Lectrice peut d'une phrase à l'autre revenir sur toi. Tu es toujours un des tu possibles. Qui oserait te condamner à la perte du tu, catastrophe qui n'est pas moins terrible que la perte du je ? Pour qu'un discours à la seconde personne devienne un roman, il faut au moins deux tu distincts et concomitants, qui se détachent de la foule des lui, des elle, des eux.)

Et pourtant, la vision des livres dans la maison de Ludmilla finit par te rassurer. La lecture est solitude. Ludmilla t'apparaît protégée par les valves du livre ouvert comme une huître dans sa coquille. L'ombre d'un autre homme, probable, et en fait, certaine, se trouve, sinon effacée, du moins reléguée dans la marge. On lit tout seul, même quand on est deux. Mais alors qu'est-ce que tu cherches ici ? Voudrais-tu pénétrer dans sa coquille, en te glissant dans les pages qu'elle est en train de lire ? Ou alors, le rapport entre Lecteur et Lectrice reste celui de deux coquilles séparées, qui ne peuvent communiquer qu'à travers les rapprochements partiels de deux expériences qui s'excluent ?

Tu as pris avec toi le livre que tu lisais au café et que tu es impatient de poursuivre, pour pouvoir ensuite lui passer, pour continuer à communiquer avec elle à travers le canal creusé par les mots d'autrui, qui, dans la mesure où ils ont été prononcés par une voix étrangère, par la voix de ce monsieur personne silencieux fait d'encre et d'espacements typographiques, peuvent devenir les vôtres, un langage, un code entre vous, un moyen pour échanger des signaux et vous reconnaître.

Une clef tourne dans la serrure. Tu te tais comme si tu voulais lui faire une surprise, comme pour confirmer, pour toi et pour elle, que le fait de te trouver là est une chose naturelle. Mais le pas n'est pas le sien. Lentement un homme évolue dans l'entrée, tu vois son ombre à travers les tentures, un blouson en cuir, un pas qui est familier des lieux, mais avec de longues pauses, comme en fait quelqu'un qui cherche quelque chose. Tu le reconnais. C'est Irnerio.

Tu dois tout de suite décider quelle conduite adopter. La déconvenue de le voir entrer dans la maison de Ludmilla comme s'il était chez lui est plus forte que le désagrément de te retrouver là presque en cachette. Du reste, tu savais bien que la maison de Ludmilla est ouverte aux amis : la clef est sous le paillasson. Depuis que tu es rentré, tu as l'impression que des ombres sans visage n'ont pas cessé de te frôler. Irnerio, au moins, est un fantôme connu. Tout comme toi pour lui.

— Ah, tu es là. C'est lui qui s'aperçoit de ta présence, mais il n'est pas surpris. Désormais, ce côté naturel, que tu désirais imposer il y a quelques instants, ne te réjouit pas.

— Ludmilla n'est pas là, dis-tu, comme pour marquer ta précédence, dans l'information, ou peut-être dans l'occupation du territoire.

— Je le sais, fait-il indifférent. Il farfouille, il tripote les livres.

— Est-ce que je peux t'aider ? proposes-tu, comme si tu voulais le provoquer.

— Je cherchais un livre, dit Irnerio.

— Je croyais que tu ne lisais jamais, objectes-tu.

— Ce n'est pas pour lire. C'est pour faire. Je fais des choses avec les livres. Des objets. Oui, des œuvres : statues, tableaux, appelle-les comme tu voudras. J'ai même fait une exposition. Je fixe les livres avec des résines et ils restent là. Fermés ou ouverts, ou alors je leur donne des formes, je les sculpte, je fais des trous à l'intérieur. Belle matière à travailler le livre, on peut faire tellement de choses.

— Et Ludmilla est d'accord ?

— Elle aime ce que je fais. Elle me donne des conseils. Les critiques disent que ce que je fais est important. Maintenant, ils vont mettre toutes mes œuvres dans un livre. Ils m'ont fait parler avec le docteur Cavedagna. Un livre avec toutes les photographies de mes livres. Quand ce livre sera imprimé, je l'utiliserai pour en faire une œuvre, plusieurs œuvres. Et puis je les mettrai dans un autre livre et ainsi de suite...

– Je voulais dire : est-ce que Ludmilla est d'accord pour que tu embarques ses livres...

– Elle en a tellement... Parfois c'est elle qui me donne des livres pour que je les travaille, des livres dont elle ne fait rien. Mais je ne me contente pas de n'importe quel livre. Une œuvre ne me vient que si je la sens. Il y a des livres qui me donnent tout de suite l'idée de ce que je pourrais en faire ; d'autres non, rien. Parfois j'ai l'idée, mais je ne peux pas la mener à bien parce que je ne trouve pas le bon livre. – Il est en train de déranger les livres sur une étagère ; il en soupèse un, il en observe le dos et la tranche, il le repose. – Il y a des livres qui me sont sympathiques, et des livres que je ne peux pas supporter et qui finissent toujours entre mes mains.

Et voilà que cette Grande Muraille des livres dont tu escomptais qu'elle tînt à distance de Ludmilla ce barbare envahisseur se réduit à un jouet qu'il démonte avec une confiance absolue. Tu ris jaune. – On dirait que tu la connais par cœur la bibliothèque de Ludmilla...

– Oh en général c'est toujours les mêmes choses... Mais c'est beau de voir les livres tous ensemble. Moi j'aime les livres...

– Explique-toi mieux.

– Oui j'aime avoir des livres autour de moi.

C'est pour ça que chez Ludmilla on se sent bien. Tu ne trouves pas ?

L'amas des pages écrites calfeutre la pièce comme dans un bois touffu l'épaisseur du feuillage, non, comme des strates de roches, des plaques d'ardoise, des lamelles de schiste : ainsi tu essaies de voir à travers les yeux d'Irnerio, ce fond duquel doit se détacher la personne vivante de Ludmilla. Si tu sais gagner sa confiance, Irnerio te révélera le secret qui t'intrigue, la relation entre le Non Lecteur et la Lectrice. Vite, demande-lui quelque chose à ce sujet, n'importe quoi. – Mais toi, c'est la seule question qui te vient à l'esprit, pendant qu'elle lit, qu'est-ce que tu fais ?

– J'aime bien la voir lire, dit Irnerio. Et puis, il faut bien quelqu'un pour lire les livres, n'est-ce pas ? Au moins comme ça je peux être sûr que je ne serai pas obligé de les lire.

Pas de quoi te réjouir, Lecteur. Le secret qui se révèle, l'intimité qu'il y a entre eux, consiste dans la complémentarité de deux rythmes vitaux. Pour Irnerio, la seule chose qui compte c'est ce qu'on vit dans l'instant ; l'art compte pour lui comme une dépense d'énergie vitale, non pas comme une œuvre qui reste, non pas comme cette accumulation de vie que Ludmilla cherche dans les livres. Mais cette énergie accumulée, d'une certaine manière, lui aussi la reconnaît, sans besoin de lire, et il ressent le besoin de la faire circuler en utilisant les livres de Ludmilla comme support matériel pour des œuvres dans lesquelles investir son énergie au moins pour un instant.

– Celui-ci fera l'affaire, dit Irnerio et il est sur

le point de glisser un volume dans la poche de son blouson.

– Non, pas celui-ci. C'est le livre que je suis en train de lire. Et en plus, il ne m'appartient pas, je dois le rendre à Cavedagna. Choisis-en un autre. Regarde celui-là, il lui ressemble.

Tu as pris en main un volume qu'entoure une bande rouge : « Le dernier succès de Silas Flannery », et cela suffit à expliquer la ressemblance puisque la série des romans de Flannery se présente toujours avec la même jaquette caractéristique. Mais il ne s'agit pas seulement de graphisme : le titre qui s'affiche sur la jaquette est *Dans un réseau de lignes entre…* Il s'agit des deux copies du même livre ! Tu ne t'attendais pas à cela. – Alors ça, c'est vraiment étrange ! Je n'aurais jamais cru que Ludmilla l'avait déjà…

Irnerio retire ses mains. – Celui-là, il n'appartient pas à Ludmilla. Moi je ne veux rien avoir à faire avec ce genre de trucs. Je pensais qu'on n'en trouvait plus des comme ça.

– Pourquoi ? Il est de qui ? Qu'est-ce que tu veux dire ?

Irnerio prend le volume entre deux doigts, il se dirige vers une petite porte, il l'ouvre, et jette le livre de l'autre côté. Tu l'as suivi ; tu enfonces ta tête dans un cagibi obscur ; tu vois une table avec une machine à écrire, un magnétophone, des dictionnaires, un dossier volumineux. Tu prélèves du dossier la feuille qui lui sert de frontispice, tu la portes à la lumière, et tu lis : *Traduction d'Hermès Marana.*

Tu restes comme foudroyé. En lisant les lettres de Marana tu avais l'impression de rencontrer Ludmilla à chaque instant... C'est parce que tu ne parviens pas à ne pas penser à elle : c'est ainsi que tu t'expliquais la chose, comme une preuve que tu étais tombé amoureux. Maintenant, en faisant le tour de la maison de Ludmilla, tu tombes sur les traces de Marana. Est-ce une obsession qui te persécute ? Non, depuis le début, tu avais la pré-monition qu'il y avait un rapport entre eux... La jalousie, qui jusque-là avait été une espèce de jeu entre toi et toi, te saisit désormais sans te laisser d'issue. Et ce n'est pas seulement de la jalousie : c'est le soupçon, la méfiance, le sentiment que tu ne peux être sûr de rien ni de personne... La pour-suite du livre interrompu, qui te communiquait une excitation particulière dans la mesure où tu la menais avec la Lectrice, se révèle la même chose que la poursuite de Ludmilla qui te file entre les mains dans une démultiplication de mystères, de tromperies, de travestissements...

– Mais... quel rapport avec Marana ? demandes-tu. Il habite ici ?

Irnerio secoue la tête. – Il a vécu ici. Maintenant de l'eau a passé sous les ponts. Il ne devrait plus jamais revenir. Mais désormais toutes ses histoires sont tellement imprégnées de faussetés que, quoi qu'on dise sur lui, c'est faux. Il est au moins arrivé à ça. Les livres qu'il a apportés ici ont le même air que les autres, mais moi je les reconnais tout de suite, et de loin. Et dire qu'il ne devrait plus rien y avoir de lui, plus aucun papier, hors de sa petite pièce. Et pourtant, il arrive de temps en temps qu'une de ses traces revienne à la surface. Parfois j'ai le soupçon que c'est lui qui les dépose, qu'il vient quand il n'y a personne et qu'il continue à faire ses trafics habituels, en cachette...

– Quels trafics ?

– Je ne sais pas, Ludmilla dit que tout ce qu'il touche devient faux si ce n'était pas déjà le cas. Moi, ce que je sais, c'est que si j'essayais de faire mes travaux avec des livres qui lui ont appartenu, ce serait des faux : même s'ils ressortaient pareils à ceux que je fais d'habitude...

– Mais pourquoi est-ce que Ludmilla garde ses affaires dans la petite pièce ? Elle attend qu'il revienne ?

– Quand il était là, Ludmilla était malheureuse... Elle ne lisait plus.... Puis elle s'est enfuie... C'est elle qui est partie la première... Puis il est parti...

L'ombre s'éloigne. Tu respires. Le passé est refermé. – Et s'il revenait faire un tour ?

– Elle s'en irait de nouveau...

– Où ?

– Bof... En Suisse... Qu'est-ce que j'en sais moi...

– Il y a quelqu'un d'autre en Suisse ? – Instinctivement tu as pensé à l'auteur à la longue-vue.

– Disons qu'il y a un autre, mais c'est un tout autre genre d'histoire... Le vieux des polars...

– Silas Flannery ?

– Elle disait que quand Marana la convainc que la différence entre le vrai et le faux est seulement un de nos préjugés, elle éprouve le besoin de voir quelqu'un qui fait des livres comme un plant de citrouilles fait des citrouilles, c'est son expression…

La porte s'ouvre à l'improviste. Ludmilla rentre, jette son manteau sur un fauteuil, ses paquets.

— Ah formidable ! Tous ces amis ! Je vous prie d'excuser le retard !

Tu es en train de prendre le thé assis avec elle. Il devrait aussi y avoir Irnerio mais son fauteuil est vide.

— Il était là. Où est-ce qu'il est passé ?

— Oh, il a dû sortir. Lui il va et il vient sans rien dire.

— On entre et on sort comme ça chez toi ?

— Et pourquoi pas ? Tu es entré comment toi ?

— Moi et tant d'autres ?

— Qu'est-ce que tu me fais là ? Une scène de jalousie ?

— Et de quel droit pourrais-je te faire une scène de jalousie ?

— Tu crois qu'arrivé à un certain point tu pourrais en avoir le droit ? Si c'est comme ça, il vaut mieux ne même pas commencer.

— Commencer quoi ?

Tu poses ta tasse sur la table basse. Tu passes du fauteuil au divan où elle est assise.

(Commencer. C'est toi qui l'as dit, Lectrice. Mais comment déterminer le moment précis où commence une histoire ? Tout a toujours déjà commencé bien avant, la première ligne de la première page de chaque roman renvoie à quelque chose qui s'est déjà passé hors du livre. Ou bien la véritable histoire est celle qui commence dix ou cent pages plus loin et tout ce qui précède n'est qu'un prologue. Les vies des individus de l'espèce humaine forment un entrelacs continu, dans lequel toute tentative d'isoler un morceau de vécu qui ait un sens séparément du reste – par exemple, la rencontre entre deux personnes qui deviendra décisive pour chacune d'entre eux – doit tenir compte que chacun des deux porte avec lui un tissu de faits, de milieux, d'autres personnes, et que de leur rencontre dériveront à leur tour d'autres histoires qui se sépareront de leur histoire commune.)

Vous êtes au lit ensemble, Lecteur et Lectrice. Le moment est donc arrivé de s'adresser à vous à la seconde personne du pluriel, opération lourde de conséquences, parce qu'elle équivaut à vous considérer comme un sujet unique. C'est à vous que je parle, enchevêtrement difficile à discerner sous les draps froissés. Ensuite, peut-être, vous irez chacun votre chemin et le récit devra de nouveau s'évertuer à manœuvrer alternativement le levier du toi féminin et du toi masculin ; mais pour l'instant, puisque vos corps tentent de trouver, entre peau et peau, l'adhésion la plus prodigue en sensations, de se transmettre et recevoir des vibrations et des mouvements de houle, de faire se compénétrer les pleins et les vides, et puisque votre activité mentale est elle aussi tendue vers la plus haute intensité, on peut vous adresser un discours suivi qui vous saisisse comme une seule personne bifrons. Avant toute chose, il convient d'établir le terrain d'action ou la manière d'être de cette entité double que vous constituez. Où va vous porter votre identification ? Quel est le thème central qui revient dans vos variations et modulations ? S'agit-il d'une tension de chacun qui vise à ne rien perdre de son potentiel propre, à prolonger un état de réactivité, à profiter de l'accumulation du désir de l'autre pour démultiplier sa charge propre ? Ou plutôt est-ce l'abandon le plus docile, l'exploration de l'immensité des espaces à caresser et réciproquement caressants, la dissolution de l'être dans un lac dont la surface serait infiniment tactile ? Quelles que soient ces situations, vous n'existez qu'en fonction l'un de l'autre, mais, pour les rendre possibles, vos moi respectifs, loin de s'annuler, doivent occuper sans le moindre résidu le vide entier de l'espace mental, s'investir avec les plus grands intérêts possibles, ou se dépenser jusqu'au dernier centime. En bref, ce que vous faites est très beau, mais grammaticalement cela ne change rien. Au moment même où vous apparaissez comme un vous unitaire, vous êtes deux tu plus séparés et plus repliés sur vous-mêmes que jamais.

(Et cela dès maintenant alors que vous ne vous occupez exclusivement que de l'autre. Imaginons ce que ce sera d'ici peu, quand des fantômes qui ne se rencontrent pas fréquenteront vos pensées en accompagnant les rencontres de vos corps éprouvés par l'habitude.)

Lectrice, te voici lue. Ton corps se trouve soumis à une lecture systématique, à travers des canaux d'information qui relèvent du toucher, de la vue, de l'odorat, et non sans intervention des papilles gustatives. L'ouïe aussi a sa part, attentive qu'elle est à tes halètements et à tes trilles. Non seulement le corps est en toi objet de lecture : le corps compte en tant que partie d'un ensemble d'éléments compliqués, qui ne sont ni tous visibles ni tous présents, mais qui se manifestent au cours d'événements visibles et immédiats : les nuages qui se forment dans tes yeux, ton rire, les paroles que tu prononces, la manière que tu as de ramasser et de déployer tes cheveux, ta façon de prendre l'initiative ou d'esquiver, et tous ces signes qui se trouvent entre toi, les usages et les mœurs et la mémoire, la préhistoire et la mode, tous les codes, tous les pauvres alphabets à travers lesquels un être humain croit à certains moments qu'il est en train de lire un autre être humain.

Et toi aussi entre-temps, tu es objet de lecture, ô Lecteur : tantôt la Lectrice passe en revue ton corps comme si elle consultait la table des matières, tantôt elle l'examine comme si elle était prise de curiosités rapides et précises, tantôt elle fait une pause en lui posant des questions et en attendant que lui arrive une réponse muette, comme si tout état des lieux partiel ne l'intéressait qu'en vue d'une reconnaissance spatiale plus vaste. Tantôt, elle s'arrête sur des détails négligeables, peut-être même sur de petits défauts stylistiques, par exemple la pomme d'Adam proéminente, ou la manière que tu as d'enfoncer ta tête dans le creux de son cou, et elle s'en sert pour établir une marge de détachement, réserve critique ou familiarié joueuse ; tantôt, le détail découvert accidentellement est au contraire valorisé outre mesure, par exemple la forme de ton menton ou la manière particulière dont tu mordilles son épaule, et à partir de ce point de départ, elle prend son élan et parcourt (vous parcourez ensemble) des pages entières de pied en cap, sans sauter la moindre virgule. Et pendant ce temps, dans la satisfaction que te procure sa manière de te lire, les citations littérales qu'elle fait de ton objectivité physique, un doute s'insinue : qu'elle ne soit pas en train de te lire, toi, un et entier comme tu es, mais de t'utiliser, en utilisant des fragments de toi, détachés du contexte pour se construire un partenaire fantasmatique, connu d'elle seule, dans la pénombre de sa semi-conscience, et que ce qu'elle est en train de déchiffrer soit ce visiteur apocryphe de ses rêves, et pas toi.

À la différence des pages écrites, la lecture que les amants font de leur corps (de ce concentré de corps et d'esprit dont les amants se servent pour coucher ensemble) n'est pas linéaire. Commencée n'importe où, elle saute, se répète, revient en arrière, insiste, se ramifie en messages simultanés et divergents, elle revient pour converger, elle affronte des moments de lassitude, tourne la page, retrouve le fil, se perd. On peut y reconnaître une direction, un parcours dirigé vers une fin, dans la mesure où elle tend vers un climax, et qu'en vue de cette fin elle dispose des phases rythmiques, des scansions métriques, des retours de motifs. Mais le climax est-il vraiment sa fin ultime ? Ou la course en direction de cette fin ne s'oppose-t-elle pas à un autre élan qui s'épuise, à contre-courant, à remonter les instants, à récupérer du temps ?

Si l'on voulait représenter l'ensemble au moyen d'un graphique, chaque épisode nécessiterait, avec son point culminant, un modèle à trois dimensions, peut-être à quatre ; aucun modèle, aucune expérience ne peut se répéter. Ce par quoi l'acte sexuel et la lecture se ressemblent le plus, c'est que s'ouvrent en eux des temps et des espaces différents du temps et de l'espace mesurables.

Dans l'improvisation confuse de la première rencontre, on peut déjà lire l'avenir possible d'une vie à deux. Aujourd'hui vous êtes l'objet de la lecture de l'autre, chacun lit en l'autre son histoire non écrite. Demain, Lecteur et Lectrice, si vous êtes encore ensemble, si vous vous couchez dans le même lit comme un couple établi, chacun allumera sa lampe de chevet et s'enfoncera dans son lit ; deux lectures parallèles accompagneront l'arrivée du sommeil ; toi tu seras le premier à éteindre la lumière puis toi ensuite ; venus d'univers séparés, vous vous retrouverez de manière fugace dans la nuit où toutes les distances s'effacent, avant que des rêves divergents ne vous entraînent encore, toi d'un côté et toi d'un autre. Mais n'ironisez pas trop sur la perspective de cette harmonie conjugale : quelle image de couple plus aboutie sauriez-vous opposer ?

Tu parles à Ludmilla du roman que tu lisais en l'attendant. – C'est le genre de livre qui te plaît :

il communique un sentiment de malaise dès la première page…

Une lueur d'interrogation passe dans son regard. Tu es saisi par un doute : cette phrase sur le malaise, peut-être ne l'as-tu pas entendue de sa bouche, mais lue quelque part… Ou peut-être Ludmilla a-t-elle cessé de croire à l'angoisse comme condition de la vérité… Quelqu'un lui a peut-être démontré que l'angoisse aussi est un mécanisme, qu'il n'y a rien de plus facile à falsifier que l'inconscient. ..

— Quant à moi, dit-elle, j'aime les livres où tous les mystères et les angoisses passent par un esprit exact et froid et sans ombres comme celui d'un joueur d'échecs…

— Quoi qu'il en soit, voilà : c'est l'histoire d'un type qui devient nerveux quand il entend sonner le téléphone. Un jour il est en train de faire sa course…

— Ne m'en raconte pas davantage. Fais-le-moi lire.

— Moi-même je ne suis pas allé beaucoup plus loin. Je vais te le chercher.

Tu te lèves du lit, tu vas chercher le livre dans l'autre pièce, où la tournure précipitée de tes rapports avec Ludmilla a interrompu le cours normal des événements.

Tu ne le retrouves pas.

(Tu le retrouveras dans une exposition : la dernière œuvre du sculpteur Irnerio. La page dont tu avais corné le coin pour indiquer où tu t'étais arrêté s'étend sur une des bases d'un parallélépipède compact, collé, verni avec une résine transparente. Une ombre un peu brûlée, comme d'une flamme qui se libère de l'intérieur du livre, ondule la surface de la page et y ouvre une succession de strates comme des nœuds dans une écorce.)

– Je ne le trouve pas, mais ce n'est pas grave, lui dis-tu, de toutes les manières, j'ai vu que tu en as une autre copie. En fait, je croyais que tu l'avais déjà lu…

Sans qu'elle s'en aperçoive, tu es entré dans le cagibi, et tu as cherché le livre de Flannery avec la jaquette rouge. – Le voici.

Ludmilla l'ouvre. Il y a une dédicace : « À Ludmilla… Silas Flannery ». – Oui, c'est mon exemplaire…

– Ah, tu connais Flannery ? t'exclames-tu, comme si tu ne savais rien.

– Oui… Il m'avait offert ce livre… Mais j'étais convaincue qu'on me l'avait dérobé avant même que j'aie pu le lire.

– … Irnerio ?

– Bah…

Il est temps que tu abattes tes cartes.

– Ce n'est pas Irnerio et tu le sais. Quand Irnerio l'a vu, il l'a jeté dans cette pièce toute noire où tu gardes…

– Qui t'a autorisé à fouiller ?

– Irnerio dit qu'il y a quelqu'un qui te volait des livres et qui revient en cachette les remplacer par des livres faux…

– Irnerio n'en sait rien.

– Moi si : Cavedagna m'a fait lire les lettres de Marana.

– Ce qu'Hermès raconte, c'est toujours un sac de nœuds.

– Il y a pourtant quelque chose de vrai : cet homme continue à penser à toi, à te voir dans tous ses délires, il est obsédé par l'image de toi en train de lire...

– C'est ce qu'il n'a jamais pu supporter.

Petit à petit tu vas finir par comprendre un peu mieux les origines des machinations du traducteur : le ressort secret qui les a déclenchées, c'est la jalousie pour le rival invisible qui s'interposait continûment entre lui et Ludmilla, la voix silencieuse qui lui parle à travers les livres, ce fantôme aux mille visages sans visage, d'autant plus fuyant que pour Ludmilla les auteurs ne s'incarnent jamais en individus en chair et en os, ils n'existent qu'à l'intérieur des pages publiées, les vivants comme les morts sont là toujours prêts à communiquer avec elle, à l'étonner, à la séduire, et Ludmilla est toujours prête à les suivre, avec cette légèreté volubile des rapports qu'on peut avoir avec des personnes incorporelles. Comment faire pour en finir non pas avec les auteurs, mais avec la fonction de l'auteur, avec l'idée que derrière chaque livre il y a quelqu'un qui garantit une vérité à ce monde de fantasmes et d'inventions par le seul fait qu'il y a investi sa vérité propre, qu'il s'est identifié avec cette construction de mots ? Depuis toujours, parce que son goût et son talent le poussaient dans cette direction, mais plus que jamais depuis que ses rapports avec Ludmilla s'étaient gâtés, Hermès Marana avait rêvé d'une littérature tout entière faite d'apocryphes, de fausses attributions, d'imitations, de contrefaçons et de pastiches. Si cette idée avait réussi à s'imposer, si une incertitude systématique sur l'idée de celui qui écrit avait empêché le lecteur de s'abandonner avec confiance – confiance non pas tant en ce qu'on lui raconte, qu'en la voix silencieuse qui raconte –, peut-être que de l'extérieur rien n'aurait changé dans l'édifice de la littérature... mais en dessous, dans les fondements, là où s'établit le rapport du lecteur avec son texte, quelque chose aurait changé pour toujours. Alors Hermès Marana ne se serait plus senti abandonné par Ludmilla absorbée dans sa lecture : entre le livre et elle se serait toujours insinuée l'ombre de la mystification, et lui, en s'identifiant avec chacune de ses mystifications, aurait affirmé sa présence.

Ton œil tombe sur le début du livre. – Mais ce n'est pas le livre que j'étais en train de lire... Le titre est le même, la couverture est la même... Mais c'est un autre livre ! L'un des deux est faux.

– Bien sûr qu'il est faux, dit Ludmilla à voix basse.

– Tu dis qu'il est faux parce qu'il est passé entre les mains de Marana ? Mais celui que j'étais en train de lire, c'est lui aussi qui l'avait envoyé à Cavedagna. Est-ce qu'ils sont faux tous les deux ?

– Il n'y a qu'une personne qui peut nous dire la vérité : l'auteur.

– Tu peux la lui demander puisque tu es une de ses amies...

— Je l'étais.

— C'est chez lui que tu allais quand tu fuyais Marana ?

— Comme tu es bien informé ! dit-elle sur un ton ironique qui te tape sur les nerfs plus que tout.

Lecteur, ta décision est prise : tu iras trouver l'écrivain. En attendant, tournant le dos à Ludmilla, tu t'es mis à lire le nouveau livre contenu sous la même couverture.

(La même jusqu'à un certain point. La jaquette « Le dernier succès de Silas Flannery » couvre le dernier mot du titre. Il suffirait que tu la soulèves pour t'apercevoir que le titre de ce volume n'est pas le même que l'autre, *Dans un réseau de lignes entrelacées*, mais *Dans un réseau de lignes entrecroisées*.)

Dans un réseau
de lignes entrecroisées

Spéculer, réfléchir : chaque activité de la pensée me renvoie aux miroirs. Selon Plotin l'âme est un miroir qui crée les choses matérielles en réfléchissant les idées de la raison supérieure. Est-ce pour cela que j'ai besoin de miroirs pour penser ? Je ne sais pas me concentrer sans la présence d'images réfléchies, comme si mon âme avait besoin d'un modèle à imiter chaque fois qu'elle veut mettre en acte sa vertu spéculative. (Le mot assume ici toutes ses significations : je suis à la fois un homme qui pense et un homme d'affaires, doublé d'un collectionneur d'appareils optiques.)

Dès que j'approche mon œil d'un kaléidoscope, je sens que mon esprit, en suivant le rassemblement et la composition en figures régulières de fragments hétérogènes de couleurs et de lignes, trouve immédiatement la voie à suivre : ne serait-ce que la révélation péremptoire et labile d'une construction rigoureuse qui se défait au moindre tapotement de l'ongle sur les parois du tube, pour être remplacée par une autre dans laquelle les mêmes éléments convergent en un ensemble dissemblable.

Depuis que, encore adolescent, je me suis aperçu que la contemplation des jardins émaillés qui tournoient au fond de ce puits de miroirs exaltait mon aptitude aux décisions pratiques et aux prévisions risquées, j'ai commencé à collectionner les kaléidoscopes. L'histoire de cet objet, relativement récente (le kaléidoscope fut breveté en 1817 par le physicien écossais Sir David Brewster, auteur, entre autres titres, d'un *Treatise on New Philosophical Instruments*), contraignait ma collection à l'intérieur de limites chronologiques étroites. Mais je ne tardais pas à diriger mes recherches vers une spécialité antiquaire bien plus illustre et suggestive : les machines catoptriques du dix-septième siècle, petits théâtres d'origines diverses dans lesquels une figure se trouve démultipliée selon l'angle différent que forment les miroirs. Mon intention est de reconstruire le musée rassemblé par le jésuite Athanasius Kircher, auteur de l'*Ars magnas luci et umbrae* (1646), et inventeur du « théâtre polydiptyque » dans lequel une soixantaine de petits miroirs qui tapissent l'intérieur d'une grande boîte transforment une branche en une forêt, un soldat de plomb en armée, un opuscule en une bibliothèque.

Les hommes d'affaires, auxquels je fais visiter la collection avant les réunions, adressent à ces étranges appareils des coups d'œil d'une curiosité superficielle. Ils ignorent que j'ai construit mon empire financier sur le même principe que les kaléidoscopes et les machines catoptriques, multipliant comme dans un jeu de miroirs des sociétés sans capitaux, gonflant les capitaux jusqu'à les faire sembler géants, faisant disparaître des passifs désastreux dans les angles morts de perspectives illusoires. Mon secret, le secret de mes victoires financières ininterrompues dans une époque qui a vu tant de crises, de krachs boursiers, de banqueroutes, a toujours été celui-ci : je ne pensais jamais directement à l'argent, aux affaires, aux profits, mais seulement aux angles de réfraction qu'on peut créer grâce à des plaques réfléchissantes diversement inclinées.

C'est mon image que je veux multiplier, mais non pas par narcissisme ou mégalomanie comme on pourrait trop facilement le croire : au contraire, pour dissimuler, au sein de tant de fantômes illusoires de moi-même, le vrai moi qui les fait se mouvoir. C'est pourquoi, si je ne craignais pas d'être mal compris, je n'aurais rien contre l'idée de reconstruire chez moi la pièce entièrement tapissée de miroirs selon le projet de Kircher, à l'intérieur de laquelle je me verrais marcher sur le plafond la tête en bas, et voler vers le haut depuis les profondeurs du plancher.

Ces pages que je suis en train d'écrire devraient, elles aussi, communiquer la froide luminosité d'une galerie des miroirs, où un nombre limité d'images se réfractent, se renversent et se multiplient. Si mon image s'en va dans toutes les directions et se dédouble dans tous les angles, c'est pour décourager ceux qui veulent me suivre. Je fais partie des hommes qui ont beaucoup d'ennemis auxquels ils doivent sans cesse échapper. S'ils croient m'atteindre, ils frapperont seulement une surface de verre sur laquelle apparaît et se répand un des multiples reflets de ma présence sans fin. Je fais aussi partie des hommes qui pourchassent tous leurs ennemis en fondant sur eux, en avançant en phalanges inexorables et en leur coupant la route de quelque côté qu'ils se tournent. Dans un monde catoptrique, mes ennemis aussi peuvent croire qu'ils sont en train de m'encercler de partout, mais moi seul connais la disposition des miroirs, et je peux me rendre insaisissable, tandis qu'ils finissent par se cogner et par s'accrocher les uns aux autres.

Je voudrais que mon récit exprime tout cela à travers les détails d'opérations financières, de coups de théâtre au beau milieu des réunions des conseils d'administration, des appels téléphoniques de courtiers en bourse en pleine panique, et puis aussi, de fragments de cartes urbaines, de polices d'assurance, la bouche de Lorna quand elle a laissé tomber une certaine phrase, le regard d'Elfrida comme absorbé dans un de ses calculs inexorables, une image qui se superpose à l'autre, le réseau du plan de la ville constellé de petites croix et de flèches, avec des motocyclettes qui s'éloignent et disparaissent dans les angles de miroir, et des motocyclettes qui convergent vers ma Mercedes.

Depuis que j'ai pris conscience que mon enlèvement aurait constitué le coup le plus juteux non seulement pour les diverses bandes de hors-la-loi spécialisés, mais aussi pour les plus importants de mes associés et de mes concurrents dans le monde de la haute finance, j'ai compris que c'était seulement en me multipliant, en multipliant ma personne, ma présence, mes sorties de chez moi et mes retours, en bref, les occasion d'un guet-apens, que je pouvais rendre plus improbable le moment où je serais tombé dans des mains ennemies. J'ai donc commandé cinq Mercedes identiques à la mienne qui entrent et sortent par le portail blindé de ma villa à toutes les heures, escortées par des motocyclistes qui font partie de mes gardes du corps, avec à leur bord une ombre de noir vêtue et tout emmitouflée qui pourrait être la mienne comme celle de n'importe quelle doublure. Les sociétés que je préside consistent en sigles sans rien derrière et leurs sièges en salons vides interchangeables ; ainsi, mes réunions d'affaires peuvent avoir lieu à des adresses toujours différentes, que j'ordonne toujours de changer au dernier moment pour des raisons de sécurité. Des problèmes plus délicats dérivent de la relation extraconjugale que j'entretiens avec une femme divorcée de vingt-neuf ans, dont le nom est Lorna, à qui je consacre deux et parfois trois rencontres hebdomadaires de deux heures trois quarts. Pour protéger Lorna il n'y avait qu'une solution : rendre sa localisation impossible, et le système auquel j'ai eu recours a été d'afficher une multiplicité de fréquentations amoureuses en même temps pour qu'on ne puisse pas comprendre quelles sont mes amantes fictives et qui la vraie. Chaque jour moi et mes sosies nous faisons halte à des horaires toujours différents dans des pied-à-terre disséminés dans toute la ville et habités par des femmes d'aspect attrayant. Ce réseau d'amantes feintes me permet de cacher mes vraies rencontres avec Lorna à ma femme Elfrida à qui j'ai présenté l'exécution de cette mise en scène comme une mesure de sécurité. Quant à elle, Elfrida, je lui ai conseillé de donner la plus grande publicité possible à ses déplacements pour désorienter d'éventuels plans criminels mais je ne l'ai pas trouvée disposée à m'écouter : Efrida tend à se cacher, de même qu'elle évite les miroirs de ma collection, comme si elle craignait que son image soit mise en morceaux et détruite : un comportement dont les motivations profondes m'échappent et qui me contrarie beaucoup.

Je voudrais que tous les détails que je décris concourent à communiquer l'impression d'un mécanisme de haute précision mais dans le même temps d'une suite d'éclats fuyants qui renverraient à quelque chose qui reste hors de portée du rayon de la vue. C'est pourquoi je ne dois pas négliger d'insérer de temps à autre, quand le rythme de l'histoire se fait plus soutenu, quelque citation d'un texte ancien, par exemple, un passage du *De magia naturali* de Giovanni Battista Della Porta, là où il est dit que le magicien, c'est-à-dire « le Ministre de la nature », doit (je cite la traduction italienne de Pompeo Sarnelli, 1677) savoir « les manières de tromper les yeux, les visions qu'on fait sous l'eau, et dans les miroirs faits selon des formes différentes, lesquels parfois renvoient les images hors des miroirs suspendues dans l'air, et comme on peut voir clairement les choses qui se font de loin ».

Je me suis vite aperçu que l'incertitude créée par l'aller-retour des voitures ne suffirait pas à éventer le péril des embuscades criminelles : j'ai alors pensé appliquer le pouvoir multiplicateur des mécanismes catoptriques aux bandits eux-mêmes, en organisant des guet-apens fictifs, des enlèvements fictifs de quelque moi-même fictif, suivi de libérations fictives après le paiement d'une rançon fictive. C'est pourquoi j'ai dû prendre sur moi de monter une organisation criminelle paral-lèle, en tissant des liens toujours plus étroits avec le milieu. J'en suis ainsi venu à disposer d'un grand nombre d'informations sur de véritables enlèvements en préparation, me donnant ainsi la possibilité d'intervenir à temps, qu'il s'agisse de me protéger ou de profiter des disgrâces de mes adversaires en affaires.

C'est à ce moment que le récit pourrait rap-peler que les vertus des miroirs dont dissertent les anciens livres comprennent aussi la capa-cité de montrer les choses lointaines et occultes. Dans leurs descriptions du port d'Alexandrie les géographes arabes du Moyen Âge rappellent la colonne qui s'élevait sur l'île du Phare, surmon-tée par un miroir d'acier où l'on pouvait voir les navires avancer à une distance immense au large de Chypre et de Constantinople et de toutes les terres des Romains. En concentrant les rayons, les miroirs incurvés peuvent capter une image du tout. « Dieu lui-même », écrit Porphyre, « qui ne peut être aperçu ni par le corps ni par l'âme, se laisse contempler dans un miroir ». Avec l'irradiation centrifuge que mon image projette de par toutes les dimensions de l'espace, je voudrais que ces pages puissent rendre aussi le mouvement opposé par lequel m'arrivent depuis les miroirs les images que la vision directe ne peut embrasser. De miroir en miroir – c'est ce à quoi il m'arrive de rêver – la totalité des choses, l'univers tout entier, la sagesse divine pourraient concentrer leurs rayons lumineux dans un seul miroir. Ou peut-être que la connaissance du tout est ensevelie dans l'âme et qu'un système de miroirs qui multiplieraient mon image à l'infini pour en restituer l'essence en une image unique me révélerait l'âme du tout qui se cache dans la mienne.

Telle serait la puissance des miroirs magiques dont on parle tant dans les traités des sciences occultes et dans les anathèmes des inquisiteurs : contraindre le dieu des ténèbres à se manifester et à conjoindre son image à celle que le miroir renvoie. Je devais élargir ma collection à un nouveau secteur : les antiquaires et les maisons de vente aux enchères ont été avertis de tenir à ma disposition les plus rares exemplaires des miroirs de la Renaissance qui, en raison de leur forme, ou d'une tradition écrite, pourraient être classés dans la catégorie des miroirs magiques.

Il s'agissait d'une partie difficile, dans laquelle chaque erreur pouvait se payer très cher. La première erreur fut de convaincre mes rivaux de s'associer avec moi pour fonder une compagnie d'assurances contre les enlèvements. Sûr de mon réseau d'informateurs au sein du banditisme, je croyais qu'aucune éventualité ne pouvait échapper à mon contrôle. Je ne tardai pas à apprendre que mes associés entretenaient avec les ravisseurs des rapports plus étroits que les miens. La rançon qui aurait dû être demandée pour le prochain enlèvement aurait dû correspondre à la totalité du capital de la compagnie d'assurances : elle aurait dû ensuite être répartie entre l'organisation des hors-la-loi et les actionnaires de la compagnie, leurs complices, le tout évidemment, aux dépens de la victime séquestrée. Sur la question de savoir qui devait être cette victime, il n'y avait aucun doute : c'était moi.

Le plan du traquenard contre moi prévoyait qu'entre les motocyclettes Honda de mon escorte et l'auto blindée dans laquelle je voyageais vinssent s'insérer trois motocyclettes Yamaha conduites par des policiers fictifs qui freineraient brusquement avant le virage. Selon mon contre-plan, trois motocyclettes Suzuki auraient dû immobiliser ma Mercedes cinq cents mètres avant, pour un enlèvement fictif. Quand je me vis bloqué par trois motos Kawasaki à un carrefour qui précédait les deux autres, je compris que mon contre-plan avait été mis en échec par un contre-contre-plan dont j'ignorais les commanditaires.

Comme dans un kaléidoscope les hypothèses que je voudrais enregistrer dans ces lignes se réfractent et divergent, de la même manière que se découpait sous mes yeux le plan de la ville que j'avais décomposé morceau après morceau pour localiser le croisement des rues où, selon mes informateurs, on m'aurait tendu un guet-apens, et pour établir le point où j'aurais pu gagner du temps sur mes ennemis pour renverser leur plan à mon avantage. Tout me paraissait désormais certain, le miroir magique dirigeait tous les pouvoirs maléfiques en les mettant à mon service. Je n'avais pas pris en compte un troisième plan d'enlèvement conçu par des inconnus. Par qui ?

À ma plus grande surprise, loin de m'emmener dans une cachette secrète les ravisseurs me raccompagnent chez moi, et m'enferment dans la chambre catoptrique que j'ai fait reconstruire avec les plus grands soins sur les dessins d'Athanasius Kircher. Les murs de miroirs renvoient mon image à l'infini. Est-ce que j'avais été enlevé par moi-même ? Une de mes images projetées de par le monde avait-elle pris ma place pour me reléguer au rôle d'image réfléchie ? Avais-je évoqué le Seigneur des Ténèbres et venait-il se présenter à moi sous mon propre aspect ?

Sur le plancher en miroir gît un corps de femme, attaché. Lorna. Dès qu'elle fait un mouvement, sa chair nue se répand répétée sur tous les miroirs. Je me jette sur elle, pour la libérer de ses liens et de son bâillon, pour l'embrasser ; mais elle se retourne contre moi, furieuse. – Tu crois que je suis à ta merci ? Tu te trompes ! – et elle plante ses ongles dans mon visage. Est-elle prisonnière avec moi ? Est-elle ma prisonnière ? Est-elle ma prison ?

Entre-temps une porte s'est ouverte. Elfrida s'avance. – Je connaissais le danger qui te menaçait et je suis parvenue à te sauver, dit-elle. Le système a peut-être été un peu brutal, mais je n'avais pas le choix. Mais maintenant je ne trouve plus la porte de cette cage de miroirs. Dis-moi, vite, comment est-ce que je fais pour sortir ?

Un œil et un sourcil d'Elfrida, une jambe dans des bottes moulantes, le coin de sa bouche aux lèvres minces et aux dents trop blanches, une main avec des bagues qui tient un revolver se répètent gigantesques dans les miroirs et parmi ces fragments en désordre de sa figure, s'interposent des pans de la peau de Lorna, comme des paysages de chair. Je ne sais plus maintenant distinguer ce qui appartient à l'une et ce qui appartient à l'autre, je me perds, il me semble que je me suis perdu moi-même, je ne vois plus mon reflet mais seulement le leur. Dans un fragment de Novalis, un initié qui est parvenu à atteindre la demeure secrète d'Isis soulève le voile de la déesse... Il me semble désormais que tout ce qui m'entoure fait partie de moi, que je suis parvenu à devenir le tout, enfin...

VIII

Du journal de Silas Flannery

Sur une chaise longue, sur la terrasse d'un chalet au fond de la vallée, il y a une jeune femme qui lit. Tous les jours avant de me mettre au travail je reste un peu de temps à la regarder avec une longue-vue. Dans cet air transparent et fin j'ai l'impression d'apercevoir sur sa figure immobile les signes de ce mouvement invisible qu'est la lecture, le parcours du regard et de la respiration, mais plus encore le parcours des mots à travers la personne, leur flux ou leur stase, les élans, les ralentissements, les pauses, l'attention qui se concentre ou qui se disperse, les retours en arrière, ce parcours qui semble uniforme et qui est au contraire toujours changeant et accidenté.

Depuis combien d'années ne me suis-je pas concédé une lecture désintéressée ? Depuis combien d'années est-ce que je ne réussis plus à m'abandonner à un livre écrit par d'autres, sans aucun rapport avec ce que je dois écrire ? Je me retourne et je vois le bureau qui m'attend, la machine avec la feuille sur le rouleau, le chapitre à commencer. Depuis que je suis devenu un forçat de l'écriture, le plaisir de la lecture est fini pour moi. Ce que je fais a pour finalité l'état d'âme de cette femme sur la chaise longue encadrée par les verres de ma longue-vue, et c'est un état d'âme qui m'est interdit.

Tous les jours, avant de me mettre au travail je regarde la femme sur la chaise longue : je me dis que le résultat de l'effort surnaturel auquel je me soumets en écrivant doit être la respiration de cette lectrice, l'opération de la lecture devient un processus naturel, le courant qui porte les phrases à effleurer le filtre de son attention, à s'arrêter un instant avant d'être absorbées par les circuits de son esprit, et disparaître en se transformant en fantasmes intérieurs, en ce qu'il y a en elle de plus personnel et de moins communicable.

Parfois je suis pris d'un désir absurde : que la phrase que je suis sur le point d'écrire soit celle que la femme est en train de lire au même moment. Cette idée exerce sur moi une telle emprise que je me convaincs qu'elle est vraie : j'écris la phrase à toute allure, je me lève, je vais à la fenêtre, je pointe la longue-vue pour contrôler l'effet de ma phrase dans son regard, dans le pli de ses lèvres, dans la cigarette qu'elle allume, dans les déplacements de son corps sur sa chaise longue, dans les jambes qu'elle croise ou qu'elle allonge.

Parfois il me semble que la distance entre mon écriture et sa lecture ne peut être comblée, que quelle que soit la chose que j'écris, elle se trouve entachée de la marque de l'artifice et de l'incongruité : si ce que je suis en train d'écrire apparaissait sur la surface polie de la page qu'elle lit, cela grincerait comme un ongle sur du verre, et elle balancerait le livre avec un frisson de dégoût.

Parfois je me convaincs que la femme est en train de lire mon *vrai* livre, celui que je devrais écrire depuis longtemps, mais que je ne parviendrai jamais à écrire, que ce livre est là, mot après mot, je le vois dans le fond de ma longue-vue mais je n'arrive pas à lire ce qui est écrit, je ne peux pas savoir ce qu'a écrit ce moi que je n'ai pas réussi et que je ne réussirai pas à être. Il est inutile que je me remette au bureau, que je me force à deviner, à copier mon vrai livre lu par elle : quoi que j'écrive, il s'agira d'un faux, par rapport à mon vrai livre que personne sauf elle ne lira jamais.

Et si, tout comme je la regarde pendant qu'elle lit, elle pointait une longue-vue sur moi pendant que j'écris ? J'écris au bureau avec le dos tourné à la fenêtre et voici que je sens derrière moi un œil qui aspire le flux de mes phrases, qui conduit le récit dans des directions qui m'échappent. Les lecteurs sont mes vampires. Je sens une foule de lecteurs qui penchent leur regard par-dessus mon épaule et s'approprient des mots au fur et à mesure que les mots se déposent sur la feuille. Je ne suis pas capable d'écrire s'il y a quelqu'un qui me regarde : je sens que ce que j'écris ne m'appartient plus. Je voudrais disparaître, laisser à l'attente qui s'empare de leurs yeux la feuille enfilée dans la machine, tout au plus mes doigts qui tapent sur les touches.

Comme j'écrirais bien si je n'y étais pas ! Si, entre la feuille blanche et le bouillonnement des mots et des histoires qui prennent forme et disparaissent sans que personne les écrive ne s'interposait pas ce diaphragme incommode qu'est ma personne ! Le style, le goût, la philosophie personnelle, la subjectivité, la formation culturelle, l'expérience vécue, la psychologie, le talent, les trucs du métier : tous les éléments qui font que ce que j'écris peut m'être attribué m'apparaissent comme une cage qui limite mes possibilités. Si je n'étais qu'une main, une main coupée qui se saisit d'un stylo pour écrire… Qui animerait cette main ? La foule anonyme ? L'esprit du temps ? L'inconscient collectif ? Je ne sais pas. Ce n'est pas pour pouvoir être le porte-voix de quelque chose de définissable que je voudrais m'annuler. C'est seulement pour transmettre ce qui attend d'être écrit, ce qui peut être raconté et que personne ne raconte.

Peut-être la femme que j'observe à la longue-vue *sait*-elle ce que je devrais écrire ; c'est-à-dire qu'elle *ne le sait pas*, parce qu'elle attend justement de moi que j'écrive ce qu'elle *ne sait pas* ; mais ce qu'elle sait avec certitude c'est son attente, ce vide que mes mots devraient remplir.

Parfois je pense à la matière du livre à écrire comme à quelque chose qui est déjà là : pensées déjà pensées, dialogues déjà prononcés, histoires qui se sont déjà déroulées, lieux et milieux aperçus : le livre ne devrait pas être autre chose que l'équivalent du monde non écrit traduit en écriture. Parfois en revanche il me semble comprendre qu'entre le livre que je dois écrire et les choses qui existent déjà, il ne peut y avoir qu'une espèce de complémentarité : le livre devrait être la contrepartie écrite du monde non écrit ; sa matière devrait être ce qui n'existe pas et ne pourra pas exister tant que ce ne sera pas écrit, mais dont ce qui existe déjà sent obscurément le manque dans sa propre incomplétude.

Je vois que, d'une manière ou d'une autre, je continue à tourner autour de l'idée d'une interdépendance entre le monde non écrit et le livre que je devrais écrire. C'est pourquoi le fait d'écrire se présente à moi comme une opération d'un poids si grand que j'en suis écrasé. Je mets l'œil contre la longue-vue et je la pointe sur la lectrice. Entre ses yeux et la page volette un papillon blanc. Quel que soit ce qu'elle était en train de lire, c'est maintenant le papillon qui a retenu son attention. Le monde non écrit atteint son apogée dans ce papillon. Le résultat auquel je dois tendre est quelque chose de précis, de recueilli, de léger.

En regardant cette femme sur sa chaise longue, l'exigence m'était venue d'écrire « d'après nature », c'est-à-dire d'écrire non pas elle, mais sa lecture, d'écrire n'importe quoi mais en pensant que ce que j'écris devrait passer à travers sa lecture.

Maintenant, en voyant ce papillon qui se pose sur mon livre, je voudrais écrire « d'après nature » en gardant à l'esprit ce papillon. Écrire par exemple un crime atroce mais qui d'une certaine manière « ressemble » au papillon, qui soit léger et subtil comme le papillon.

Je pourrais aussi décrire le papillon, mais en gardant à l'esprit la scène atroce d'un crime, de manière que le papillon devienne quelque chose d'effrayant.

Projet de récit. Deux écrivains, habitant deux chalets sur les versants opposés d'une vallée, s'observent réciproquement. L'un des deux a l'habitude d'écrire le matin, l'autre l'après-midi. Le matin et l'après-midi, l'écrivain qui n'écrit pas pointe sa longue-vue sur celui qui écrit. L'un des deux est un écrivain productif, l'autre un écrivain tourmenté. L'écrivain tourmenté regarde l'écrivain productif remplir les feuilles aux lignes uniformes, le manuscrit croître dans une pile de feuilles ordonnées. D'ici peu le livre sera fini : à coup sûr un roman à succès – pense l'écrivain tourmenté avec un certain dédain mais aussi avec envie. Il considère l'écrivain productif comme un simple artisan habile, capable de pondre des romans faits en série pour complaire au goût du public ; mais il ne sait pas réprimer un fort sentiment d'envie pour cet homme qui s'exprime lui-même avec une sûreté aussi méthodique. Il ne s'agit pas seulement d'envie dans son cas, mais aussi d'admiration, oui, d'admiration sincère : dans la manière dont cet homme met toutes ses forces dans l'écriture il y a quelque chose de généreux, une confiance dans la communication, dans le fait de donner aux autres ce que les autres attendent de lui, sans se poser de problèmes personnels. L'écrivain tourmenté paierait vraiment cher pour ressembler à l'écrivain productif ; il voudrait le prendre comme modèle ; sa plus grande aspiration est de devenir comme lui.

L'écrivain productif observe l'écrivain tourmenté pendant que ce dernier s'assied à son bureau, se ronge les ongles, se gratte, arrache une feuille, se lève pour aller à la cuisine se faire un café, puis un thé, puis une camomille, puis lit un poème de Hölderlin (alors qu'il est clair que Hölderlin n'a rien à voir avec ce qu'il est en train d'écrire), recopie une page déjà écrite et puis l'efface, ligne après ligne, téléphone à la teinturerie (alors qu'il était déjà établi que le pantalon bleu ne serait pas prêt avant jeudi), puis écrit quelques notes qui ne seront pour tout de suite mais peut-être pour plus tard, puis va consulter l'encyclopédie à l'entrée Tasmanie (alors qu'il est clair que dans ce qu'il écrit il n'y a aucune allusion à la Tasmanie), arrache deux feuilles, met un disque de Ravel. L'écrivain productif n'a jamais aimé les œuvres de l'écrivain tourmenté ; quand il les lit, il a toujours l'impression qu'il est à deux doigts de saisir le point décisif, mais qu'ensuite ce point lui échappe et il ne lui reste alors qu'un sentiment de malaise. Mais maintenant qu'il le regarde écrire, il sent que cet homme lutte contre quelque chose d'obscur, un emmêlement, une route à creuser dont on ne sait pas où elle porte ; parfois il a l'impression de le voir marcher sur une corde suspendue sur le vide et il se sent pris par un sentiment d'admiration. Pas seulement d'admiration : d'envie ; parce qu'il sent combien son propre travail est limité et superficiel par rapport à ce que l'écrivain tourmenté est en train de poursuivre.

Sur la terrasse d'un chalet au fond de la vallée une jeune femme prend le soleil en lisant un livre. Les deux écrivains la regardent à la longue-vue. « Qu'est-ce qu'elle est absorbée, elle a le souffle suspendu ! Avec quelle fébrilité elle tourne les pages ! » pense l'écrivain tourmenté. « À coup sûr elle lit un de ces romans à sensation comme ceux de l'écrivain productif ! » « Qu'est-ce qu'elle est absorbée, presque transfigurée dans la méditation, comme si elle voyait se dévoiler sous ses yeux une vérité mystérieuse ! » pense l'écrivain productif, « elle lit certainement un livre dense en significations cachées, comme ceux de l'écrivain tourmenté ! ».

Le plus grand désir de l'écrivain tourmenté serait d'être lu comme lit cette jeune femme. Il se met à écrire un roman comme il pense que l'écrivain productif l'écrirait. De l'autre côté, le plus grand désir de l'écrivain productif serait d'être lu comme lit cette jeune femme ; il se met à écrire un roman comme il pense que l'écrivain tourmenté l'écrirait.

La jeune femme se voit approchée d'abord par un écrivain puis par l'autre. Ils lui disent tous les deux vouloir lui faire lire le roman qu'ils ont tout juste fini d'écrire.

La jeune femme reçoit les deux manuscrits.

Après quelques jours, elle invite les deux écrivains chez elle, ensemble, à leur grande surprise. – Mais c'est quoi cette blague ? demande-t-elle. Vous m'avez donné deux exemplaires du même roman !

Ou bien :

La jeune femme confond les deux manuscrits. Elle restitue au productif le roman du tourmenté écrit à la manière du productif, et au tourmenté le roman du productif écrit à la manière du tourmenté. L'un comme l'autre réagissent violemment quand ils se rendent compte qu'ils ont été contrefaits et ils retrouvent leur propre veine.

Ou bien :

Un coup de vent mélange les pages des deux manuscrits. La lectrice tente de les remettre ensemble. Il en ressort un seul roman, très beau, les critiques ne savent pas à qui l'attribuer. C'est le roman que l'écrivain productif comme l'écrivain tourmenté ont toujours rêvé d'écrire.

Ou bien :

La jeune femme avait toujours été une lectrice passionnée de l'écrivain productif et avait toujours détesté l'écrivain tourmenté. En lisant le nouveau roman de l'écrivain productif, elle le trouve inauthentique, et elle comprend que tout ce qu'il avait écrit jusque-là était inauthentique ; en revanche, en se souvenant des œuvres de l'écrivain tourmenté, elle le trouve maintenant très beau et attend avec impatience de lire son nouveau roman. Mais elle y trouve quelque chose de très différent de ce à quoi elle s'attendait et elle l'envoie au diable lui aussi.

Ou bien :

Idem, si on remplace « productif » par « tourmenté » et « tourmenté » par « productif ».

Ou bien :

La jeune femme était etc. etc. passionnée par le productif et détestait le tourmenté. En lisant le nouveau roman du productif, elle ne s'aperçoit pas que quelque chose a changé ; elle l'aime bien, sans enthousiasme particulier. Quant au manuscrit du tourmenté, elle le trouve insipide comme tout ce que fait cet auteur. Elle répond aux deux écrivains avec des phrases toutes faites. Ils se persuadent qu'il ne s'agit pas d'une lectrice très attentive et ils en restent là.

Ou bien :

Idem en remplaçant etc.

J'ai lu dans un livre que l'objectivité de la pensée peut s'exprimer en utilisant le verbe penser à la troisième personne impersonnelle : dire non pas « je pense », mais « il pense » comme on dit « il pleut ». Il y a de la pensée dans l'univers, telle est la constatation dont il nous faut partir chaque fois.

Pourrai-je jamais dire « aujourd'hui il écrit » comme « aujourd'hui il pleut » ou « aujourd'hui il vente » ? C'est seulement quand je pourrai utiliser naturellement le verbe écrire à l'impersonnel que je pourrai espérer qu'à travers moi il s'exprimera quelque chose de moins limité que la singularité d'un individu.

Et quant au verbe lire ? Pourra-t-on jamais dire « aujourd'hui il lit » comme on dit « aujourd'hui il pleut » ? Quand on y pense sérieusement, la lecture est un acte nécessairement individuel, bien plus que l'écriture. Admettant que l'écriture puisse réussir à dépasser les limitations de l'auteur, elle ne continuera à avoir de sens qu'à partir du moment où elle sera lue par une personne individuelle et qu'elle traversera ses circuits mentaux. Seule la possibilité d'être lu par un individu déterminé prouve que ce qui est écrit participe du pouvoir de l'écriture, un pouvoir fondé sur quelque chose qui va au-delà de l'individu. L'univers s'exprimera tant qu'un individu pourra dire : « je lis donc *lui* écrit ».

Telle est la béatitude particulière que je vois affleurer sur le visage de la lectrice et qui m'est refusée.

Sur le mur en face de ma table de travail est affiché un poster qu'on m'a offert. On voit Snoopy, le petit chien assis devant sa machine à écrire, et on peut lire dans la bulle : « c'était une nuit orageuse et sombre… ». Chaque fois que je m'assieds, je lis : « c'était une nuit orageuse et sombre… » et l'impersonnalité de cet *incipit* semble ouvrir le passage d'un monde à l'autre, du temps et de l'espace de cet ici et maintenant, au temps et à l'espace de la page écrite ; je sens l'exaltation d'un début auquel pourront faire suite des développements multiples, inépuisables ; je me convaincs qu'il n'y a rien de tel qu'un début conventionnel, qu'une attaque dont on pourrait attendre tout et rien ; et je me rends compte que ce chien mythomane n'arrivera jamais à ajouter aux sept premiers mots six ou douze autres mots sans rompre l'enchantement. La facilité d'entrer dans un autre monde est une illusion : on se met à écrire en traversant par avance le bonheur d'une future lecture et le vide s'ouvre sur la page blanche.

Depuis que j'ai eu ce poster affiché sous les yeux, je ne réussis plus à terminer une page. Il faut que je détache du mur au plus vite ce maudit Snoopy ; mais je ne me décide pas ; cette poupée infantile est devenue pour moi un emblème de ma condition, un avertissement, un défi.

La fascination romanesque qui se donne à l'état pur dans les premières phrases du premier chapitre de très nombreux romans ne tarde pas à se perdre dans la suite du récit : c'est la promesse d'un temps de lecture qui s'étend devant nous et qui peut accueillir tous les développements possibles. Je voudrais pouvoir écrire un livre qui ne soit qu'un *incipit* qui puisse garder tout au long de sa durée la potentialité du début, l'attente encore sans objet. Mais comment pourrait-on le construire, un tel livre ? S'interromprait-il après le premier alinéa ? Prolongerait-il les préliminaires à l'infini ? Enchâsserait-il le début d'un récit dans l'autre, comme dans *Les Mille et Une Nuits* ?

Aujourd'hui, je me mettrai à copier les premières phrases d'un roman célèbre pour voir si la charge d'énergie contenue dans ce départ se communiquera à ma main qui devrait, une fois reçu la bonne poussée, avancer toute seule :

Au début du mois de juillet, par une chaleur torride, le soir venu, un jeune homme quitta le cagibi *qu'il sous-louait ruelle S***, sortit sur le trottoir et, lentement, comme pris d'indécision, se dirigea vers le pont K***.*

Je copierai aussi le deuxième paragraphe, indispensable pour me faire transporter par le flux du récit :

Il évita sans encombre de croiser sa logeuse dans l'escalier. Son cagibi se trouvait juste sous le toit d'un haut immeuble de cinq étages et tenait plus d'une armoire que d'un logement. Et ainsi de suite jusqu'à : *Il était endetté jusqu'au cou auprès de sa logeuse et il avait peur de la croiser.*

À ce point-là, la phrase suivante m'attire tellement que je ne peux pas m'empêcher de la copier : *Non pas qu'il fût si lâche, si brisé par la vie, c'était même tout le contraire : pourtant, depuis un certain temps, il vivait dans un état d'irritabilité et de tension qui ressemblait à de l'hypocondrie.* Tant que j'y suis, je pourrais continuer sur tout le paragraphe, mieux sur plusieurs pages, jusqu'au moment où le héros se présente à la vieille usurière : « *Raskolnikov, étudiant, venu chez vous le mois dernier, s'empressa de bafouiller le jeune homme avec un demi-salut, se souvenant qu'il fallait être plus aimable.* »

Je m'arrête avant que la tentation de copier *Crime et châtiment* tout entier ne s'empare de moi. Pendant un instant, j'ai l'impression de comprendre ce qu'a dû être le sens et la fascination d'une vocation aujourd'hui inconcevable : copiste. Le copiste vivait simultanément dans deux dimensions temporelles, celle de la lecture, et celle de l'écriture ; il pouvait écrire sans l'angoisse de voir s'ouvrir le vide sous sa plume ; lire sans l'angoisse que son acte ne débouche sur rien de concret.

Quelqu'un est venu me voir qui prétend être mon traducteur, pour m'avertir d'une supercherie à mes dépens et aux siens : la publication non autorisée de traductions de mes livres. Il m'a montré un volume que j'ai feuilleté sans en retirer grand-chose : il était écrit en japonais et les seuls mots en alphabet latin étaient mon prénom et mon nom sur le frontispice.

– Je ne parviens même pas à comprendre duquel de mes livres il s'agit, ai-je dit en lui rendant le volume, malheureusement, je ne connais pas le japonais.

– Même si vous lisiez la langue, vous ne reconnaîtriez pas le livre, a dit mon visiteur. C'est un livre que vous n'avez jamais écrit.

Il m'a expliqué que la grande habileté des Japonais à fabriquer des équivalents parfaits des produits occidentaux s'est étendue à la littérature. Une société d'Osaka est parvenue à s'approprier la formule des romans de Silas Flannery et réussit à en produire de parfaitement inédits et de premier ordre, susceptibles d'envahir le marché mondial. Retraduits en anglais (ou mieux, traduits dans cet anglais à partir duquel on prétend qu'ils ont été traduits), ils ne sauraient être distingués de véritables Flannery par aucun critique.

La révélation de cette escroquerie diabolique m'a bouleversé ; mais ce n'est pas seulement la colère compréhensible causée par les dommages économiques et moraux ; je ressens aussi une attraction trépidante pour ces faux, pour cette multiplication de boutures de moi qui germent sur le terrain d'une autre civilisation. J'imagine un vieux Japonais en kimono qui passe sur un petit pont recourbé : il s'agit de mon moi nippon en train d'imaginer une de mes histoires et réussissant à s'identifier avec moi au terme d'un itinéraire spirituel qui m'est complétement étranger. Du coup les faux Flannery fournis par la société arnaqueuse d'Osaka seraient à coup sûr des contrefaçons vulgaires mais en même temps, ils contiendraient une sagesse raffinée et mystérieuse dont les Flannery authentiques sont totalement dépourvus.

Naturellement, comme je me trouvais face à un inconnu, j'ai dû dissimuler l'ambiguïté de mes réactions, et je n'ai montré d'intérêt que pour rassembler toutes les données nécessaires pour intenter un procès.

— Je poursuivrai les faussaires et quiconque collabore à la diffusion des livres contrefaits, ai-je dit en fixant délibérément le traducteur dans les yeux parce que le doute m'était venu que ce petit jeune n'était pas étranger à cette sombre histoire. Il a dit s'appeler Hermès Marana, un nom que je n'avais jamais entendu. Il a une tête oblongue dans le sens horizontal, comme un dirigeable, et il semble cacher beaucoup de choses derrière la convexité de son front.

Je lui ai demandé où il habitait. — Pour l'instant au Japon, m'a-t-il répondu.

Il se déclare indigné que quelqu'un puisse abuser de mon nom, et prêt à m'aider pour mettre fin à cette imposture, mais il ajoute qu'en fin de compte, il n'y a rien de scandaleux, parce qu'à son avis la littérature vaut en raison de son pouvoir de mystification, trouve sa vérité dans la mystification ; et que donc un faux, en tant que mystification d'une mystification, équivaut à une vérité au carré.

Il a continué à m'exposer ses théories, selon lesquelles l'auteur de chaque livre est un personnage fictif que l'auteur réel invente pour faire de lui l'auteur de ses fictions. Je me trouve d'accord avec un grand nombre de ses affirmations, mais je me suis bien gardé de le lui faire savoir. Il dit s'intéresser à moi pour deux raisons surtout : d'abord parce que je suis un auteur falsifiable ; ensuite, parce qu'il pense que j'ai toutes les qualités requises pour faire un grand faussaire, pour créer des apocryphes parfaits. Il se pourrait bien que j'incarne pour lui l'auteur idéal, c'est-à-dire un auteur soluble dans le nuage des fictions qui recouvre le monde de son enveloppe épaisse. Et comme pour lui l'artifice est la véritable substance de toute chose, l'auteur qui parviendrait à inventer un système d'artifices parfait réussirait à s'identifier avec le tout.

Je ne peux pas m'arrêter de penser à mon entretien d'hier avec ce Marana. Moi aussi je voudrais m'effacer et trouver pour chaque livre un autre moi, une autre voix, un autre nom, renaître ; mais mon objectif est de saisir dans le livre le monde illisible, un monde sans centre, un monde sans moi.

Tout bien pensé, cet écrivain total pourrait être une personne très modeste : celui qu'on appelle en

Amérique le *ghost-writer*, l'écrivain fantôme, une profession reconnue d'utilité publique, même si elle est dénuée de prestige ; le rédacteur anonyme qui donne forme de livre à ce qu'ont à raconter d'autres personnes qui ne savent pas écrire ou qui n'en ont pas le temps, la main écrivaine qui donne la parole à des existences trop occupées à exister. Peut-être était-ce là ma véritable vocation et je l'ai ratée. J'aurais pu démultiplier mes moi, m'annexer les autres moi, feindre les moi les plus opposés à moi et entre eux.

Mais si une vérité individuelle est la seule qu'un livre puisse renfermer, alors autant que j'écrive la mienne. Le livre de ma mémoire ? Non, la mémoire est vraie jusqu'au moment où on la fixe, tant qu'on ne l'enferme pas dans une forme. Le livre de mes désirs ? Eux aussi ne sont vrais que pour autant que leur élan agit indépendamment de ma volonté consciente. La seule vérité que je peux écrire, c'est celle de l'instant que je vis. Peut-être que le vrai livre est ce journal dans lequel j'essaie de noter l'image de la femme sur la chaise longue aux différentes heures du jour, au fur et à mesure que je l'observe avec les variations de la lumière.

Pourquoi ne pas admettre que mon insatisfaction révèle une ambition démesurée, un délire mégalomane peut-être ? Pour l'écrivain qui veut s'annuler pour donner voix à ce qui se trouve à l'extérieur de lui deux chemins s'ouvrent : ou bien écrire un livre qui soit le livre unique, un livre capable de tout épuiser dans ses pages ; ou bien écrire tous les livres, de manière à poursuivre le tout à travers ses images partielles. Le livre unique, qui contient le tout, ne pourrait être autre chose que le texte sacré, la parole totale révélée. Mais je ne crois pas quant à moi que la totalité puisse être contenue dans le langage ; mon problème c'est ce qui reste en dehors, ce qui n'est pas écrit, ce qui ne peut s'écrire. Je n'ai donc pas d'autre solution que d'écrire tous les livres, d'écrire les livres de tous les auteurs possibles.

Si je pense que je dois écrire *un* livre, tous les problèmes relatifs à la question de savoir comment ce livre doit être et comment il ne doit pas être me bloquent et m'empêchent d'avancer. Si je pense en revanche que je suis en train d'écrire une bibliothèque entière, je me sens tout à coup plus léger : je sais que tout ce que je vais écrire va être intégré, contredit, équilibré, amplifié, enseveli par les centaines de volumes qui me restent à écrire.

Le livre sacré dont les conditions d'écriture sont les mieux connues, est le Coran. Il y avait au moins deux médiations entre la totalité et le livre : Mahomet écoutait la parole d'Allah et la dictait à son tour à ses scribes. Un jour, racontent les biographes du prophète, alors qu'il dictait au scribe Abdullah, Mahomet a laissé une phrase inachevée. Le scribe, instinctivement, lui suggéra une conclusion. Distrait, le Prophète prit ce qu'avait dit Abdullah comme parole divine. Ce fait scandalisa le scribe qui abandonna le Prophète et perdit la foi.

Il avait tort. L'organisation des phrases, après tout, était une responsabilité qui lui incombait ; c'était lui qui devait s'arranger avec la cohérence interne de la langue écrite, avec la grammaire et la syntaxe pour y loger la fluidité d'une pensée qui se répand à l'extérieur de toute langue avant de devenir parole, et d'une parole particulièrement fluide, comme celle d'un prophète. La collaboration du scribe était nécessaire à Allah, à partir du moment où il avait décidé de s'exprimer à travers un texte écrit. Mahomet le savait et laissait au scribe le privilège de boucler les phrases ; mais Abdullah n'avait pas conscience des pouvoirs dont il était investi. Il perdit la foi en Allah parce qu'il n'avait ni la foi dans l'écriture ni en lui-même comme opérateur de l'écriture.

S'il était permis à un infidèle d'imaginer des variantes aux légendes sur le prophète, je proposerais celle-ci : Abdullah perd la foi parce que, en écrivant sous la dictée, il laisse passer une erreur et que Mahomet, qui s'en est aperçu, prend la décision de ne pas le corriger, parce qu'il trouve préférable la leçon fautive. Dans cette hypothèse aussi, Abdullah aurait tort de se scandaliser. C'est sur la page, et pas avant, que la parole, fût-ce celle de la possession prophétique, devient définitive, à savoir écriture. C'est seulement par les limites de notre écriture que l'immensité du non-écrit devient lisible, c'est-à-dire à travers les incertitudes de l'orthographe, les erreurs, les lapsus, les écarts incontrôlés de la parole et de la plume. Et s'il n'en est pas ainsi, que ce qui se trouve en dehors de nous ne prétende pas communiquer par la parole, qu'elle soit orale ou écrite : qu'il choisisse d'autres voies pour envoyer ses messages.

Voici que le papillon blanc a traversé toute la vallée et qu'il est venu du livre de la lectrice se poser sur la feuille où j'écris.

Des gens bizarres circulent dans cette vallée : des agents littéraires qui attendent mon nouveau roman pour lequel ils ont déjà touché les avances des éditeurs du monde entier ; des agents publicitaires qui veulent que mes personnages revêtent certains modèles vestimentaires et qu'ils boivent certains jus de fruits ; des programmateurs informatiques qui prétendent finir mes romans inachevés avec des ordinateurs. J'essaie de sortir le moins possible ; j'évite le village ; si je veux me promener, j'emprunte les sentiers de la montagne.

Aujourd'hui j'ai croisé une bande de jeunes avec un air boy-scout qui disposaient, entre exaltation et attention méticuleuse, des toiles sur un pré en formant des figures géométriques.

— Des indications pour les avions ? ai-je demandé.

— Pour les soucoupes volantes, m'ont-ils répondu. Nous sommes des observateurs d'objets non identifiés. C'est ici un lieu de passage, une espèce de canal aérien très fréquenté ces derniers temps. On pense que c'est parce qu'il y a un écrivain qui habite par ici et ceux qui habitent dans d'autres planètes veulent se servir de lui pour communiquer.

— Et qu'est-ce qui vous le laisse croire ? ai-je demandé.

— Le fait que depuis quelque temps cet écrivain

soit en panne et qu'il ne réussisse plus à écrire. Les journaux se demandent pour quelle raison. Selon nos calculs, il se pourrait que ce soit les habitants d'autres mondes qui le rendent inactif pour qu'il se vide des conditionnements terrestres et qu'il devienne réceptif.

– Mais pourquoi lui ?

– Les extraterrestres ne peuvent dire les choses autrement. Ils ont besoin de s'exprimer de manière indirecte, figurée, par exemple, à travers des histoires qui puissent provoquer des émotions insolites. Il semble que cet écrivain ait une bonne technique et une certaine élasticité mentale.

– Mais ses livres, est-ce que vous en avez lu ?

– Ce qu'il a écrit jusqu'à maintenant ne nous intéresse pas. C'est dans le livre qu'il va écrire quand il sera sorti de sa crise qu'il pourrait y avoir une communication cosmique.

– Et transmise comment ?

– Par un canal mental. Lui il ne devrait même pas s'en apercevoir. Il penserait qu'il écrit sous sa propre inspiration ; en revanche le message qui vient de l'espace sur les ondes captées par son cerveau s'infiltrerait dans ce qu'il écrit.

– Et vous seriez capables de décoder le message ?

Ils ne m'ont pas répondu.

Si je me mets à penser que l'attente interplanétaire de ces jeunes gens va être déçue, j'éprouve un certain regret. Au fond, je pourrais bien fourrer dans mon prochain livre quelque chose qui pourrait leur paraître la révélation d'une vérité cosmique.

Pour le moment je n'ai pas la moindre idée de ce que je pourrais inventer, mais si je me mets à écrire, les idées finiront par arriver.

Et s'ils avaient raison ? Si pendant que je crois écrire quelque chose d'inventé, ce que j'écris m'était véritablement dicté par les extraterrestres ?

Ça me fait une belle jambe d'attendre une révélation des espaces sidéraux : mon roman n'avance pas. Si tout à coup je me mettais à remplir feuille sur feuille, ce serait le signe que la galaxie achemine ses messages vers moi.

Mais la seule chose que je parviens à écrire, c'est ce journal, la contemplation d'une jeune femme qui lit un livre dont je ne sais pas ce qu'il est. Le message extraterrestre est-il contenu dans mon journal ? Ou dans son livre ?

Une jeune femme est venue me voir : elle fait une thèse sur mes romans pour un séminaire très important à l'université. Je constate que mon œuvre lui sert parfaitement pour démontrer ses théories, et cela est certainement un fait positif, pour les romans ou pour les théories, je l'ignore. À entendre ses discours détaillés, je me suis convaincu qu'elle a travaillé sérieusement ; mais mes livres vus à travers ses yeux me paraissent méconnaissables. Je ne remets pas en doute le fait que cette Lotaria (c'est son nom) les ait lus consciencieusement, mais je crois qu'elle les a lus uniquement pour y retrouver ce dont elle était déjà convaincue avant de les lire.

J'ai essayé de le lui dire. Elle a répondu, avec

un peu d'irritation : – Pourquoi ? Vous voudriez qu'on ne lise dans vos livres que ce dont vous êtes vous-même convaincu ?

Je lui ai répondu : – Non, pas vraiment. J'attends de mes lecteurs qu'ils lisent dans mes livres quelque chose que je ne savais pas, mais je ne peux m'y attendre que de la part des lecteurs qui s'attendent à lire quelque chose qu'ils ignoraient eux-mêmes.

(Par chance, je peux regarder avec la longue-vue cette autre femme qui lit et me convaincre que tous les lecteurs ne sont pas comme cette Lotaria.)

– Ce que vous voulez, vous, c'est une manière de lire passive, évasive et régressive, a dit Lotaria. Ma sœur lit comme ça. C'est en la voyant dévorer les romans de Silas Flannery les uns après les autres sans se poser la moindre question que l'idée m'est venue de les prendre comme sujet de thèse. C'est pour cette raison que j'ai lu vos œuvres, monsieur Flannery, si vous voulez tout savoir : pour démontrer à ma sœur Ludmilla comment on doit lire un auteur. Et même s'il s'agit de Silas Flannery.

– Je vous remercie pour votre « et même ». Mais pourquoi votre sœur n'est-elle pas venue ?

– Ludmilla soutient qu'il vaut mieux ne pas connaître les auteurs personnellement, parce que la personne réelle ne correspond jamais à l'image qu'on se fait en lisant les livres.

Il me semble que cette Ludmilla pourrait bien être ma lectrice idéale.

Hier soir, en entrant dans mon bureau, j'ai vu l'ombre d'un inconnu qui s'enfuyait par la fenêtre. J'ai essayé de lui courir après, mais je n'en ai pas trouvé la moindre trace. Souvent, j'ai l'impression d'entendre des gens cachés dans les buissons autour de la maison, surtout la nuit.

Même si je ne sors pas souvent de la maison, j'ai l'impression que quelqu'un farfouille dans mes papiers. J'ai trouvé plus d'une fois que quelques pages avaient disparu de mes manuscrits. Et peu de jours après, je retrouvais les feuilles à leur place. Mais il m'arrive souvent de ne plus reconnaître mes manuscrits, comme si j'avais oublié ce que j'ai écrit, ou comme si d'un jour à l'autre, j'avais changé au point de ne plus me reconnaître dans le moi d'hier.

J'ai demandé à Lotaria si elle avait déjà lu quelques-uns des livres que je lui avais prêtés. Elle m'a dit que non, parce que, ici, elle ne dispose pas d'un élaborateur électronique.

Elle m'a expliqué qu'un élaborateur électronique dûment programmé peut lire en quelques minutes un roman et enregistrer la liste de tous les vocables contenus dans le texte par ordre de fréquence. – Je peux ainsi disposer d'une lecture déjà achevée, a dit Lotaria, avec une économie de temps inestimable. Qu'est-ce donc que la lecture d'un texte sinon l'enregistrement d'un certain nombre de thématiques, de certaines insistances de formes et de significations ? La lecture électronique me fournit une liste des fréquences, qu'il me suffit de parcourir pour me faire une idée des problèmes que le livre propose à mon étude critique. Naturellement les fréquences les plus hautes sont associées à des listes d'articles, de pronoms, de particules, mais ce n'est pas là que j'arrête mon attention. Je vise tout de suite les mots les plus riches de signification, qui peuvent me donner une image du livre assez précise.

Lotaria m'a apporté quelques romans transcrits électroniquement sous forme de listes de termes classés par ordre de fréquence. – Dans un roman entre cent cinquante mille et cent mille mots, m'a-t-elle dit, je vous conseille d'observer tout de suite les mots qui reviennent une vingtaine de fois. Regardez ici. Mots qui apparaissent dix-neuf fois :

> araignée, ceinturon, commandant, ensemble, dents, fais, ont, répond, sang, sentinelle, tirs, t', ta, tout de suite, vie, vu…

– Mots qui apparaissent dix-huit fois :

> assez, beau, béret, ces, français, jeunes, jusqu'à, manger, mort, neuf, passe, patates, point, soir, vais, vient…

– Est-ce que vous n'avez pas déjà une idée claire de ce dont il s'agit ? demande Lotaria. Il ne fait aucun doute qu'il s'agit d'un roman de guerre, action pure, écriture sèche, avec une certaine dose de violence. Un récit tout en surface, on dirait ; mais pour s'en convaincre, il est toujours utile de faire un sondage dans la liste des mots qui reviennent une fois seulement, et qui ne sont pas pour autant moins importants. Soit cette séquence :

> enterré, enterre-le, l'enterrer, six pieds sous terre, sous-bois, sous-main, sous-prolétaires,

soupente, soutane, souterrains, souterrain, sous-vêtements…

– Non, ce n'est pas un livre tout en surface comme il semblait. Il doit y avoir quelque chose de caché, je peux diriger mes recherches sur cette piste.

Lotaria me montre une autre série de listes.
– Voilà un roman très différent. On le voit tout de suite. Regardez les mots qui reviennent une cinquantaine de fois :

eu, mari, peu, Riccardo, son (51), chose, devant, a, répondit, été, gare (48), à peine, chambre, Mario, quelques, tous, fois (47), alla, dont, matin, semblait (46), devait (45), eût, jusqu'à, main, écoute (43), années, Cecina, qui, Delia, mains, fille, es, soir (42), fenêtre, pouvait, presque, seule, revint, homme (41), me, voulait (40), vie (39)…

– Qu'en dites-vous ? Récit intimiste, sentiments subtils, à peine évoqués, milieu modeste, la vie de tous les jours en province… et pour contre-preuve, prenons un échantillon de mots qui ne reviennent qu'une seule fois :

déclivité, découvert, découvreur, dédoubler, défaillir, déglutit, déglutie, déglutissait, de la dernière pluie, dépiter, déprivation, détrempé, détournée, développait…

– Et ainsi, nous nous sommes déjà rendu compte de l'atmosphère, des états d'âme, du milieu social… Nous pouvons passer à un troisième livre :

alla, cheveux, compte, corps, Dieu, second, sous, surtout, fois (39), farine, pluie, provisions, quelqu'un, raison, soir, rester, Vincent, vin (38), doux, donc, jambes, mort, siennes, œufs, vertes (36), nous aurons, enfants, bah, blanc, chef, font, journée, machine, noirs, jusqu'à ce que, poitrine, je restai, va, étoffes (35)...

– Ici je dirais que nous sommes face à une histoire incarnée, sanguine, toute d'une pièce, un peu brusque, avec une sensualité directe, sans raffinement, un érotisme populaire. Passons ici aussi à la liste des mots avec une seule occurrence. Voici, par exemple :

falsifier, fiole, flétris, flétrissant (se), flétrir (se), flétrie, flétrissait, flétrissures, flétrirons, flétris-toi, flétris (je me), salsifis[1]

– Vous avez vu ? Voilà un bon vrai complexe de culpabilité ! Un indice précieux : l'enquête critique peut partir de là, proposer ses hypothèses de travail... Qu'est-ce que je vous disais ? N'est-ce pas un système rapide et efficace ?

L'idée que Lotaria lise mes romans de cette façon me pose des problèmes. Désormais, je vois chaque mot que je suis sur le point d'écrire passé à la centrifugeuse d'un cerveau électronique, disposé dans la classification des fréquences, à côté d'autres mots que j'ignore, et je me demande combien de fois je l'ai utilisé, je sens la responsabilité d'écrire qui pèse tout entière sur ces syllabes isolées, j'essaie d'imaginer quelles conclusions on peut tirer du

1. Les listes de mots sont tirées des volumes des *Dépouillements électroniques de l'italien littéraire contemporain*, Mario Alinei (éd.), Bologne, Il Mulino, 1973, consacrés à trois romans d'écrivains italiens.

fait que j'ai utilisé ce mot une fois ou cinquante. Peut-être vaudrait-il mieux que je l'efface… Mais tout autre mot que j'essaie de lui préférer ne résiste pas mieux à l'épreuve me semble-t-il… Peut-être qu'à la place d'un livre, je pourrais écrire des listes de mots, en ordre alphabétique, une avalanche de mots isolés dans lesquels s'exprimerait cette vérité que je ne connais pas encore, et desquels l'opérateur, en inversant son programme, pourrait tirer un livre, mon livre.

La sœur de cette Lotaria qui écrit une thèse sur moi, s'est manifestée. Elle est venue sans annoncer sa visite, comme si elle passait par là par hasard. Elle a dit :

– Je suis Ludmilla. J'ai lu tous vos romans.

Comme je savais qu'elle ne voulait rencontrer aucun auteur, j'étais très surpris de la trouver là. Elle a dit que sa sœur a toujours une vision partiale des choses ; c'est aussi pour cette raison qu'après que Lotaria lui avait parlé de nos rencontres, elle avait voulu vérifier personnellement, comme pour confirmer mon existence, puisque je corresponds à son modèle d'écrivain idéal.

Ce modèle idéal est celui – pour le dire avec ses propres mots – de l'auteur qui « fait des livres comme un plant de citrouilles fait des citrouilles ». Elle a aussi utilisé d'autres métaphores de processus naturels qui suivent leur cours de manière imperturbable : le vent qui sculpte les montagnes, les sédiments des marées, les cercles annuels dans le bois des troncs ; mais c'était là des métaphores de la création littéraire en général, alors que l'image de la citrouille se référait directement à moi.

— Vous êtes fâchée avec votre sœur ? lui ai-je demandé, car j'avais perçu une intonation polémique, comme chez ceux qui ont l'habitude de soutenir leurs propres opinions en contradiction avec les autres.

— Non, avec quelqu'un d'autre que vous connaissez aussi, a-t-elle répondu.

Sans faire trop d'effort je suis parvenu à mettre au jour les raisons de sa visite. Ludmilla est l'amie, ou l'ex-amie de ce traducteur, Marana, pour lequel la littérature existe d'autant plus qu'elle consiste en inventions machinales, en un ensemble d'engrenages, de trucs, de pièges.

— Et ce que je fais moi serait différent, à votre avis ?

— J'ai toujours pensé que vous écrivez comme certains animaux creusent des tanières, construisent des fourmilières et des ruches.

— Je ne suis pas tout à fait sûr que ce que vous dites soit flatteur, ai-je répondu. Quoi qu'il en soit, voilà, vous me voyez, j'espère que vous n'êtes pas déçue. Est-ce que je corresponds à l'image que vous vous étiez faite de Silas Flannery ?

— Je ne suis pas déçue, au contraire. Mais non pas parce que vous correspondez à une image : parce que vous êtes une personne absolument quelconque, exactement comme je m'y attendais.

— Mes romans vous donnent l'idée d'une personne quelconque ?

— Non, voyez-vous, les romans de Silas Flannery ont quelque chose de tellement caractéristique... on dirait qu'ils étaient déjà là avant, avant même que vous ne les écriviez, avec tous leurs détails... On dirait qu'ils passent à travers vous, en se servant de vous qui savez écrire, parce qu'il faut bien que quelqu'un les écrive... Je voudrais pouvoir vous observer pendant que vous écrivez, pour vérifier si les choses se passent justement ainsi...

Je ressens un élancement douloureux. Pour cette femme, je ne suis rien de plus qu'une énergie graphique impersonnelle, prête à transporter de l'inexprimé à l'écriture un monde imaginaire qui existe indépendamment de moi. Il ne faut surtout pas lui avouer qu'il ne me reste rien de ce qu'elle croit : ni énergie expressive, ni rien à exprimer...

– Que croyez-vous pouvoir apercevoir ? Moi je ne parviens pas à écrire pendant que quelqu'un me regarde, ai-je objecté.

Elle explique qu'elle croit avoir compris que la vérité de la littérature consiste seulement dans la dimension physique de l'acte d'écrire.

« La dimension physique de l'acte... » ces mots commencent à voltiger dans mon esprit, ils s'associent à des images que j'essaie en vain d'éloigner.

– La dimension physique de l'existence, dis-je en balbutiant, eh bien, voyez-vous, je suis ici, je suis un homme en chair et en os, face à vous, à votre présence physique... – et une jalousie mordante m'envahit, non pas envers d'autres personnes, mais envers ce moi d'encre et de points et de virgules qui a écrit les romans que je n'écrirai plus, l'auteur qui continue à pénétrer dans l'intimité de cette jeune femme, alors que moi, moi ici et maintenant, avec l'énergie physique que je sens monter en moi, bien plus intacte que l'élan de l'écriture, je me trouve séparé d'elle par l'immense distance d'un clavier et d'une feuille blanche sur le rouleau.

– La communication peut s'établir à plusieurs niveaux…, me suis-je mis à lui expliquer en m'approchant d'elle avec des mouvements certes un peu précipités, mais dans mon esprit se mettent à tourbillonner des images visuelles et tactiles qui me poussent à éliminer la moindre séparation et le moindre retard.

Ludmilla se dégage, se libère : – Mais que faites-vous, Mister Flannery ? Il ne s'agit pas de cela ! Vous vous trompez !

Certes, j'aurais pu attaquer avec un peu plus de style, mais c'est trop tard maintenant pour réparer : il ne me reste plus désormais qu'à jouer le tout pour le tout ; je continue à la poursuivre autour de ma table de travail, en proférant des phrases dont je reconnais la pauvreté comme : – Vous pensez peut-être que je suis trop âgé, mais au contraire…

– Il s'agit d'un malentendu, Mister Flannery – dit Ludmilla, et elle s'arrête, en mettant entre nous deux la pile du dictionnaire universel Webster –, je pourrais très bien faire l'amour avec vous ; vous êtes un monsieur gentil et d'aspect agréable. Mais cela n'apporterait rien à la question dont nous étions en train de discuter…. Cela n'aurait aucun rapport avec l'auteur Silas Flannery dont je lis les romans… Comme je vous l'expliquais, vous êtes deux personnes différentes, et ces relations ne peuvent pas interférer… Je ne doute pas que vous soyez concrètement cette personne et pas une autre, même si je vous trouve semblable à beaucoup d'autres hommes que j'ai pu connaître, mais l'homme qui m'intéressait c'était l'autre, le Silas Flannery qui existe dans les œuvres de Silas Flannery, indépendamment de vous qui êtes là devant moi…

J'essuie la sueur sur mon front. Je m'assieds. Quelque chose en moi a flanché : le moi peut-être ; le contenu du moi peut-être. Mais n'était-ce pas cela que je voulais ? N'est-ce pas le devenir impersonnel que je cherchais à atteindre ?

Peut-être Marana et Ludmilla sont-ils venus pour me dire la même chose : mais je ne sais pas s'il s'agit d'une libération ou d'une condamnation. Pourquoi viennent-ils me chercher justement moi, au moment où je me sens le plus enchaîné à moi-même comme dans une prison ?

À peine Ludmilla est-elle sortie que j'ai couru à la longue-vue pour trouver un réconfort dans la contemplation de la femme sur la chaise longue. Elle n'était pas là. Un soupçon m'est venu : et si c'était elle-même qui était venue me voir ? Peut-être est-ce toujours elle qui est à l'origine de tous mes problèmes. Peut-être y a-t-il un complot pour m'empêcher d'écrire auquel participent aussi bien Ludmilla, que sa sœur, et le traducteur.

– Les romans qui m'attirent le plus, dit Ludmilla, sont ceux qui créent une illusion de transparence autour d'un nœud de rapports humains qui soit le plus obscur, le plus cruel et le plus pervers possible.

Je ne comprends pas si elle l'a dit pour expliquer ce qui l'attire dans mes romans, ou pour dire ce qu'elle voudrait trouver dans mes romans et qu'elle ne trouve pas.

L'insatisfaction me semble la caractéristique de Ludmilla : j'ai l'impression que ses goûts changent d'un jour à l'autre et qu'aujourd'hui ils ne répondent qu'à son inquiétude. (Mais quand elle est revenue me voir, elle semblait avoir oublié tout ce qui s'était passé hier.)

– Avec ma longue-vue, je peux observer une femme qui lit sur une terrasse dans la vallée, lui ai-je raconté. Je me demande si les livres qu'elle lit sont rassurants ou inquiétants.

– Comment cette femme vous semble-t-elle ? Rassurée ou inquiète ?

– Rassurée.

– Alors elle lit des livres inquiétants.

J'ai raconté à Ludmilla les étranges idées qui me viennent à propos de mes manuscrits : qu'ils disparaissent, qu'ils reviennent, qu'ils ne sont plus ceux d'avant. Elle m'a dit de faire très attention : il y a un complot des apocryphes qui étend partout ses ramifications. Je lui ai demandé si à la tête de ce complot il y avait son ancien ami.

– Les conjurations échappent toujours aux mains de leurs chefs, a-t-elle répondu d'un air évasif.

Apocryphe (du grec *apókruphos*, caché, secret) : 1) dit à l'origine des « livres secrets » des sectes religieuses ; par la suite, s'est dit des textes non

270

reconnus comme canoniques dans les religions qui ont établi un canon des écritures révélées ; 2) dit d'un texte faussement attribué à une époque ou à un auteur.

Voilà pour les dictionnaires. Peut-être que ma véritable vocation était celle d'auteur d'apocryphes, dans les différents sens du mot : parce que écrire, c'est toujours cacher quelque chose de telle sorte qu'on le découvre ensuite : parce que la vérité qui peut jaillir de ma plume est comme un éclat qu'un choc violent aurait arraché d'un gros rocher et projeté au loin : parce qu'il n'y a pas de certitude hors de la falsification.

Je voudrais retrouver Hermès Marana et lui proposer de nous associer pour inonder le monde d'apocryphes. Mais où est Marana maintenant ? Il est rentré au Japon ? J'essaie de faire en sorte que Ludmilla me parle de lui, en espérant qu'elle me dira quelque chose de précis. Selon elle, pour son activité, le faussaire a besoin de se cacher dans des territoires où les romanciers sont nombreux et féconds, de façon à pouvoir dissimuler ses manipulations en les mélangeant à une production florissante de matière première authentique.

– Alors il est rentré au Japon ? – Mais Ludmilla semble ignorer toute relation entre cet homme et le Japon. C'est dans une tout autre partie du globe qu'elle situe la base secrète des machinations du traducteur sans foi ni loi. À s'en tenir à ses derniers messages, Hermès aurait fait perdre ses traces dans les parages de la cordillère des Andes. Pour Ludmilla il n'y a qu'une chose qui compte :

qu'il reste loin d'elle. Elle s'était réfugiée dans ces montagnes pour le fuir ; maintenant qu'elle est certaine de ne plus pouvoir le rencontrer, elle peut rentrer chez elle.

– Tu veux dire que tu vas partir ? lui demandé-je.

– Demain matin, m'annonce-t-elle.

Cette nouvelle me rend très triste. Tout à coup, je me sens seul.

J'ai reparlé avec les observateurs de soucoupes volantes. Cette fois, ce sont eux qui sont venus me chercher, pour vérifier si par hasard je n'avais pas écrit le livre dicté par les extraterrestres.

– Non, mais je sais où ce livre peut se trouver, ai-je dit, en m'approchant de la longue-vue. Depuis un certain temps j'avais le soupçon que le livre interplanétaire pourrait bien être celui que la femme sur la chaise longue était en train de lire.

Sur la terrasse habituelle, la femme n'était plus là. Déçu, je pointais la longue-vue dans la vallée, quand j'ai vu, assis sur la pointe d'un rocher, un homme en habits de ville, qui lisait un livre. La coïncidence tombait si bien qu'il n'était pas hors de propos de penser à une intervention extraterrestre.

– Voilà le livre que vous cherchez, ai-je dit à ces jeunes gens, en leur présentant la longue-vue pointée sur l'inconnu.

L'un après l'autre, ils ont approché leur œil de la lentille, puis ils se sont regardés entre eux, ils m'ont remercié et ils sont sortis.

Un Lecteur est venu me rendre visite, pour me soumettre un problème qui le préoccupe : il a trouvé deux copies de mon livre *Dans un réseau de lignes etc.* d'apparence identiques mais contenant deux livres différents. L'un est le livre d'un professeur qui ne supporte pas la sonnerie du téléphone, l'autre l'histoire d'un milliardaire qui collectionne des kaléidoscopes. Malheureusement, il ne pouvait pas m'en raconter davantage, ni me montrer les livres, parce que, avant de pouvoir les finir, on les lui avait volés tous les deux, le second à moins d'un kilomètre d'ici.

Il était encore bouleversé de cet épisode étrange ; il m'a raconté qu'avant de se présenter à mon domicile il avait voulu s'assurer que j'étais bien chez moi, et qu'en même temps, il voulait avancer dans la lecture du livre, pour pouvoir en parler avec moi en sachant de quoi il parlait ; il s'était donc assis le livre en main sur la pointe d'un rocher duquel il pouvait voir mon chalet. À un certain moment, il s'était vu entourer par une bande de déments qui s'étaient jetés sur son livre. Autour de ce livre, ces fous furieux avaient improvisé une espèce de rite, l'un d'entre eux tenant le livre soulevé, les autres le contemplant avec une profonde dévotion. Ne faisant aucun cas de ses protestations, ils s'étaient éloignés dans le bois en courant, et avaient emporté avec eux le volume.

– Ces vallées sont pleines de types bizarres, lui ai-je dit pour essayer de le calmer, ne pensez plus à ce livre, monsieur ; vous n'avez rien perdu d'important : il s'agissait d'un faux, produit au

Japon. Pour exploiter frauduleusement le succès de mes romans à travers le monde, une société japonaise sans scrupules diffuse des livres portant mon nom sur la couverture, mais qui en réalité sont des plagiats d'auteurs nippons peu connus, qui n'ont pas eu de succès et ont été mis au pilon. Après plusieurs enquêtes je suis parvenu à démasquer cette arnaque dont j'ai été victime autant que les auteurs plagiés.

— En ce qui me concerne, le roman que j'étais en train de lire ne me déplaisait pas du tout, confesse le Lecteur, et je regrette de ne pas pouvoir suivre l'histoire jusqu'à la fin.

— S'il ne s'agit que de cela, je peux vous en révéler la source : il s'agit d'un roman japonais, adapté grossièrement, en donnant des noms occidentaux aux personnages et aux lieux : *Sur le tapis de feuilles illuminées par la lune*, de Takakumi Ikoka, auteur par ailleurs des plus respectables. Je peux vous en donner une traduction anglaise, pour vous indemniser de la perte que vous avez subie.

J'ai pris le volume qui se trouvait sur ma table et je lui ai donné après l'avoir bien enfermé dans une enveloppe à bulles pour qu'il n'ait pas la tentation de le feuilleter et de se rendre compte sur le coup que ce livre n'a rien de commun ni avec *Dans un réseau de lignes entrecroisées*, ni avec aucun autre de mes romans, apocryphe ou authentique.

— Qu'il y ait des faux Flannery en circulation, je le savais, a dit le Lecteur, et j'étais déjà convaincu qu'au moins l'un des deux l'était. Mais que pouvez-vous me dire de l'autre ?

Il n'était peut-être pas très prudent que je continue à mettre cet homme au courant de mes problèmes, j'ai essayé de m'en tirer avec une pirouette :
– Les seuls livres que je reconnais comme miens sont ceux que je dois encore écrire.

Le Lecteur s'est limité à un petit sourire de condescendance, puis il est redevenu sérieux et il m'a dit : – Mister Flannery, je sais qui est derrière cette histoire : ce ne sont pas les Japonais ; c'est un certain Hermès Marana, qui a construit cela de toutes pièces par jalousie pour une jeune femme que vous connaissez, Ludmilla Vipiteno.

– Et pourquoi donc est-ce moi que vous venez chercher alors ? ai-je répliqué. Allez donc voir ce monsieur et prenez-vous-en à lui pour clarifier la situation. – Le soupçon m'est venu qu'il y avait quelque chose entre Ludmilla et le Lecteur et cela a suffi pour que ma voix prenne un ton hostile.

– Il ne me reste rien d'autre à faire, a convenu le Lecteur. J'ai justement la possibilité de faire un déplacement professionnel dans les régions où il se trouve, en Amérique du Sud, et j'en profiterai pour le chercher.

Je n'avais pas d'intérêt à lui faire savoir que, pour autant que je sache, Hermès Marana travaille pour les Japonais et que la centrale de ses apocryphes se trouve au Japon. L'important pour moi est que cet importun s'éloigne le plus possible de Ludmilla : je l'ai donc encouragé à faire son voyage et à mener les recherches les plus minutieuses tant qu'il n'aurait pas retrouvé le traducteur fantôme.

Le Lecteur est harcelé de coïncidences mystérieuses. Il m'a raconté que depuis quelque temps,
pour les raisons les plus variées, il lui arrive d'interrompre la lecture des romans après quelques pages.

– Peut-être ces romans vous ennuient-ils, lui
ai-je dit, enclin comme d'habitude au pessimisme.

– Au contraire, je suis obligé d'interrompre
la lecture précisément au moment même où elle
devient plus passionnante. Je meurs d'impatience
de la reprendre, mais quand je crois ouvrir à nouveau le livre que j'avais commencé, je me retrouve
devant un livre complètement différent.

– … que vous trouvez parfaitement ennuyeux…,
insinué-je.

– Non, que je trouve encore plus passionnant.
Mais celui-là non plus je n'arrive pas à le finir. Et
ainsi de suite.

– Votre cas me donne encore de l'espoir, lui ai-je
dit. Quant à moi, il m'arrive toujours plus souvent
de prendre en main un roman à peine sorti et de
me retrouver en train de lire le même livre que j'ai
déjà lu cent fois.

J'ai réfléchi à mon dernier entretien avec ce
Lecteur. Peut-être l'intensité de sa lecture est-
elle si grande qu'elle aspire toute la substance du
roman au début, de sorte qu'il n'en reste plus pour
après. C'est ce qui m'arrive quand j'écris : depuis
quelque temps, chacun des romans que je me
mets à écrire s'épuise peu après le début comme
si j'avais déjà dit tout ce que j'avais à dire.

L'idée m'est venue d'écrire un roman fait seulement de débuts de roman. Le personnage principal pourrait en être un Lecteur qui se trouve constamment interrompu. Le Lecteur acquiert un nouveau roman A de l'auteur Z. Mais il s'agit d'un exemplaire défectueux, et il ne parvient pas à dépasser le début... Il retourne en librairie pour qu'on lui donne un nouveau volume...

Je pourrais l'écrire entièrement à la deuxième personne : toi Lecteur... Je pourrais aussi y faire rentrer une Lectrice, un traducteur faussaire, un vieil écrivain qui tient son journal, comme ce journal...

Mais je ne voudrais pas que pour échapper au Faussaire, la Lectrice tombât dans les bras du Lecteur. Je ferai en sorte que le Lecteur parte sur les traces du Faussaire, lequel se cache dans un pays très éloigné, de telle manière que l'Écrivain puisse rester seul avec la Lectrice.

Il est vrai que sans un personnage féminin, le voyage du Lecteur perdrait de sa vivacité : il faut qu'il rencontre une autre femme sur son parcours. La Lectrice pourrait avoir une sœur...

En effet, il semble bien que le Lecteur soit sur le point de partir. Il prendra avec lui *Sur le tapis de feuilles illuminées par la lune*, de Takakumi Ikoka pour le lire pendant le voyage.

Sur le tapis de feuilles illuminées
par la lune

Les feuilles du ginkgo tombaient des branches comme une pluie fine et venaient tacheter le pré de points jaunes. Je me promenais avec monsieur Okeda sur le sentier de pierres polies. Je lui dis que j'eusse aimé isoler la sensation de chaque feuille de ginkgo de la sensation de toutes les autres, mais que je me demandais si c'était possible. Monsieur Okeda dit que c'était possible. Les prémisses dont je partais, et que monsieur Okeda ne trouvaient pas privées de fondements, étaient les suivantes. Si de l'arbre de ginkgo tombe une seule petite feuille jaune de ginkgo et qu'elle se pose sur le pré, la sensation qu'on éprouve à la regarder, est celle d'une seule petite feuille jaune. Si deux petites feuilles descendent de l'arbre, l'œil suit ces petites feuilles qui voltigent dans l'air, se rapprochent et s'éloignent comme deux papillons qui se courent après et finissent par se poser l'une ici, l'autre là sur l'herbe. Et ainsi avec trois, avec quatre, avec cinq aussi ; quand le nombre de feuilles qui voltigent dans l'air augmente, les sensations qui correspondent à chacune d'elles s'ajoutent et finissent par former une sensation globale semblable à une pluie silencieuse, et – à peine un souffle de vent ralentit la descente – à des ailes qui planent suspendues dans les airs et enfin à la dissémination de petites taches lumineuses quand le regard s'abaisse sur le pré. Or moi, j'eusse aimé, sans rien perdre de ces sensations globales agréables, maintenir distincte, sans la confondre avec les autres l'image individuelle de chaque feuille dès le moment où elle pénètre dans le champ visuel pour la suivre dans sa danse aérienne et à l'instant où elle se pose sur les brins d'herbe. L'approbation de monsieur Okeda m'encourageait à persévérer dans cette direction. Peut-être, ajoutai-je en contemplant la forme des feuilles de ginkgo, un petit éventail jaune au bord en festons, pourrais-je parvenir à distinguer au sein de la sensation de chaque feuille la sensation de chaque lobe de la feuille. Monsieur Okeda ne se prononça pas à ce sujet ; par le passé, son silence m'avait déjà servi d'avertissement à ne pas me laisser aller à des conjectures précipitées en sautant toute une série de passages qui n'eussent pas été soumis à des vérifications. Faisant trésor de cette leçon, je commençai à concentrer mon attention pour saisir les sensations les plus infimes au moment de leur formation, quand leur netteté ne se confond pas encore dans un faisceau d'impressions diffuses.

Makiko, la plus jeune fille de monsieur Okeda, vint servir le thé, avec des mouvements composés et une grâce encore infantile. Pendant qu'elle se penchait, j'aperçus sur sa nuque nue, sous les cheveux relevés, un fin duvet noir qui semblait continuer le long du dos. Pendant que je me concentrais pour la regarder je sentis sur moi la pupille immobile de monsieur Okeda qui me scrutait. Il avait certainement compris que j'exerçais ma capacité à isoler des sensations sur la nuque de sa fille. Quant à moi je ne détournais pas mon regard, soit parce que l'impression de ce tendre duvet sur cette peau claire s'était emparée de moi de manière impérieuse, soit parce qu'il eût été facile à monsieur Okeda d'attirer ailleurs mon attention avec une phrase quelconque et qu'il ne le fit pas. D'ailleurs, Makiko eut tôt fait de servir le thé et se releva. Je fixai un grain de beauté qu'elle avait au-dessus de la lèvre, à gauche, et qui me restitua quelque chose de la sensation antérieure, mais en plus faible. À ce moment, Makiko me regarda troublée, puis abaissa les yeux.

Dans l'après-midi il y eut un moment que je n'oublierai pas facilement, bien que, à le raconter, je m'en aperçois, il semble ne s'agir que d'une chose sans importance. Nous nous promenions sur la rive du petit lac septentrional avec madame Myagi et Makiko. Monsieur Okeda marchait seul devant, s'appuyant sur un long bâton d'érable blanc. Au milieu du petit lac deux fleurs charnues avaient éclos d'un nymphéa à floraison automnale, et madame Myagi exprima le désir de les cueillir, une pour elle et l'autre pour sa fille. Madame Myagi affichait son expression habituelle sombre et un peu fatiguée, mais avec un fond d'obstination sévère qui me laissait soupçonner que dans la longue histoire de ses mauvais rapports avec son mari, qui faisait beaucoup jaser, sa part n'était pas seulement celle de la victime ; et finalement, entre le détachement glacial de monsieur Okeda et la détermination opiniâtre de son épouse, je ne saurais dire qui finissait par l'emporter. Quant à Makiko, elle avait toujours cet air hilare et un peu ailleurs que certains enfants élevés au sein d'âpres conflits familiaux opposent à leur milieu comme une forme de défense et qu'elle avait dû assumer en grandissant et qu'elle opposait désormais au monde des étrangers comme pour se protéger derrière le bouclier d'une joie à la fois acerbe et fuyante.

À genoux sur un rocher du rivage, je me penchai pour saisir la branche la plus proche du nymphéa flottant et je l'attirai délicatement, prenant garde de ne pas le déchirer, pour faire naviguer la plante tout entière vers la rive. Madame Myagi et sa fille s'agenouillèrent elles aussi et tendirent la main vers l'eau, prêtes à saisir les fleurs quand celles-ci seraient arrivées à la bonne distance. La rive du petit lac était basse et en pente ; pour se pencher sans trop d'imprudence les deux femmes se tenaient derrière mon dos en tendant les bras l'une d'un côté, l'autre de l'autre côté. À un moment donné, je perçus un contact en un point précis, entre le bras et le dos, à la hauteur des premières côtes ; mieux, deux contacts différents, à gauche et à droite. Du côté de mademoiselle Makiko, c'était une pointe tendue et comme animée de pulsations, alors que, du côté de madame Myagi, c'était une pression insinuante, qui glissait sur moi. Je compris que par un hasard exceptionnel et bienvenu je venais d'être effleuré au même moment par le mamelon gauche de la fille et par le mamelon droit de la mère, et que je devais rassembler toutes mes forces pour ne rien perdre de cet heureux contact et apprécier ces deux sensations simultanées tout en distinguant et en comparant leurs suggestions.

« Écartez les feuilles, dit monsieur Okeda, et la tige des fleurs se pliera vers vos mains. » Il était debout au-dessus du groupe que nous formions, penchés vers les nymphéas. Il tenait dans sa main ce long bâton avec lequel il lui eût été facile de rapprocher la plante d'eau vers le rivage ; or il se limita à conseiller aux deux femmes ce mouvement qui prolongeait la pression de leurs corps sur le mien.

Les deux nymphéas avaient presque rejoint les mains de Myagi et de Makiko. Je calculai rapidement qu'au moment ultime de les saisir, j'eusse pu, en soulevant le coude droit et en le ramenant tout de suite contre mon flanc, serrer tout entière sous mon aisselle la petite mamelle ferme de Makiko. Mais le triomphe de la capture des nymphéas décomposa l'ordre de nos mouvements ; mon bras droit se referma sur le vide, alors que ma main gauche qui avait lâché la branche, retombant en arrière, rencontra le giron de madame Myagi qui semblait disposé à l'accueillir et même à la retenir, avec un tressaillement baladeur qui se communiqua à tout mon être. À cet instant précis quelque chose se joua qui eut par la suite des conséquences incalculables, comme je le dirai plus loin.

En passant de nouveau sous le ginkgo, je dis à monsieur Okeda que, dans la contemplation de la pluie de feuilles, le fait crucial était moins la perception de chaque feuille que la distance entre une feuille et l'autre, l'air vide qui les séparait. Ce qu'il me semblait avoir compris, c'était ceci : l'absence de sensations sur une large part du champ perceptif est la condition nécessaire pour que la sensibilité se concentre localement et temporairement, tout comme dans la musique le silence de fond est nécessaire pour que les notes puissent se détacher.

Monsieur Okeda dit que, sans nul doute, cela était vrai des sensations tactiles : je fus très frappé par sa réponse, parce que, effectivement, c'était au contact des corps de sa fille et de sa femme que je pensais justement en lui communiquant mes impressions sur les feuilles. Monsieur Okeda continua à parler de sensations tactiles avec le plus grand naturel, comme s'il avait été entendu que mon discours n'avait pas d'autre objet.

Pour ramener la conversation sur un autre plan, je tentai la comparaison avec la lecture d'un roman, où une allure narrative très calme, tout entière sur le même ton amorti, sert à faire ressortir des sensations subtiles et précises sur lesquelles on veut attirer l'attention du lecteur ; mais dans le cas du roman, il faut tenir compte du fait que dans la succession des phrases, il ne passe qu'une seule sensation à la fois, qu'elle soit détachée ou globale, alors que l'ampleur du champ visuel et du champ auditif permet d'enregistrer simultanément un ensemble bien plus riche et plus complexe. La réceptivité du lecteur, par rapport à l'ensemble des sensations que le roman prétend communiquer, se trouve être très réduite, en premier lieu par le fait que sa lecture souvent précipitée et distraite ne saisit pas, ou néglige, un certain nombre de signaux et d'intentions effectivement contenus dans le texte, ensuite non seulement parce qu'il y a toujours quelque chose d'essentiel qui reste à l'extérieur de la phrase écrite, mais qu'on peut même dire que les choses que le roman ne dit pas sont nécessairement plus nombreuses que celles qu'il dit, et que seul un reflet particulier de ce qui est écrit peut donner l'illusion de lire aussi ce qui n'est pas écrit. Face à toutes mes réflexions monsieur Okeda est resté en silence, comme il le fait toujours quand il m'arrive de trop parler et de ne plus savoir me dépêtrer d'un raisonnement alambiqué.

Dans les jours suivants, il m'est très souvent arrivé de me retrouver seul à la maison avec les deux femmes, puisque monsieur Okeda avait décidé de mener personnellement les recherches en bibliothèque qui jusque-là avaient été ma tâche principale et qu'il préférait que je restasse dans son bureau pour remettre en ordre son fichier monumental. J'avais de bonnes raisons de croire que monsieur Okeda avait eu vent de mes entre-tiens avec le professeur Kawasaki et qu'il avait perçu mon intention de me détacher de son école pour me rapprocher de milieux académiques qui pussent me garantir une perspective d'avenir. Il est vrai que rester trop longtemps sous la tutelle intellectuelle de monsieur Okeda finissait par me nuire : je le sentais aux commentaires sarcastiques formulés sur mon compte par les assistants du professeur Kawasaki, alors même qu'ils n'étaient pas complètement fermés à tout contact avec les autres tendances comme mes camarades d'université. Il ne faisait aucun doute que monsieur Okeda voulait que je reste toute la journée chez lui pour m'empêcher de prendre mon envol et freiner mon indépendance de pensée comme il l'avait fait avec ses autres élèves, qui se trouvaient désormais réduits à se surveiller réciproquement et à se dénoncer à peine s'écartaient-ils, si peu que ce fût, de l'assujettissement absolu vis-à-vis de l'autorité du maître. Il fallait que je me décide au plus vite à prendre congé de monsieur Okeda ; et si je ne cessais de renvoyer ma décision, c'était pour la seule raison que les matinées passées chez lui alors qu'il n'était pas là provoquaient en moi un état d'exaltation mentale agréable, bien que peu profitable au travail.

En effet, au travail, j'étais souvent distrait ; je cherchais tous les prétextes pour aller dans les autres pièces où je pourrais croiser Makiko, et la surprendre dans son intimité durant les différentes situations de la journée. Mais la plupart du temps, je trouvais sur mes pas madame Myagi et je m'entretenais avec elle, dans la mesure où les occasions de conversation – et même de plaisante-

ries malicieuses, bien qu'elles fussent souvent tein-
tées d'amertume – se présentaient plus facilement
qu'avec sa fille.

Le soir, au dîner, autour du sukiyaki bouillant,
monsieur Okeda scrutait nos visages comme si les
secrets de la journée y avaient été inscrits, les filets
des désirs distincts et pourtant reliés entre eux
dans lesquels je me sentais enveloppé et dont je
n'eusse pas aimé me libérer sans les avoir satisfaits
l'un après l'autre. C'est pourquoi je renvoyais de
semaine en semaine la décision de prendre congé
de lui et du travail peu rémunéré et sans perspective de carrière qu'il m'offrait, et je comprenais
que le filet qui me retenait, c'était lui, monsieur
Okeda, qui le resserrait progressivement, maille
après maille.

L'automne était serein ; à l'approche de la pleine
lune de novembre, je me retrouvai un après-midi
à discourir avec Makiko au sujet du lieu le plus
adapté pour observer la lune entre les branches.
Je soutenais que sur le terre-plein sous le ginkgo
le reflet sur le tapis de feuilles tombées diffuserait
la clarté lunaire dans une luminosité suspendue.
Il y avait dans mon propos une intention précise :
proposer à Makiko un rendez-vous sous le ginkgo
cette nuit même. La jeune fille répliqua que pour
elle le petit lac était plus indiqué, dès lors que
la lune d'automne, quand la saison est froide et
sèche, se reflète sur l'eau avec des contours plus
nets que ceux de la lune d'été, qu'entourent souvent des halos de vapeurs.

« D'accord, m'empressai-je de dire, je désespère

du moment où je me retrouverai avec toi sur le rivage quand la lune surgira. D'autant plus, ajoutai-je, que ce lac réveille en moi des sensations délicates à mon souvenir. »

Peut-être qu'en prononçant cette phrase le contact du sein de Makiko s'était présenté à ma mémoire avec trop de vivacité, et que ma voix traduisit un peu d'agitation qui l'alarma. Le fait est que Makiko fronça les sourcils et resta une minute en silence. Pour dissiper ce malaise dont je ne voulais pas qu'il interrompît la fantaisie amoureuse à laquelle j'étais en train de m'abandonner, un mouvement inconsidéré de la bouche m'échappa : je desserrai et je serrai les dents comme pour mordre. Instinctivement Makiko se jeta en arrière avec une expression de douleur soudaine, comme si elle avait été vraiment atteinte par une morsure à un endroit sensible. Elle se reprit aussitôt et sortit de la pièce. Je m'apprêtai à la suivre.

Madame Myagi était dans la pièce à côté, assise par terre sur une natte, appliquée à disposer des fleurs et des branches d'automne dans un vase. Avançant comme un somnambule, je la retrouvai blottie à mes pieds sans m'en rendre compte et je m'arrêtai juste à temps pour ne pas la renverser et ne pas bousculer les branches en les heurtant avec mes jambes. L'attitude de Makiko avait suscité en moi une soudaine excitation et cet état n'échappa peut-être pas à madame Myagi du moment que mes pas distraits m'avaient conduit à lui rentrer dedans de cette manière. Quoi qu'il en soit, la dame, sans lever les yeux vers moi, agita contre moi la fleur de camélia qu'elle était en train de disposer dans le vase, comme si elle voulait me battre, ou repousser cette partie de moi qui se tendait sur elle, ou même jouer avec, provoquer, inciter avec un geste de fouet-caresse. J'abaissai les mains pour tenter de sauver du désordre la disposition des feuilles et des fleurs ; pendant ce temps, elle aussi essayait de manœuvrer parmi les branches, tendue en avant : et il arriva qu'au même moment une de mes mains s'enfila de manière confuse entre le kimono et la peau nue de madame Myagi et se trouva à serrer un sein tendre et tiède de forme allongée, alors qu'une de ses mains sortie des branches de keiakì (appelé en Europe : orme du Caucase ; *n.d.t.*) avait atteint mon membre et le tenait d'une prise franche et ferme en l'extrayant des vêtements comme si elle avait procédé à une opération d'élagage.

Ce qui, dans le sein de madame Myagi, suscitait mon intérêt c'était la couronnes de papilles en relief, au grain tantôt épais tantôt fin, clairsemées sur la surface d'une aréole d'une belle extension, plus denses sur les bords, mais avec des avant-postes qui se poussaient jusqu'à la pointe. Il était probable que ces papilles commandaient chacune des sensations plus ou moins aiguës dans la réceptivité de madame Myagi, phénomène que je pus vérifier facilement en les soumettant à de légères pressions le plus localisées possible, à des intervalles d'environ une seconde, et rencontrant les réactions directes dans le mamelon et indirectes dans le comportement général de la dame, tout comme mes propres réactions, à partir du moment où à l'évidence une certaine réciprocité s'était établie entre sa sensibilité et la mienne. Je menais cette délicate opération de reconnaissance tactile non seulement du bout de mes doigts mais aussi en conduisant mon membre de manière opportune en le faisant planer sur son sein avec des caresses à fleur de peau circulaires, puisque la position dans laquelle nous avions fini par nous trouver favorisait la rencontre de nos zones différemment érogènes et qu'elle semblait aimer, accompagner et guider ces parcours avec autorité. Il se trouve que ma peau présente elle aussi, le long du membre et spécialement sur la partie protubérante de son extrémité, des points et des passages d'une sensibilité particulière qui vont de l'extrêmement plaisant à l'agréable à la démangeaison intense au douloureux, comme des points et des passages atones ou sourds. La rencontre fortuite ou calculée de mes différentes terminaisons sensibles ou hypersensibles avec les siennes procurait une gamme de réactions différemment assorties, dont l'inventaire s'annonçait très laborieux pour nous deux.

Nous étions plongés dans ces exercices, quand rapidement, dans l'embrasure de la porte coulissante, apparut la figure de Makiko. À l'évidence, la jeune fille avait attendu la suite de ma poursuite et elle était venue voir quel obstacle avait pu me retenir. Elle s'en aperçut tout de suite et disparut, mais pas assez rapidement pour ne pas me laisser le temps de m'apercevoir que quelque chose avait changé dans son habillement : elle avait remplacé son pull moulant par un déshabillé de soie qui semblait fait exprès pour ne pas rester fermé, pour se délasser à la pression interne de ce qui fleurissait en elle, pour glisser sur sa peau lisse au premier assaut de cette avidité de contact que sa peau lisse ne pouvait justement pas manquer de provoquer.

« Makiko », hurlai-je, parce que j'aurais voulu lui expliquer (mais à la vérité, je n'aurais pas su par où commencer), que la position dans laquelle elle m'avait surpris avec sa mère, n'était due qu'à un concours de circonstances improbable qui avait fait dévier par des chemins obliques mon désir pointé sans la moindre équivoque vers elle, Makiko. Désir que désormais ce déshabillé de soie, défait ou en attente de l'être, aiguisait à nouveau et gratifiait comme en une offre explicite, au point que, entre l'apparition de Makiko dans les yeux et le contact de madame Myagi sur la peau, j'étais sur le point d'être emporté par la volupté.

Il fallait bien que madame Myagi s'en fût aperçue, puisqu'elle me prit par les épaules et m'entraîna avec elle sur la natte et qu'avec des soubresauts rapides de toute sa personne, elle glissa son sexe humide et préhensile sous le mien qui sans dérapage s'y trouva englouti comme par une ventouse alors que ses maigres jambes nues me ceinturaient les flancs. Elle était d'une agilité consommée, madame Myagi : ses pieds dans ses grosses chaussettes de coton blanc se croisaient sur mon sacrum en m'étreignant comme dans une morsure.

Mon appel à Makiko n'était pas tombé dans le vide. Derrière le panneau de papier de la porte coulissante se dessina la silhouette de la jeune fille qui se mettait à genoux sur la natte, penchait la tête, et voilà qu'elle penchait dans l'embrasure son visage contracté en une expression haletante, entrouvrait la bouche, écarquillait les yeux en suivant les soubresauts de sa mère et les miens avec un mélange d'attraction et de dégoût. Mais elle n'était pas seule : par-delà le couloir, dans le chambranle d'une autre porte, une figure d'homme se dressait immobile. Je ne sais pas depuis quand monsieur Okeda était là. Il regardait fixement, non pas sa femme et moi, mais sa fille qui nous regardait. Dans sa pupille froide, dans le pli ferme de ses lèvres se reflétaient les spasmes de madame Myagi reflétés dans le regard de sa fille.

Il vit que je le voyais. Il ne bougea pas. Je compris alors qu'il ne m'aurait pas interrompu, qu'il ne m'aurait pas chassé de chez lui, qu'il n'aurait jamais fait la moindre allusion à cet épisode ni à aucun autre du même genre qui aurait pu avoir lieu ou se répéter ; je compris aussi que cette connivence ne m'aurait donné aucun pouvoir sur lui et qu'elle n'aurait pas non plus allégé ma soumission. C'était un secret qui me liait à lui, mais qui ne le liait pas à moi : je n'eusse jamais pu révéler à personne ce qu'il regardait sans admettre de ma part une complicité sans gloire.

Que pouvais-je faire désormais ? J'étais destiné à m'empêtrer toujours davantage dans un enchevêtrement de malentendus, parce que maintenant Makiko me considérait comme un des nombreux amants de sa mère et que Myagi savait que je n'avais d'yeux que pour sa fille, et que l'une et l'autre allaient me le faire payer cruellement, tandis que les ragots du milieu académique, si prompts à se propager, alimentés par la malignité de mes condisciples prêts à servir de cette manière aussi les calculs du maître, n'allaient pas manquer de jeter une lumière calomnieuse sur mes assiduités chez les Okeda, me discréditant aux yeux des professeurs universitaires sur lesquels je comptais le plus pour modifier ma situation.

Bien qu'angoissé par ces circonstances, je parvenais à me concentrer et à subdiviser la sensation globale de mon sexe pris par le sexe de madame Myagi en sensations parcellaires venues de points isolés d'elle et de moi soumis au fur et à mesure à une pression par mon mouvement coulissant et par ses contractions convulsives. Cette application m'aidait surtout à prolonger l'état nécessaire à l'observation elle-même, retardant la précipitation de la crise finale en mettant en évidence des moments d'insensibilité ou de sensibilité partielle, lesquels ne faisaient à leur tour que valoriser à l'excès le surgissement soudain de sollicitations voluptueuses, distribuées de manière imprévisible dans l'espace comme dans le temps. « Makiko, Makiko », gémissais-je à l'oreille de madame Myagi, en associant spasmodiquement ces moments d'hypersensibilité à l'image de sa fille et à la gamme de sensations incomparablement différentes qu'elle pourrait, m'imaginais-je, susciter en moi. Et pour maintenir le contrôle de mes réactions, je pensais à la description que j'allais en faire le soir même à monsieur Okeda : la pluie des petites feuilles du ginkgo est caractérisée par le fait qu'à chaque moment chaque feuille qui tombe se trouve à une hauteur différente de toutes les autres, et c'est pourquoi l'espace vide et insensible dans lequel se situent les sensations visuelles peut être subdivisé en une succession de niveaux dans chacun desquels il se trouve voltiger une seule et unique petite feuille.

IX

Tu attaches ta ceinture. L'avion est sur le point d'atterrir. Voler est le contraire de voyager : tu traverses une discontinuité de l'espace, tu disparais dans le vide, tu acceptes de n'être dans aucun lieu pour une durée qui forme elle aussi une espèce de vide dans le temps ; puis tu réapparais, en un lieu et en un moment sans rapport avec le lieu et le moment où tu avais disparu. Et entre-temps, que fais-tu ? Comment occupes-tu ton absence au monde et cette absence du monde pour toi ? Tu lis ; d'un aéroport à l'autre tu ne détaches pas tes yeux du livre ; parce que, au-delà de la page, il y a le vide, l'anonymat des escales aériennes, de l'utérus métallique qui te contient et te nourrit, de la foule des passagers qui est toujours différente et toujours la même. Autant s'en tenir à cette autre abstraction de parcours, menée à travers l'uniformité anonyme des caractères typographiques : ici aussi, c'est le pouvoir d'évocation des noms qui te persuade que tu survoles quelque chose plutôt que rien. Tu t'aperçois qu'il faut une bonne dose d'inconscience pour se fier à des mécanismes aussi peu sûrs, conduits de manière approximative ; ou peut-être une telle attitude apporte-t-elle la preuve d'une tendance effrénée à la passivité, à la régression, à la dépendance infantile ? (Mais à quoi penses-tu ? au voyage aérien ou à la lecture ?)

L'appareil atterrit : tu n'as pas réussi à achever le roman *Sur le tapis de feuilles illuminées par la lune* de Takakumi Ikoka. Tu continues ta lecture en descendant la passerelle, dans le bus qui traverse le tarmac, dans la queue au contrôle des passeports et à la douane. Tu avances en tenant le livre ouvert devant tes yeux, quand quelqu'un te l'arrache des mains, et comme au lever d'un rideau tu vois se déployer devant toi des policiers bardés de bandoulières en cuir, hérissés d'armes automatiques, rutilant d'aigles et d'épaulettes.

— Mais mon livre… vagis-tu en tendant avec un geste enfantin une main sans défense vers cette barrière impressionnante de boutons brillants et de bouches à feu.

— Confisqué, monsieur. Ce livre ne peut pénétrer en Ataguitania. C'est un livre interdit.

— Mais comment cela est-il possible… ? Un livre sur les feuilles d'automne… ? Mais de quel droit… ?

— Il est sur la liste des livres à confisquer. C'est la loi ici. Est-ce que vous voulez nous l'apprendre ? — Rapidement d'un mot à l'autre, d'une syllabe à l'autre, le ton de sec se fait brusque, de brusque intimidant, d'intimidant menaçant.

— Mais moi… J'étais presque à la fin…

– Laisse tomber, murmure une voix derrière. N'essaie pas avec eux. Pour le livre, ne t'inquiète pas, j'en ai une copie moi aussi, nous en parlerons après...

C'est une voyageuse qui a l'air sûre d'elle, une grande bringue en pantalon, avec des lunettes, chargée de paquets, qui passe les contrôles avec l'air de quelqu'un qui en a l'habitude. Est-ce que tu la connais ? Même si tu as l'impression de la connaître, fais semblant de rien : il est clair qu'elle ne veut pas donner l'impression qu'elle parle avec toi. Elle t'a fait signe de la suivre : ne la perds pas de vue. Une fois sortie de l'aéroport, elle monte dans un taxi et elle te fait signe de prendre le taxi qui suit. Son taxi s'arrête en rase campagne, elle descend de son taxi avec tous ses paquets et elle monte dans le tien. Si ce n'était pour les cheveux très courts et les énormes lunettes, tu dirais qu'elle ressemble à Lotaria.

Tu essaies de dire : – Mais tu es... ?

– Corinna, appelle-moi Corinna.

Après avoir fouillé dans ses sacs, Corinna en sort un livre et te le tend.

– Mais ce n'est pas le bon, dis-tu en voyant sur la couverture un titre et un nom d'auteur inconnus : *Autour d'une fosse vide* de Calixto Bandera. C'est un livre d'Ikoka qu'ils m'ont confisqué !

– C'est bien celui que je t'ai donné. En Ataguitania, les livres ne peuvent circuler que sous de fausses couvertures.

Alors que le taxi s'engage à toute allure dans une banlieue poussiéreuse, tu ne peux pas résister à la

296

tentation d'ouvrir le livre pour vérifier si Corinna a dit la vérité. Tu parles. C'est un livre que tu vois pour la première fois et qui n'a pas du tout l'air d'un roman nippon : il commence avec un homme qui chevauche sur un haut plateau parmi les agaves et voit voler des rapaces appelés *zopilotes*.

– Si la couverture est fausse, fais-tu remarquer, le texte ne l'est pas moins.

– Qu'est-ce que tu croyais ? dit Corinna. Une fois déclenché, le processus de falsification ne s'arrête plus. Nous nous trouvons dans un pays où tout ce qui pouvait être falsifié a été falsifié : les tableaux des musées, les lingots d'or, les billets d'autobus. La contre-révolution et la révolution luttent à coups de falsifications ; le résultat est que plus personne ne peut être sûr de ce qui est vrai et de ce qui est faux, la police politique simule des actions révolutionnaires et les révolutionnaires se déguisent en policiers.

– Et qui gagne à la fin ?

– C'est un peu tôt pour le dire. Il faut voir qui saura tirer le meilleur parti de ses falsifications et de celles des autres : si c'est la police ou si c'est notre organisation.

– Le chauffeur de taxi tend l'oreille. Tu fais un signe à Corinna comme pour l'empêcher de prononcer des phrases imprudentes.

Mais elle :

– N'aie pas peur. Il s'agit d'un faux taxi. Ce qui m'inquiète davantage, c'est qu'il y a un autre taxi qui nous suit.

– Vrai ou faux ?

– Faux à coup sûr, mais je ne sais pas s'il est de la police ou si c'est un des nôtres.

Tu jettes un coup d'œil derrière toi vers la route.

– Mais, t'exclames-tu, il y a un troisième taxi qui suit le second…

– Il pourrait s'agir des nôtres qui contrôlent les mouvements de la police, mais il pourrait aussi s'agir de la police sur les traces des nôtres….

Le deuxième taxi vous dépasse, s'arrête, des hommes armés jaillissent et vous font descendre de votre taxi. – Police ! Vous êtes en état d'arrestation ! – Vous êtes menottés tous les trois et on vous fait monter dans le deuxième taxi : Corinna, votre chauffeur et toi.

Corinna, calme et souriante, salue les agents :

– Je suis Gertrude. C'est un ami. Menez-nous au poste de commandement.

Tu es resté bouche bée ? Corinna-Gertrude murmure quelque chose pour toi, dans ta langue : – N'aie pas peur. Il s'agit de faux policiers. En réalité, ils sont avec nous.

Vous êtes à peine repartis que le troisième taxi bloque le deuxième. D'autres hommes armés en jaillissent, visage couvert ; ils désarment les policiers, t'enlèvent les menottes ainsi qu'à Corinna-Gertrude, ils passent les menottes aux policiers, et vous balancent dans le taxi tous tant que vous êtes.

Corinna-Gertrude semble indifférente : – Merci, les amis, dit-elle. Je suis Ingrid, et lui, il est avec nous. Vous nous conduisez au quartier général ?

– Ferme-la, toi ! dit l'un d'entre eux qui semble

le chef. N'essayez pas de faire les malins ! On va vous bander les yeux. Vous êtes nos otages.

Tu ne sais plus quoi penser, d'autant plus que Corinna-Gertrud-Ingrid a été emmenée dans l'autre taxi. Quand on t'autorise à récupérer l'usage de tes membres et de tes yeux, tu te retrouves dans le bureau d'un commissariat de police ou d'une caserne. Des gradés en uniformes te photographient de face et de profil, on prend tes empreintes digitales. Un officier appelle : – Alfonsina !

Tu vois entrer Gertrude-Ingrid-Corinna, en uniforme elle aussi, qui tend à l'officier une pochette de documents à signer.

Entre-temps, te voilà pris dans le train-train d'un bureau à l'autre : un agent prend en dépôt tes documents, un autre ton argent, un troisième encore tes vêtements contre lesquels on te donne un uniforme de prisonnier.

– Mais qu'est-ce que c'est ce piège ? parviens-tu à demander à Ingrid-Gertrude-Alfonsina qui s'est rapprochée de toi à un moment où les plantons tournaient le dos.

– Parmi les révolutionnaires, il y a des contre-révolutionnaires qui nous ont fait tomber dans l'embuscade tendue par la police. Mais heureusement, dans la police, il y a beaucoup de révolutionnaires infiltrés qui ont fait semblant de me reconnaître comme une fonctionnaire de ce poste de commande. Quant à toi, ils vont t'envoyer dans une fausse prison, c'est-à-dire une véritable prison de l'État mais qui n'est pas contrôlée par eux, mais par nous.

Tu ne peux pas t'empêcher de penser à Marana. Qui d'autre aurait pu inventer une machination semblable ?

– Je crois reconnaître le style de votre chef, dis-tu à Alfonsina.

– L'identité du chef ne compte pas. Il pourrait aussi bien s'agir d'un faux chef, qui fait semblant de travailler pour la révolution avec pour seul but de favoriser la contre-révolution, ou qui travaille ouvertement pour la contre-révolution, convaincu qu'il ouvrira ainsi la voie à la révolution.

– Et toi tu collabores avec lui ?

– Dans mon cas, c'est différent. Je suis une infiltrée, une vraie révolutionnaire infiltrée dans le camp des faux révolutionnaires. Mais si je ne veux pas être découverte, je dois faire semblant d'être une contre-révolutionnaire infiltrée parmi les vrais révolutionnaires. Et en effet, c'est ce que je suis : dans la mesure où je suis aux ordres de la police, mais pas de la vraie police, parce que je dépens des révolutionnaires infiltrés parmi les infiltrateurs contre-révolutionnaires.

– Si je comprends bien, il n'y a que des infiltrés ici, dans la police comme dans la révolution. Mais comment faites-vous pour vous reconnaître les uns les autres ?

– Ce qu'il faut savoir pour chaque personne, c'est par quels infiltrateurs elle a été infiltrée. Et avant encore, il faut savoir qui a infiltré les infiltrateurs.

– Et vous continuez à vous battre jusqu'à la dernière goutte de sang tout en sachant que pas un d'entre vous n'est celui qu'il prétend être ?

– Quel rapport ? Chacun doit jouer son rôle jusqu'au bout.

– Et moi je devrais jouer quel rôle ?

– Reste calme et attends. Continue à lire ton livre.

– Bon sang ! Je l'ai perdu quand j'ai été libéré, non, je veux dire arrêté...

– Peu importe. La prison où tu vas aller est une prison modèle, avec une bibliothèque où se trouvent les dernières nouveautés.

– Même les livres interdits ?

– Et où donc pourraient se trouver les livres interdits sinon en prison ?

(Tu es venu jusqu'ici en Ataguitania pour traquer un faussaire de romans et tu te retrouves prisonnier d'un système dans lequel le moindre fait de la vie est un faux. Ou bien : tu étais décidé à t'enfoncer dans des forêts prairies hauts plateaux cordillères sur les trousses de l'explorateur Marana, qui s'est perdu en recherchant les sources du roman-fleuve, mais tu te heurtes aux barreaux de la société carcérale qui s'étendent sur la planète, en restreignant l'aventure entre ses couloirs étroits et toujours identiques... Est-ce encore ton histoire, Lecteur ? L'itinéraire que tu as entrepris par amour pour Ludmilla t'a conduit si loin d'elle que tu l'as perdue de vue : si ce n'est plus elle qui te guide, tu n'as plus qu'à te fier à son image inversée comme dans un miroir : Lotaria...

Mais s'agit-il vraiment de Lotaria ? – Enfin, à qui en veux-tu ? Tu n'arrêtes pas de prononcer des noms que je ne connais pas – t'a-t-elle répondu chaque fois que tu as essayé de faire référence à des épisodes passés. Est-ce que c'est la règle de la clandestinité qui le lui impose ? À vrai dire tu n'es pas du tout sûr de l'avoir identifiée… Est-ce une fausse Corinna ou une fausse Lotaria ? Ta seule certitude est que la fonction qu'elle a dans ton histoire est la même que celle de Lotaria, donc le seul nom qui lui correspond est Lotaria et tu ne saurais l'appeler autrement. – Tu voudrais me faire croire que tu n'as pas de sœur ?

– J'ai une sœur, mais je ne vois pas le rapport.

– Une sœur qui aime les romans avec des personnages qui ont une psychologie inquiétante et compliquée ?

– Ma sœur dit qu'elle aime les romans où elle perçoit une force élémentaire, primordiale, tellurique. Tellurique : ce sont ses propres mots.)

– C'est vous qui vous êtes plaint à la bibliothèque de la prison à cause d'un volume incomplet, dit l'officier supérieur assis derrière un autre bureau.

Tu pousses un soupir de soulagement. Depuis qu'un maton est venu t'appeler dans ta cellule et qu'il t'a fait traverser des couloirs, descendre des escaliers, parcourir des vestibules souterrains, remonter des marches, traverser des antichambres et des bureaux, l'appréhension faisant naître en toi des frissons et des bouffées de fièvre. En fait, ils voulaient simplement répondre à ta réclamation au sujet de *Autour d'une fosse vide* de Calixto Bandera ! À la place de l'angoisse, tu sens se réveiller en toi la déception qui t'a saisi quand tu t'es retrouvé avec entre les mains une couverture décollée qui tenait ensemble quelques cahiers effilochés et délabrés.

– Bien sûr que je me suis plaint ! réponds-tu. Vous n'arrêtez pas de vous vanter d'avoir une bibliothèque modèle dans une prison modèle et puis quand on fait la demande d'un volume régulièrement inscrit dans le catalogue, on se retrouve avec un petit tas de feuilles décomposé ! Je voudrais bien savoir comment vous vous proposez de rééduquer les détenus avec de tels systèmes !

L'homme assis au bureau enlève lentement ses lunettes. Il secoue la tête d'un air triste. – Je n'aborderai pas la question de savoir si votre plainte est justifiée ou non. Cela ne relève pas de ma compétence. Notre bureau, tout en entretenant des rapports étroits avec les prisons et avec les bibliothèques, s'occupe de problèmes plus vastes. Nous vous avons envoyé chercher parce que nous savons que vous êtes un lecteur de romans et que nous avons besoin d'une expertise. Les forces de l'ordre – armée, police, magistrature – ont toujours eu des difficultés pour juger si un roman doit être interdit ou toléré : manque de temps pour des lectures plus vastes, incertitude des critères esthétiques et philosophiques sur lesquels fonder le jugement… Non, ne craignez pas que nous voulions vous forcer à nous assister dans notre travail de censure. La technologie moderne nous permettra de nous acquitter de ces tâches avec autant de rapidité que d'efficacité. Nous avons des machines susceptibles de lire, d'analyser et de juger tout texte écrit quel qu'il soit. Mais c'est justement sur la fiabilité des instruments que nous devons opérer des contrôles. Vous figurez dans nos fichiers comme un lecteur du genre qui correspond à la moyenne, et il résulte que vous avez lu au moins en partie *Autour d'une fosse vide* de Calixto Bandera. Il nous a semblé opportun de comparer vos impressions de lecture avec les résultats de la machine lectrice.

Il te fait passer dans la salle des appareils. – Je vous présente Sheila, notre programmatrice.

Face à toi, dans une blouse blanche boutonnée jusqu'au cou, tu vois Corinna-Gertrude-Alfonsina, qui s'affaire autour d'une batterie de meubles métalliques lisses qui ressemblent à des lave-vaisselle. – Voici les unités de mémoire qui ont emmagasiné l'intégralité du texte *Autour d'une fosse vide*. Le terminal est une unité imprimante qui, comme vous pouvez le constater, peut reproduire le roman mot à mot du début à la fin, – dit l'officier. Une longue feuille sort comme un rouleau d'une espèce de machine à écrire qui la recouvre de froids caractères majuscules à la vitesse d'une mitraillette.

– Alors, si vous permettez, j'en profiterai pour prendre les chapitres qui me restent à lire, dis-tu en effleurant d'une caresse tremblante l'épais fleuve d'écriture dans lequel tu reconnais la prose qui a accompagné tes heures de réclusion.

– Prenez votre temps, dit l'officier, je vous laisse avec Sheila, qui va insérer le programme qui nous concerne.

Lecteur, tu as retrouvé le livre que tu cherchais ;

tu pourras maintenant en reprendre le fil interrompu ; le sourire revient sur tes lèvres. Mais non ;
est-ce que tu penses que cette histoire peut aller
de l'avant ainsi ? Non, pas celle du roman : la
tienne ! Jusqu'à quand est-ce que tu vas te laisser
mener passivement par les événements ? Tu t'étais
jeté dans l'action plein d'un élan d'aventures ; et
maintenant ? Ta fonction s'est rapidement réduite
à celle de quelqu'un qui enregistre les situations
décidées par autrui, qui subit des décisions, qui se
retrouve pris dans des événements qui échappent
à son contrôle. Tu peux me dire, alors, à quoi te
sert ton rôle de protagoniste ? Si tu continues à
te prêter à ce jeu, cela veut dire que toi aussi tu es
complice de la mystification générale.

Tu saisis la jeune fille par le poignet. – Ça suffit avec tous ces déguisements, Lotaria ! Jusqu'à
quand vas-tu te laisser manœuvrer par un régime
policier ?

Cette fois Sheila-Ingrid-Corinna ne parvient
pas à cacher qu'elle est troublée. Elle libère son
poignet de la prise. – Je ne comprends pas qui tu
veux accuser, je ne comprends rien à tes histoires.
J'avance selon une stratégie parfaitement claire.
Le contre-pouvoir doit s'infiltrer dans les mécanismes du pouvoir pour pouvoir le renverser.

– Et pour le reproduire tel quel ! Inutile de te
camoufler, Lotaria ! Si tu déboutonnes ton uniforme, il y a toujours un autre uniforme en dessous.

Sheila te regarde avec un air de défi. – Déboutonner… ? Essaie…

Maintenant que tu as décidé de livrer bataille, tu

ne peux plus reculer. Avec une main spasmodique, tu déboutonnes la blouse blanche de la programmatrice Sheila et tu découvres l'uniforme d'agent de police d'Alfonsina, tu arraches les boutons d'or d'Alfonsina et tu retrouves l'anorak de Corinna, tu descends la fermeture éclair de Corinne et tu vois les écussons d'Ingrid...

C'est elle qui arrache les vêtements qui lui restent : surgissent alors deux mamelles fermes en forme de melons, un estomac légèrement concave, un nombril aspiré, un ventre légèrement convexe, deux flancs pleins de fausse maigre, un pubis fier, deux cuisses longues et fermes.

– Et ça ? C'est un uniforme ça ? s'exclame Sheila.

Tu es troublé. – Non, non pas ça... murmures-tu.

– Eh bien si ! hurle Sheila. Le corps est uniforme ! Le corps est milice armée ! Le corps est action violente ! Le corps est revendication de pouvoir ! Le corps est en guerre ! Le corps s'affirme comme sujet ! Le corps est fin, et non moyen ! Le corps signifie ! Communique ! Hurle ! Conteste ! Subvertit !

En parlant, Sheila-Alfonsina-Gertrude s'est jetée sur toi, t'a arraché ton uniforme de prisonnier, vos membres nus se mélangent au pied des armoires des mémoires électroniques.

Lecteur, que fais-tu ? Tu ne résistes pas ? Tu ne t'enfuis pas ? Ah, tu participes... Ah, tu te lances toi aussi... Tu es le personnage central de ce livre, d'accord, mais est-ce que tu crois que cela te donne le droit d'avoir des rapports charnels avec tous les personnages féminins ? Comme ça, sans préliminaires... Ton histoire avec Ludmilla ne suffisait-elle pas à donner à l'intrigue la chaleur et la grâce d'un roman d'amour ? Quel besoin avais-tu de sortir aussi avec sa sœur (ou avec celle que tu identifies comme étant sa sœur), avec cette Lotaria-Corinna-Sheila, qui, tout bien réfléchi, ne t'a jamais vraiment inspiré la sympathie... Il est naturel que tu veuilles prendre ta revanche, alors que pendant de nombreuses pages tu as suivi les événements avec une résignation passive, mais est-ce que tu crois que ce sont là des manières ? Ou tu soutiendras peut-être que dans cette situation aussi, tu t'es retrouvé embringué malgré toi ? Tu sais parfaitement que cette fille fait tout avec sa tête, que ce qu'elle pense en théorie, elle le met en pratique jusqu'aux plus extrêmes conséquences... Elle a voulu te donner une leçon idéologique, rien d'autre... Comment se fait-il que cette fois-ci tu te sois laissé convaincre tout de suite par ses arguments ? Attention, Lecteur, ici rien n'est comme il paraît, tout est à double face...

L'éclair d'un flash et le clic répété d'un appareil photographique dévorent la blancheur de vos nudités convulsives superposées.

– Une fois de plus, Capitaine Alexandra, tu te fais surprendre nue entre les bras d'un prisonnier ! lance le photographe invisible. Ces instantanés enrichiront ton dossier personnel, et la voix s'éloigne en ricanant.

Alfonsina-Sheila-Alexandra se relève, se couvre avec un air las. – Ils ne me laisseront donc jamais un instant en paix, soupire-t-elle, travailler en même temps pour deux services secrets qui se font la guerre présente cet inconvénient : tous deux essaient continuellement de me faire chanter.

Tu vas te relever quand tu te trouves enveloppé dans les rouleaux tapés par l'imprimante : le début du roman s'allonge au sol comme un chat qui veut jouer. Maintenant ce sont les histoires que tu vis qui s'interrompent en leur point culminant : peut-être que tu auras le droit désormais de suivre jusqu'à la fin les romans que tu lis...

Alexandra-Sheila-Corinna, distraite, s'est remise à appuyer sur les touches. Elle a repris son air de jeune femme zélée, qui se donne à fond dans toutes ses entreprises. – Il y a quelque chose qui ne va pas, murmure-t-elle, à cette heure-ci tout devrait être sorti... Qu'est-ce qui se passe ?

Tu t'étais déjà rendu compte qu'elle n'est pas dans un bon jour, Gertrude-Alfonsina ; elle a dû, à un moment donné, appuyer sur la mauvaise touche. L'ordre des mots dans le texte de Calixto Bandera, conservé dans la mémoire électronique pour pouvoir être reporté en pleine lumière à tout instant, a été effacé dans une démagnétisation instantanée des circuits. Désormais, les fils multicolores mâchent les paroles libérées, pulvérisées : le le le le, de de de de, du du du du, que que que que, disposés en colonnes selon les fréquences de répétition. Le livre est en miettes, dissous, impossible à recomposer, comme une dune de sable emportée par le souffle du vent.

Autour d'une fosse vide

Quand les vautours prennent leur envol, c'est le signe que la nuit va finir, m'avait dit mon père. Et j'entendais leurs lourdes ailes battre dans le ciel noir et je voyais leur ombre obscurcir les étoiles vertes. Un envol éprouvant, qui tardait à se détacher de la terre, des ombres des buissons, comme si seul cet envol pouvait convaincre ces plumes d'être des plumes et non pas des feuilles épineuses. Les rapaces une fois disparus, les étoiles réapparaissaient, grises, et le ciel vert. C'était l'aube, et je chevauchais par les rues désertes en direction du village d'Oquedal.

– Nacho, avait dit mon père, dès que je serai mort, prends mon cheval, ma carabine, des vivres pour trois jours, et remonte le torrent à sec, en amont de San Ireneo, jusqu'à ce que tu voies la fumée monter des terrasses d'Oquedal.

– Pourquoi à Oquedal ?, lui demandai-je. Qui y a-t-il à Oquedal ? Qui devrais-je y trouver ?

La voix de mon père se faisait toujours plus faible et lente et son visage de plus en plus violet.

– Je dois te révéler un secret que j'ai gardé pendant tant d'années... C'est une longue histoire.....

Mon père était en train de dépenser dans ces mots le dernier souffle de son agonie, et moi, qui connaissais sa tendance à divaguer, et à entrecouper tous ses propos de digressions, de parenthèses et de retours en arrière, je craignais qu'il n'arrive jamais à me communiquer l'essentiel. – Vite, père, dis-moi le nom de la personne que je dois chercher, en arrivant à Oquedal...

– Ta mère... Ta mère que tu ne connais pas, habite à Oquedal... Ta mère qui ne t'a plus vu depuis que tu étais encore dans les langes...

Je savais qu'avant de mourir, il me parlerait de ma mère. Il me le devait, après m'avoir fait vivre toute mon enfance et toute mon adolescence sans savoir à quoi ressemblait et quel nom portait la femme qui m'avait mis au monde, ni pourquoi il m'avait arraché à ce sein quand j'en suçais encore le lait, pour m'entraîner avec lui dans une vie de vagabond et de fugitif. – Qui est ma mère ? Dis-moi son nom ! – Sur ma mère, il m'avait raconté beaucoup d'histoires, à l'époque où je ne me fatiguais pas encore de lui en demander, mais c'étaient seulement des histoires, des inventions, qui se contredisaient les unes les autres : tantôt c'était une pauvre mendiante, et tantôt une grande dame étrangère qui voyageait dans une automobile rouge, tantôt une religieuse cloîtrée, tantôt une cavalière de cirque, tantôt elle était morte en me donnant le jour, tantôt elle avait disparu dans le tremblement de terre. C'est pourquoi j'avais décidé un jour de ne plus lui poser de questions et d'attendre que ce soit lui qui décide de me parler d'elle. Je venais d'avoir seize ans quand mon père avait été frappé par la fièvre jaune.

– Laisse-moi raconter depuis le début, ahanait-il. Quand tu seras monté à Oquedal, et que tu auras dit : « Je suis Nacho, le fils de Don Anastasio Zamora », il te faudra entendre beaucoup d'histoires sur mon compte, des histoires fausses, médisances, calomnies. Je veux que tu saches…

– Le nom, le nom de ma mère, vite !

– Oui maintenant. Le moment est venu que tu saches…

Mais non, ce moment ne vint pas. Après s'être attardé dans de vains préambules, le bavardage de mon père se perdit dans un râle et s'éteignit pour toujours. Le jeune homme qui chevauchait désormais dans la nuit par les rues en pente rude de San Ireneo continuait à tout ignorer des origines qu'il s'apprêtait à rejoindre.

J'avais pris la route qui longe le torrent à sec en surplombant la gorge profonde. L'aube qui restait suspendue sur les contours déchiquetés de la forêt semblait m'ouvrir non pas un nouveau jour, mais un jour qui venait d'avant tous les autres jours, nouveau au sens d'un temps où les jours étaient encore nouveaux, comme le premier jour où les hommes avaient compris ce qu'était un jour.

Et quand il fit assez jour pour qu'on pût voir sur l'autre rive du torrent, je m'aperçus que là aussi une route courait et qu'un homme à cheval avançait, parallèlement à moi, dans la même direction, avec un fusil de guerre à canon long accroché à l'épaule.

— Ohé, criai-je. On est encore loin d'Oquedal ?

Il ne se retourna même pas ; ou plutôt, ce fut pire que cela, parce que l'espace d'un instant ma voix lui fit tourner la tête (sinon j'aurais pu penser qu'il était sourd), mais tout de suite il ramena son regard devant lui et il continua à chevaucher sans daigner m'adresser une réponse ou un signe de salut.

— Ohé ! C'est à toi que je parle ! T'es sourd ? T'es muet ? hurlai-je, alors qu'il continuait à dodeliner sur sa selle au pas de son cheval noir.

Dieu sait depuis combien de temps nous avancions ainsi appariés dans la nuit, séparés par la gorge escarpée du torrent. Ce que j'avais pris pour l'écho irrégulier des sabots de ma jument répercutée par la roche calcaire accidentée de l'autre rive, n'était autre en réalité que le bruit de fer de ces pas qui m'accompagnaient.

L'homme était jeune, tout dos et tout cou, avec un chapeau de paille effrangée. Offensé par son attitude inhospitalière, j'éperonnai ma jument pour le laisser derrière moi et ne plus l'avoir sous les yeux. Je venais à peine de le dépasser quand je ne sais quelle inspiration me poussa à tourner la tête dans sa direction. Il avait fait glisser le fusil de son épaule et il était en train de le dresser comme pour le pointer dans ma direction. J'abaissai aussitôt la main vers la crosse de ma carabine, glissée dans les fontes de ma selle. Il remit tout de suite son fusil en bandoulière, comme si de rien n'était. À partir de ce moment-là, nous avançâmes au même pas sur nos rives opposées, tenant l'autre à l'œil, attentifs à ne jamais nous tourner le dos. Ma jument réglait son pas sur celui du cheval noir, comme si elle avait compris.

C'est le récit qui règle son pas sur le rythme lent des sabots ferrés le long des sentiers qui montent, vers un lieu qui pourrait contenir le secret du passé et du futur, qui pourrait contenir le temps lové sur lui-même comme un lasso accroché au pommeau d'une selle. Je sais déjà que le long chemin qui me mène à Oquedal sera moins long que celui qui me restera à faire une fois que j'aurai rejoint ce dernier village aux confins du monde habité, aux confins du temps de ma vie.

— Je suis Nacho, le fils de Don Anastasio Zamora, ai-je dit au vieil indio tapi contre le mur de l'église. Où est la maison ?

« Lui, il sait peut-être », avais-je pensé.

Le vieux a soulevé ses paupières rouges et bouffies comme celles d'un dindon. Un doigt – un doigt sec comme ces brindilles qu'on utilise pour allumer le feu – est sorti de sous son poncho et s'est pointé vers le palais des Alvarado, l'unique palais dans ce tas de boue séchée qu'est le village d'Oquedal : une façade baroque qui semble avoir fini là par erreur, comme un morceau de décor de théâtre abandonné là. Quelqu'un, il y a des siècles, avait dû croire qu'il avait trouvé le pays de l'or ; et quand il s'était aperçu de son erreur, pour le palais à peine construit, c'est le long destin de ruines qui commençait.

Suivant les pas d'un serviteur qui a pris mon cheval, je parcours une série de lieux qui devraient être toujours plus à l'intérieur alors que je me retrouve toujours plus à l'extérieur, passant d'une cour à l'autre, comme si, dans ce palais, toutes les portes servaient à sortir et jamais à entrer. Le récit devrait donner l'impression qu'il s'agit de lieux dépaysants que je vois pour la première fois, mais aussi de lieux qui ont laissé dans ma mémoire non pas un souvenir mais un vide. Désormais les images essaient à nouveau de remplir ces vides, mais le seul résultat qu'elles obtiennent, c'est de prendre elles aussi la couleur des rêves oubliés à l'instant même où ils apparaissent.

Se succèdent une cour où on étend des tapis à battre (je suis en train de rechercher dans ma mémoire les souvenirs d'un berceau dans une demeure fastueuse), une deuxième cour bourrée de sacs de luzerne (j'essaie de réveiller les souvenirs d'une exploitation agricole dans ma petite enfance), une troisième cour où s'ouvrent des écuries (suis-je né au beau milieu d'une étable ?). Il devrait faire grand jour, pourtant l'ombre qui enveloppe le récit ne semble pas vouloir se dissiper, ne transmet aucun message que l'imagination visuelle pourrait compléter en figures bien définies, ne rapporte pas des paroles articulées, mais seulement des voix confuses, des chants étouffés.

C'est dans la troisième cour que les sensations commencent à prendre forme. D'abord les odeurs, les saveurs, puis la lueur d'une flamme qui illumine les visages sans âge des indios rassemblés dans la vaste cuisine d'Anacleta Higueras, leur peau glabre qui pourrait être celle de vieillards ou d'adolescents, peut-être étaient-ils déjà des vieillards quand mon père était là, peut-être s'agit-il des fils de ceux qu'il connaissait et qui regardent maintenant son fils comme leurs pères avaient regardé cet étranger arrivé un beau matin avec son cheval et sa carabine.

Sur le fond de l'âtre noir et du feu se détache la haute silhouette de la femme enveloppée dans une couverture à rayures ocre et rose. Anacleta Higuera me prépare un plat de boulettes piquantes. – Mange, fiston, tu as marché seize ans pour retrouver le chemin de la maison – dit-elle et je me demande si « fiston » est l'appellatif qu'utilisent toujours les dames d'un certain âge pour s'adresser à un jeune ou si cela veut dire ce que ce mot veut dire. Et j'ai les lèvres brûlées par les épices piquantes avec lesquelles Anacleta a pimenté son plat comme si cette saveur devait contenir toutes les saveurs portées à l'extrême, saveurs que je ne sais distinguer ni nommer et qui se mélangent maintenant sur mon palais comme des bouffées de feu. Je remonte par toutes les saveurs que j'ai goûtées dans ma vie pour reconnaître cette saveur multiple, et j'arrive à une sensation opposée mais équivalente peut-être qui est celle du lait pour nouveau-né, en tant que saveur qui contient en elle-même toutes les saveurs.

Je regarde le visage d'Anacleta, le beau visage indio que l'âge a à peine épaissi sans le marquer d'une seule ride, je regarde le grand corps enveloppé par la couverture et je me demande si c'est à la haute terrasse de sa poitrine désormais affaissée que je me suis accroché enfant.

— Alors, tu as connu mon père, Anacleta ?

— J'aurais préféré ne pas le connaître, Nacho. Ce ne fut pas un beau jour, celui où il mit le pied à Oquedal…

— Et pourquoi donc, Anacleta ?

— De lui, rien n'est venu de bon pour les indios… et on ne peut certes pas dire non plus qu'il vint du bien pour les blancs… Puis il disparut… Mais même le jour où il partit d'Oquedal ne fut pas un bon jour…

Les yeux de tous les indios sont fixés sur moi, des yeux qui, comme ceux des enfants, regardent un présent éternel sans pardon.

Amaranta est la fille d'Anacleta Higueras. Elle a des yeux avec une longue fente oblique, un nez effilé et tendu sur les ailes, des lèvres fines au dessin sinueux. J'ai des yeux semblables aux siens, le même nez, des lèvres identiques. – C'est vrai qu'on se ressemble Amaranta et moi, n'est-ce pas ? demandé-je à Anacleta.

— Tous les enfants qui sont nés à Oquedal se ressemblent. Les indios comme les blancs ont des visages qui se confondent. Notre village est formé de quelques familles, il est perdu dans la montagne. Et cela fait des siècles que nous nous marions entre nous.

— Mon père, lui, venait de l'extérieur…

— Justement. Si nous n'aimons pas les étrangers, nous avons nos raisons.

Les bouches des indios s'ouvrent dans une lente respiration, bouches aux dents rares et sans gencives, gâtées par la décrépitude, bouches de squelettes. En passant dans la deuxième cour, j'ai vu un portrait, la photographie olivâtre d'un jeune homme entouré de couronnes de fleurs et éclairée par une lampe à huile... – Ce mort du portrait, lui aussi, il a un air de famille..., dis-je à Anacleta.

– Lui, c'est Faustino Higueras, que Dieu le garde dans la gloire resplendissante de ses archanges !, dit Anacleta, et parmi les indios se lève un murmure de prière.

– C'était ton mari, Anacleta ? demandé-je.

– Mon frère, c'était mon frère, l'épée et le bouclier de notre maison et des nôtres, jusqu'à ce qu'il rencontre l'ennemi sur son chemin...

– Nous avons les mêmes yeux, dis-je à Amaranta, en la rejoignant parmi les sacs de la deuxième cour.

– Non, les miens sont plus grands, dit-elle.

– Il n'y a qu'à les mesurer, – et je rapproche mon visage contre le sien de telle sorte que les arcs des sourcils se correspondent, puis, en appuyant un peu mes sourcils contre les siens, je tourne mon visage pour que nos tempes, nos joues et nos pommettes soient collées les unes aux autres. – Tu vois, les angles de nos yeux finissent au même point.

– Moi, je ne vois rien, dit Amaranta mais elle n'écarte pas son visage.

– Et nos nez – dis-je, en mettant mon nez contre le sien, un peu en biais, en essayant de faire coïncider nos profils. – Et nos lèvres..., ai-je

murmuré la bouche fermée, parce que maintenant nos lèvres aussi se trouvent collées, ou plus
exactement, la moitié de ma bouche et la moitié
de la sienne...

— Tu me fais mal ! dit Amaranta quand je la
pousse de tout mon corps contre les sacs et que
je sens le bourgeon des seins qui pointe et son
ventre qui frémit.

— Canaille ! Animal ! C'est pour cela que tu es
venu à Oquedal ! Ton père tout craché ! – tonne
la voix d'Anacleta dans mes oreilles et ses mains
m'ont saisi par les cheveux et me cognent contre
les piliers, alors qu'Amaranta, frappée d'un revers,
gémit renversée sur les sacs. – Toi, ma fille, tu ne la
touches pas et tu ne la toucheras jamais de ta vie !

— Pourquoi : jamais de la vie ? Qu'est-ce qui
pourrait l'interdire ? dis-je en protestant. Je suis
homme et elle est femme... Si le destin voulait
que nous nous plaisions, je ne dis pas aujourd'hui,
mais un jour, pourquoi donc ne pourrais-je pas la
prendre pour épouse ?

— Malédiction ! hurle Anacleta. Cela ne se peut !
Il ne faut même pas y penser, tu comprends ?

« Alors, me suis-je demandé, c'est ma sœur ?
Qu'est-ce qu'elle attend pour admettre qu'elle est
ma mère ? » et je lui dis : – Pourquoi hurles-tu
comme ça, Anacleta ? Est-ce qu'il y aurait un lien
de sang entre nous ?

— De sang ? – Anacleta se reprend, les pans
de la couverture remontent jusqu'à recouvrir ses
yeux. – Ton père venait de loin... Quel lien de
sang pourrais-tu avoir avec nous ?

– Mais je suis né à Oquedal... d'une femme d'ici...

– Tes liens de sang, va les chercher ailleurs, et pas chez nous, pauvres indios... Ton père ne te l'a pas dit ?

– Non, il ne m'a rien dit, je te le jure, Anacleta. Je ne sais pas qui est ma mère...

Anacleta lève une main et indique la première cour. – Pourquoi est-ce que la maîtresse n'a pas voulu te recevoir ? Pourquoi est-ce qu'elle t'a fait loger ici-bas avec les serviteurs ? C'est à elle que ton père t'a envoyé, pas chez nous. Va te présenter chez Doña Jazmina, et dis-lui : « Je suis Nacho Zamora y Alvarado, mon père m'a envoyé pour que je m'agenouille à tes pieds. »

Ici le récit devrait représenter mon âme ébranlée comme par un ouragan, à la révélation que la moitié de mon nom, qui m'avait été cachée, est celle des seigneurs d'Oquedal et que des *estancias* vastes comme des provinces appartiennent à ma famille. Mais en fait, tout se passe comme si mon voyage en arrière dans le temps ne faisait que m'enfoncer dans un abîme obscur au sein duquel les cours successives du palais Alvarado semblent emboîtées l'une dans l'autre, toutes également familières et également étrangères à ma mémoire déserte. La première pensée qui me vient à l'esprit est celle que je jette à la figure d'Anacleta en saisissant sa fille par une tresse : – Alors je suis votre maître, le maître de ta fille, et je la prendrai quand bon me semble !

– Non, hurle Anacleta. Avant que tu touches

Amaranta, je vous tue tous les deux ! – et Amaranta se retire avec une grimace qui découvre ses dents et je ne saisis pas s'il s'agit d'un gémissement ou d'un sourire.

La salle à manger des Alvarado est mal illuminée par les chandeliers encroûtés par la cire depuis des années, peut-être pour qu'on ne puisse pas distinguer les stucs décrépis et les dentelles en lambeaux des rideaux. J'ai été invité à dîner par la maîtresse. Le visage de Doña Jazmina est recouvert par une couche de poudre qui semble sur le point de se détacher et tomber dans son assiette. Elle aussi est une indio, sous ses cheveux teints couleur cuivre et ondulés au fer. Les lourds bracelets scintillent à chaque cuillerée. Sa fille Jacinta a été élevée dans un collège et elle porte un pull blanc pour jouer au tennis mais elle est identique aux jeunes filles indios par ses coups d'œil et ses gestes.

– Dans ce salon, à l'époque, il y avait les tables de jeu, raconte Doña Jazmina. Les parties commençaient à cette heure et duraient parfois toute la nuit. Certains ont perdu ici des *estancias* entières. Don Anastasio Zamora s'était installé là pour le jeu et pour rien d'autre. Il gagnait toujours, et parmi nous s'était répandue la rumeur que c'était un tricheur.

– Mais pourtant il n'a jamais gagné aucune *estancia*, me suis-je senti en devoir de préciser.

– Ton père était le genre d'homme qui perdait à l'aube tout ce qu'il avait gagné durant la nuit. Et puis avec toutes ses histoires de femmes, il ne mettait pas beaucoup de temps à liquider le peu qui lui restait.

– Il a eu des histoires dans cette maison, des histoires de femmes ? me suis-je poussé à lui demander.

– Par là-bas, par là-bas, dans l'autre cour, c'est là qu'il allait les chercher la nuit…, dit Doña Jazmina en indiquant dans la direction des logements des indios.

Jacinta éclate de rire en se cachant la bouche derrière ses mains. Je comprends à ce moment-là qu'elle est identique à Amaranta, même si elle est habillée et peignée d'une tout autre façon.

– Tout le monde se ressemble à Oquedal, dis-je. Il y a un portrait dans la deuxième cour qui pourrait être le portrait de tout le monde…

Elles me regardent, un peu troublées. La mère dit : – C'est Faustino Higueras… Il n'avait qu'une moitié de sang indio, l'autre moitié était blanche… Son âme, elle, était tout entière indio. Il restait avec eux, il prenait leur parti… et c'est comme cela qu'il a fini.

– C'est du côté de son père ou du côté de sa mère qu'il était blanc ?

– Tu veux savoir beaucoup de choses…

– Elles sont toutes comme ça les histoires d'Oquedal ? dis-je. Des blancs qui se mettent avec des femmes indios… Des indios qui vont avec des blanches….

– À Oquedal, blancs et indios se ressemblent. Le sang s'est mêlé depuis l'époque de la Conquête. Mais les maîtres ne doivent pas aller avec les serviteurs. Nous pouvons faire tout ce que nous voulons, nous autres, avec qui que ce soit d'entre nous, mais ça, non, jamais... Don Anastasio était né d'une famille de propriétaires, même s'il était plus fauché qu'un va-nu-pieds...

— Qu'est-ce que mon père a à voir là-dedans ?

— Fais-toi expliquer la chanson que les indios chantent : ... Quand Zamora est passé... comptes à égalité... Un enfant au berceau... un mort au tombeau...

— Tu as entendu ce que ta mère a dit ? dis-je à Jacinta, dès que nous pouvons parler seul à seule. Toi et moi nous pouvons faire tout ce que nous voulons.

— Si nous le voulions. Mais nous ne voulons pas.

— Moi je pourrais bien vouloir quelque chose.

— Quoi ?

— Te mordre.

— Si c'est ça, je peux t'arracher la pulpe jusqu'à l'os, et elle montre ses dents.

Dans la pièce, il y a un lit avec des draps blancs dont on ne comprend pas s'il est défait ou ouvert pour la nuit, enveloppé dans une moustiquaire épaisse qui tombe d'un baldaquin. Je pousse Jacinta entre les plis du voile, tandis qu'il est difficile de comprendre si elle me résiste ou si elle m'attire ; j'essaie de remonter ses vêtements ; elle se défend en m'arrachant boucles et boutons.

— Oh, toi aussi tu as un grain de beauté là ! Au même endroit que moi ! Regarde !

À ce moment-là, une grêle de coups de poing

s'abat sur ma tête et sur mes épaules et Doña Jazmina se jette sur nous comme une furie :

– Séparez-vous, au nom du ciel ! Ne faites pas ça ! Vous ne pouvez pas ! Vous ne savez pas ce que vous faites ! Tu es un vaurien comme ton père !

Je me recompose du mieux que je peux. – Mais pourquoi, Doña Jazmina ? Qu'est-ce que vous voulez dire ? Avec qui est-ce que mon père l'a fait ? Avec vous ?

– Mécréant ! File chez les serviteurs ! Hors de notre vue ! Ouste, avec les servantes ! Comme ton père ! Retourne chez ta mère, allez !

– Qui est ma mère ?

– Anacleta Higueras, même si elle ne veut pas l'admettre, depuis que Faustino est mort.

La nuit, les maisons d'Oquedal s'écrasent contre la terre, comme si elles sentaient peser sur elles le poids de la lune basse, enveloppée dans des vapeurs malsaines.

– C'est quoi cette chanson qu'on chante sur mon père, Anacleta ? demandé-je à la femme, immobile dans l'ouverture de la porte comme une statue dans la niche d'une église. Elle parle d'un mort, d'un tombeau...

Anacleta décroche la lanterne. Nous traversons ensemble des champs de maïs.

– C'est dans ce champ que ton père et Faustino Higueras eurent maille à partir, explique Anacleta, qu'ils décidèrent que l'un des deux était de trop dans ce monde, et qu'ils creusèrent ensemble une fosse. À partir du moment où ils décidèrent qu'ils devaient combattre à mort, ce fut comme si la haine entre eux avait disparu : ils travaillèrent d'amour et d'intelligence pour creuser la fosse. Puis ils se placèrent d'un côté et de l'autre de la fosse, empoignant l'un et l'autre un couteau de la main droite, le bras gauche enveloppé dans leur poncho. Et à tour de rôle l'un franchissait la fosse et attaquait l'autre à coups de couteau et l'autre se défendait avec son poncho et essayait de faire tomber son ennemi dans la fosse. Ils luttèrent ainsi jusqu'à l'aube et de la terre autour de la fosse ne se levait plus de poussière tant elle était imbibée de sang. Tous les indios d'Oquedal faisaient un cercle autour de la fosse vide et des deux jeunes garçons haletants et ensanglantés, et ils restaient muets et immobiles pour ne pas troubler le jugement de Dieu dont dépendait le destin de tous autant qu'ils étaient, et pas seulement celui de Faustino Higueras et de Nacho Zamora.

— Mais... Nacho Zamora, c'est moi.

— À l'époque ton père aussi était appelé Nacho.

— Et qui l'a emporté, Anacleta ?

— Comment peux-tu me le demander, mon garçon ? Zamora l'a emporté : nul ne peut juger des desseins du Seigneur. Faustino a été enseveli ici-même dans cette terre. Mais pour ton père, la victoire fut amère, tant il est vrai qu'il partit la nuit même et qu'on ne l'a plus jamais revu à Oquedal.

— Mais qu'est-ce que tu me racontes, Anacleta ? Cette fosse est vide !

— Les jours suivants, les indios des villages proches et des villages lointains vinrent en procession sur la tombe de Faustino Higueras. Ils partaient pour la révolution et ils me demandaient des reliques dans une boîte d'or qu'ils voulaient porter à la tête de leur régiment au combat : une mèche de cheveux, un bout du poncho, le caillot de sang d'une blessure. C'est alors que nous avons décidé de rouvrir la fosse et de déterrer le cadavre. Mais Faustino n'était plus là, son tombeau était vide. Depuis ce jour bien des légendes sont nées : certains disent qu'ils l'ont vu de nuit courir par les montagnes sur son cheval noir et qu'il veille sur le sommeil des indios ; d'autres qu'on le reverra seulement le jour où les indios descendront dans la plaine et qu'il chevauchera à la tête de leurs colonnes...

« C'était donc lui ! Je l'ai vu ! » voudrais-je dire, mais je suis trop bouleversé pour articuler un mot.

Les indios avec leurs torches se sont approchés silencieusement et ils font désormais un cercle autour de la fosse ouverte.

Parmi eux se fraie un chemin un jeune homme au long cou avec un chapeau de paille effrangé, les traits du visage semblables à ceux de beaucoup de monde, ici à Oquedal, je veux dire que la fente de ses yeux, la ligne de son nez, le dessin de ses lèvres ressemblent aux miens.

– De quel droit as-tu mis les mains sur ma sœur, Nacho Zamora ? dit-il, et une lame brille dans sa main droite. Le poncho est enroulé autour de l'avant-bras gauche et un pan tombe jusqu'au sol.

De la bouche des indios sort un son qui n'est pas un murmure, mais plutôt un soupir interrompu.

– Qui es-tu ?

– Faustino Higueras. Défends-toi.

Je m'arrête de l'autre côté de la fosse, j'enroule le poncho autour de mon bras gauche et j'empoigne mon couteau.

X

Tu prends le thé avec Arkadian Porphyritch, une des personnes intellectuellement les plus fines de l'Ircanie qui revêt à bon droit les fonctions de Directeur général des archives de la Police d'État. C'est la première personne qu'on t'a ordonné de contacter, à peine arrivé en Ircanie pour la mission qu'on t'a confiée aux hauts commandements ataguitaniens. Il t'a reçu dans les salles accueillantes de la bibliothèque de son bureau, « la plus complète et la plus à jour de l'Ircanie, comme il te l'a tout de suite dit, où les livres confisqués sont classés, catalogués, microfilmés et conservés et ce, qu'il s'agisse d'œuvres imprimées, ronéotypées, dactylographiées ou manuscrites ».

Quand les autorités de l'Ataguitania qui te retenaient prisonnier t'ont proposé de te libérer à condition que tu acceptes une mission dans un pays lointain (« mission officielle avec des aspects secrets non moins que mission secrète avec des aspects officiels »), ta première réaction a été de refuser. La faible propension pour des charges publiques, le manque de vocation professionnelle d'agent secret, la manière obscure et tortueuse avec laquelle on te présentait les missions que tu aurais dû accomplir constituaient des raisons suffisantes pour te faire préférer ta cellule dans la prison modèle aux aléas d'un voyage dans les toundras boréales de l'Ircanie. Mais l'idée qu'en restant entre leurs mains, tu pouvais t'attendre au pire, la curiosité pour cette tâche « dont nous pensons qu'elle est de nature à vous intéresser en tant que lecteur », le calcul selon lequel tu pourrais feindre de te laisser impliquer pour saboter leur plan, t'ont convaincu.

Le Directeur général Arkadian Porphyritch, qui semble parfaitement au courant de l'ensemble de ta situation jusque dans ses dimensions psychologiques, te parle sur un ton encourageant et didactique :

– La première chose que nous ne devons jamais perdre de vue est la suivante : la police est la grande force d'unification dans un monde qui sans elle serait voué à la désagrégation. Il est naturel que les polices de régimes différents et même opposés reconnaissent des intérêts communs en vue desquels collaborer. Dans le domaine de la circulation des livres...

– Est-ce qu'on parviendra à uniformiser les méthodes de censure des différents régimes ?

– Non pas à les uniformiser, mais à créer un système dans lequel ils s'équilibrent et se soutiennent les uns les autres...

Le Directeur général t'invite à observer le planisphère accroché au mur. Les différentes couleurs indiquent :

les pays dans lesquels tous les livres sont systématiquement confisqués ;

les pays dans lesquels seuls les livres publiés ou approuvés par l'État peuvent circuler ;

les pays dans lesquels il y a une censure grossière, approximative et imprévisible ;

les pays dans lesquels la censure est subtile, savante, attentive aux implications et aux allusions, gérée par des intellectuels méticuleux et sournois ;

les pays dans lesquels il y a deux réseaux de diffusion : l'un légal, l'autre clandestin ;

les pays dans lesquels il n'y a pas de censure parce qu'il n'y a pas de livres, mais un grand nombre de lecteurs potentiels ;

les pays dans lesquels il n'y a pas de livres et où personne ne se plaint qu'ils manquent ;

les pays, enfin, dans lesquels on produit tous les jours des livres pour tous les goûts et toutes les idées, dans l'indifférence générale.

— Aujourd'hui personne n'accorde autant de valeur à la parole écrite que les régimes policiers, dit Arkadian Porphyritch. Quelle est la donnée qui permet de distinguer les nations dans lesquelles la littérature jouit d'une véritable considération, sinon les montants assignés pour la contrôler et la réprimer ? Là où elle est objet de telles attentions, la littérature acquiert une autorité extraordinaire, inimaginable dans les pays où on la laisse végéter comme un passe-temps inoffensif et sans risque. Il va de soi que la répression, elle aussi, doit laisser des moments de répit, fermer un œil de temps à autre, faire alterner abus et indulgences, avec une dose d'imprévisibilité dans ses arbitrages, autrement, s'il n'y avait plus rien à réprimer, c'est le système tout entier qui rouillerait et partirait en morceaux. Disons-le sans ambages : tout régime, même le plus autoritaire, survit dans une situation d'équilibre instable, qui l'entraîne à justifier constamment l'existence de son propre appareil de répression, donc de ce qu'il faut réprimer. La volonté d'écrire des choses qui irritent l'autorité constitue un des éléments nécessaires pour maintenir cet équilibre. C'est pourquoi, sur la base d'un traité secret passé avec les pays d'un régime politique opposé au nôtre, nous avons créé une organisation commune, à laquelle vous avez eu l'intelligence d'accepter de collaborer, pour exporter les livres interdits ici et importer les livres interdits là-bas.

— Ce qui impliquerait que les livres interdits ici soient tolérés là-bas et vice versa…

— Jamais de la vie. Les livres interdits ici sont super-interdits là-bas, et les livres interdits là-bas sont ultra-interdits ici. Mais en exportant dans le régime opposé les livres qui sont interdits chez l'un et en important les leurs, chaque régime tire au moins deux avantages importants : il encourage les opposants au régime opposé et il garantit des échanges de compétences utiles entre les services de police.

— La mission qui m'a été confiée, t'empresses-tu de préciser, se limite à des contacts avec les fonctionnaires de la police ircanique, parce que ce n'est qu'à travers vos canaux que les écrits des opposants peuvent parvenir entre nos mains. (Je me garde bien de lui dire que parmi les objectifs de ma mission, il y a aussi les rapports directs avec le réseau clandestin des opposants, et, qu'en fonction des cas, je peux jouer les uns contre les autres ou l'inverse.)

– Nos archives sont à votre disposition, dit le Directeur général. Je pourrais vous faire voir des manuscrits extrêmement rares, la version originale d'œuvres qui ne sont arrivées au public qu'après être passées à travers le filtre de quatre ou cinq commissions de censure et à chaque fois découpées, modifiées, diluées, et finalement publiées dans une version mutilée, édulcorée, méconnaissable. Pour lire vraiment, cher monsieur, c'est ici qu'il faut venir.

– Et vous-même vous lisez ?

– Vous voulez dire : si je lis en dehors de mes obligations professionnelles ? Oui, je dirais que je lis chaque livre, chaque document, chaque corps de délit de ces archives deux fois, que je fais deux lectures complètement différentes. La première, en vitesse, en diagonale, pour savoir dans quelle armoire je dois conserver le microfilm, dans quelle rubrique le cataloguer. Puis, le soir (je passe mes soirées ici, après les heures de bureau : l'ambiance est calme, relaxante, comme vous pouvez le constater), je m'allonge sur ce divan, j'insère dans le lecteur de microfilms la pellicule d'un écrit rare, d'un fascicule secret, et je me permets le luxe de le déguster pour mon seul plaisir.

Arkadian Porphyritch croise ses jambes bot-
tées, passe un doigt entre son cou et le col de son
uniforme lourd de décorations. Il ajoute :

— J'ignore si vous croyez en l'Esprit, monsieur.
Moi, j'y crois. Je crois dans le dialogue que l'Esprit mène sans interruption avec lui-même. Et je
sens que ce dialogue s'accomplit à travers mon
regard qui scrute ces pages interdites. La Police
aussi est Esprit, l'État que je sers, la Censure,
tout comme les textes sur lesquels s'exerce notre
autorité. Le souffle de l'Esprit n'a pas besoin d'un
public nombreux pour se manifester, il prospère
dans l'ombre, dans le rapport obscur qui se per-
pétue entre le secret des conspirateurs et le secret
de la Police. Pour le faire vivre, ma lecture suffit, désintéressée certes, mais toujours attentive
à toutes les implications licites et illicites, à la
lueur de cette lampe, dans le grand immeuble aux
bureaux déserts, dès que je peux déboutonner la
tunique de mon uniforme de fonctionnaire et me
laisser visiter par les fantômes de l'interdit qu'il
me fait tenir à une distance inflexible pendant les
heures diurnes...

Tu dois reconnaître que les mots du Directeur
Général te communiquent une sensation de réconfort. Si un tel homme continue à éprouver du désir
et de la curiosité pour la lecture, cela veut dire que
parmi tout ce papier écrit qui circule, il reste encore
quelque chose qui n'a pas été fabriqué ou mani-
pulé par les bureaucraties toutes-puissantes, que
hors de ces bureaux il existe encore un dehors...

— Et vous êtes au courant pour la conjuration

des apocryphes ? demandes-tu d'une voix qui s'efforce d'être froidement professionnelle.

— Bien sûr. J'ai reçu plusieurs rapports sur le sujet. Pendant un certain temps nous avons eu l'illusion que nous avions le contrôle de la situation. Les services secrets des plus grandes puissances faisaient tout ce qu'ils pouvaient pour se rendre maîtres de cette organisation qui semblait avoir des ramifications dans tous les sens... Mais le cerveau de la conjuration, le Cagliostro des falsifications, celui-là, il nous échappait toujours... Oh ce n'est pas que nous ignorions qui il était : nous avions tout ce qui le concernait dans nos fichiers, on avait compris depuis un bon moment qu'il s'agissait d'un traducteur intrigant et manipulateur ; mais les véritables raisons de son activité restaient obscures. Il semblait n'avoir plus aucun rapport avec les différentes sectes dans lesquelles s'était divisée la conjuration qu'il avait inspirée, et néanmoins, il exerçait encore une influence indirecte sur leurs intrigues... Et quand nous avons réussi à mettre la main sur lui, nous nous sommes aperçus qu'il n'était pas facile de le plier à nos fins... Il n'était mû ni par l'argent, ni par le pouvoir, ni par l'ambition. Il semble qu'il faisait tout pour une femme. Pour la reconquérir, ou peut-être seulement pour se venger, pour gagner un pari avec elle. C'était cette femme que nous devions comprendre si nous voulions parvenir à suivre les coups de notre Cagliostro. Mais qui était cette femme, cela nous n'avons jamais réussi à l'apprendre. Ce n'est que par déduction que je suis arrivé à savoir beaucoup de choses à son sujet, des choses que je ne pourrais exposer dans aucun rapport officiel : nos organes de direction ne sont pas en mesure de saisir certaines subtilités…

Pour cette femme, continue Arkadian Porphyritch en voyant avec quelle attention tu happes chacun de ses mots, lire signifie se dépouiller de toute intention et de tout parti pris, pour s'apprêter à accueillir une voix qui se fait entendre quand on s'y attend le moins, une voix qui vient d'on ne sait où, de quelque part au-delà du livre, au-delà de l'auteur, au-delà des conventions de l'écriture : du non-dit, de ce que le monde n'a pas encore dit de lui-même et qu'il n'a pas encore les mots pour dire. Quant à lui, au contraire, il voulait lui démontrer que derrière la page écrite, il y a le néant ; que le monde existe seulement comme artifice, fiction, malentendu, mensonge. S'il ne s'était agi que de cela, nous aurions facilement pu lui donner les moyens de démontrer ce qu'il voulait ; je dis « nous », collègues de pays différents de régimes différents, puisque nous étions nombreux à lui offrir notre collaboration. Et lui, il ne la refusait pas, au contraire… Mais nous ne parvenions pas à comprendre, si c'était lui qui acceptait notre jeu ou nous qui nous offrions comme terrain pour le sien… Et s'il s'était agi tout simplement d'un fou ? Moi seul je pouvais arriver au bout de son secret : je le fis enlever par nos agents, emmener ici, garder pendant une semaine dans nos cellules d'isolement, et puis je l'ai interrogé moi-même. Il n'était pas fou ; seulement désespéré peut-être ; cela faisait un moment qu'il avait perdu son pari avec cette femme ; c'était elle qui avait gagné, c'était sa lecture toujours curieuse et jamais satisfaite qui parvenait à découvrir des vérités cachées jusque dans le faux le plus déclaré et des faussetés sans circonstances atténuantes dans les mots qui se prétendent les plus sincères. Que restait-il à notre illusionniste ? Plutôt que de rompre le dernier fil qui le reliait à elle, il continuait à semer la pagaille entre les titres, les noms des auteurs, les pseudonymes, les langues, les traductions, les éditions, les couvertures, les pages de garde, les chapitres, les incipit, les finals, pour qu'elle fût obligée de reconnaître les signes de sa présence, cette forme d'interpellation sans le moindre espoir de retour. « J'ai compris mes limites, m'a-t-il dit. Dans la lecture, il se passe quelque chose qui échappe à mon pouvoir. » J'aurais pu lui dire qu'il s'agit là d'une limite que même la police la plus omniprésente ne peut pas dépasser. Nous pouvons empêcher de lire : mais dans le décret même qui interdit la lecture, on pourra lire quelque chose de cette vérité que nous voudrions ne jamais pouvoir être lue...

— Et qu'est-il advenu de lui ? demandes-tu avec une sollicitude qui n'est peut-être plus dictée par la rivalité mais par une compréhension solidaire.

— C'était un homme fini ; nous pouvions faire de lui ce que nous voulions ; l'envoyer aux travaux forcés ou lui offrir un travail de routine dans nos services spéciaux. Mais en fait...

— En fait...

— Je l'ai laissé s'échapper. Une fausse évasion, une fausse exfiltration clandestine, et il a recommencé à brouiller ses traces. J'ai l'impression de reconnaître sa main, de temps à autre, dans certains matériels qui me tombent sous les yeux... Sa qualité s'est améliorée... Il est passé maintenant à la mystification pour la mystification... Notre organisation n'a désormais plus de prise sur lui. Heureusement.

– Heureusement ?

– Il faut bien qu'il reste quelque chose qui nous échappe... Pour que le pouvoir ait un objet sur lequel s'exercer, un espace sur lequel étendre ses bras... Tant que je saurai qu'il y a au monde quelqu'un qui fait des tours de prestidigitation par amour du jeu, tant que je saurai qu'il y a une femme qui aime lire pour lire, je pourrai me convaincre que le monde va continuer... Et chaque soir je m'abandonne à mon tour à la lecture, comme cette lointaine lectrice inconnue...

Tu arraches rapidement de ton esprit la superposition saugrenue des images du Directeur général et de Ludmilla pour jouir de l'apothéose de la Lectrice, vision radieuse qui s'élève des paroles désenchantées d'Arkadian Porphyritch, et pour savourer la certitude, confirmée par le Directeur omniscient, qu'il n'y a plus entre elle et toi ni obstacles ni mystères, tandis qu'il ne reste plus, de ton rival, ce Cagliostro, qu'une ombre pathétique toujours plus lointaine...

Mais ta satisfaction ne pourra être pleine tant que le charme des lectures interrompues ne sera pas brisé. Sur ce point aussi, tu essaies d'entamer une conversation avec Arkadian Porphyritch :

– Comme contribution à votre collection, nous aurions aimé vous offrir un des livres défendus les plus recherchés en Ataguitania : *Autour d'une fosse vide* de Calixto Bandera, mais à cause d'un excès de zèle, notre police a envoyé au pilon la totalité du tirage. Pourtant, selon nos sources, une traduction en langue ircanique de ce roman circulerait sous le manteau dans votre pays dans une édition clandestine ronéotypée. Est-ce que vous en savez quelque chose ?

Arkadian Porphyritch se lève pour consulter un fichier.

– De Calixto Bandera, dites-vous ? Voilà : actuellement, il semble qu'il ne soit pas disponible. Mais si vous avez la patience d'attendre une semaine, deux au maximum, je vous réserve une surprise des plus succulentes. D'après les indications de nos informateurs, un de nos auteurs interdits les plus importants, Anatoly Anatolin, est sur le point d'achever une transposition du roman de Bandera dans le monde ircanique. Nous tenons d'autres sources qu'Anatolin va finir un nouveau roman intitulé *Quelle histoire, là-bas, attend sa fin ?*, dont nous avons déjà prévu la confiscation au moyen d'une opération de police surprise, pour empêcher que le roman n'entre dans le circuit de la diffusion clandestine. Je m'empresserai de vous en procurer une copie dès que nous serons en sa possession et vous pourrez vérifier par vous-même s'il s'agit du livre que vous cherchez.

Tu décides de ton plan en un éclair. Tu as la possibilité d'entrer directement en contact avec

Anatoly Anatolin ; tu dois réussir à prendre de vitesse les agents d'Arkadian Porphyritch, à t'emparer du manuscrit avant eux, à le sauver de la confiscation, à le mettre à l'abri, à te mettre toimême à l'abri pour échapper à la police ircanique comme à la police ataguitane...

Cette nuit-là tu fais un rêve. Tu te trouves dans un train, un long train qui traverse l'Ircanie. Tous les voyageurs lisent des gros volumes reliés, ce qui arrive plus facilement dans les pays où les journaux et les hebdomadaires sont peu attrayants. L'idée te vient que l'un de ces voyageurs (ou tous peut-être ?) est en train de lire un des romans que tu as dû interrompre, ou pire encore, que tous ces romans se trouvent ici dans le compartiment, traduits dans une langue qui t'est inconnue. Tu t'efforces de lire ce qui est écrit sur le dos de la reliure, même si tu sais que c'est inutile parce qu'il s'agit d'un alphabet que tu ne peux déchiffrer.

Un voyageur sort dans le couloir et laisse son volume sur le siège pour garder sa place, avec un marque-page là où il s'est arrêté. Dès qu'il est sorti, tu tends la main vers le livre, tu tournes les pages, et te convaincs que c'est celui que tu cherches. À ce moment-là, tu t'aperçois que tous les autres voyageurs se sont tournés vers toi et te jettent des regards de désapprobation menaçante à cause de ton geste indiscret.

Pour cacher ton embarras, tu te lèves, tu te mets à la fenêtre, tenant toujours le livre à la main. Le train est à l'arrêt entre les quais et les poteaux de signalisation, peut-être à un changement près d'on ne sait quelle gare perdue. Il y a du brouillard et de la neige, on n'y voit rien. Sur le quai voisin, s'est arrêté un autre train qui va dans la direction opposée, avec les vitres complètement embuées. À la fenêtre qui te fait face, le mouvement circulaire d'une main gantée redonne à la vitre un peu de transparence : affleure une figure de femme entourée d'un nuage de fourrure.

– Ludmilla, tu l'appelles, Ludmilla, le livre, tentes-tu de lui dire, plus avec des gestes qu'avec la voix, le livre que tu cherches, je l'ai trouvé, il est là… et tu t'essouffles à abaisser la vitre pour le lui passer à travers les bâtons de glace qui recouvrent le train d'une croûte épaisse.

– Le livre que je cherche, dit la figure estompée qui tend elle aussi un volume semblable au tien, est celui qui donne un sens au monde après la fin du monde, le sens qui veut que le monde est la fin de tout ce qu'il y a au monde, que la seule chose qu'il y ait au monde, c'est la fin du monde.

– Non, ce n'est pas vrai, cries-tu, et tu cherches dans le livre incompréhensible une phrase qui puisse démentir les paroles de Ludmilla. Mais les deux trains repartent, s'éloignent dans deux directions opposées.

Un vent glacé balaie les jardins publics de la capitale de l'Ircanie. Assis sur un banc, tu attends Anatoly Anatolin qui doit te remettre le manuscrit de son nouveau roman, *Quelle histoire, là-bas, attend sa fin ?* Un jeune homme avec une longue barbe blonde, un long pardessus noir et un béret de toile cirée s'assied à tes côtés. Faites semblant de rien. Les jardins sont toujours beaucoup surveillés.

Une haie vous met à l'abri des yeux étrangers. Un petit fascicule de feuilles passe de la poche intérieure du long manteau d'Anatoly à la poche intérieure de ton trois-quarts. Anatoly Anatolin sort d'autres feuilles de la poche intérieure de sa veste.

– J'ai dû séparer les pages entre mes différentes poches, pour que la protubérance ne soit pas visible, dit-il, en tirant un rouleau de pages d'une poche intérieure du gilet. Le vent lui arrache une feuille d'entre les doigts ; il se précipite pour la ramasser. Il est sur le point d'extraire un autre paquet de pages de la poche postérieure de son pantalon, mais deux agents en civil jaillissent de la haie et l'arrêtent.

*Quelle histoire, là-bas,
attend sa fin ?*

En me promenant sur la grande Perspective de notre ville, j'efface mentalement les éléments que j'ai décidé de ne pas prendre en considération. Je passe à côté du palais d'un ministère, dont la façade est chargée de cariatides, colonnes, balustrades, plinthes, consoles, métopes, et j'éprouve le besoin de la réduire à une surface verticale lisse, à une plaque de verre opaque, à un diaphragme qui délimiterait l'espace sans s'imposer à la vue. Mais même simplifié de cette manière, ce palais continue à peser sur moi de manière opprimante : je décide de l'abolir complètement ; à sa place un ciel laiteux se lève sur la terre nue. De la même manière, j'efface cinq autres ministères, trois banques et une paire de gratte-ciel de grandes sociétés. Le monde est tellement compliqué, embrouillé et surchargé que pour y voir un peu clair, il faut tailler, tailler.

Dans le mouvement général de la Perspective, je ne cesse de rencontrer des gens dont la vue m'est, pour une raison ou une autre, désagréable : mes supérieurs hiérarchiques parce qu'ils

341

me rappellent ma condition de subalterne, mes subalternes parce que je déteste me sentir investi d'une autorité qui me semble mesquine, comme sont mesquines l'envie, la servilité, et la rancœur qu'elle suscite. J'efface les uns et les autres sans la moindre hésitation ; du coin de l'œil je les vois rapetisser et disparaître dans une légère bave de brume.

Dans cette opération je dois faire attention à épargner les passants, les étrangers, les inconnus qui ne m'ont rien fait : tout au contraire, les visages de certains d'entre eux, si on les observe sans le moindre parti pris, me semblent dignes d'un intérêt sincère. Mais s'il ne reste du monde qui m'entoure qu'une foule d'étrangers, je ne tarde pas à sentir naître un sentiment de solitude et de dépaysement : il vaut mieux donc que je les efface eux aussi, ainsi en bloc, et que je n'y pense plus.

Dans un monde simplifié, j'ai plus de chances de rencontrer les rares personnes que j'ai plaisir à rencontrer, par exemple Franziska. Franziska est une amie que j'éprouve une grande joie à rencontrer, quand cela arrive. Nous nous disons des choses amusantes, nous rions, nous nous racontons des petits faits sans importance mais que nous ne raconterions peut-être pas à quelqu'un d'autre, et qui en revanche lorsqu'on en parle entre nous se révèlent intéressants pour l'un et pour l'autre, et avant de nous saluer, nous nous disons que nous devons absolument nous revoir au plus vite. Puis les mois passent, jusqu'à ce qu'il nous arrive de nous rencontrer par hasard dans la rue encore une fois ; acclamations de fête, rires, promesses de nous revoir, mais ni elle ni moi ne faisons jamais rien pour provoquer une rencontre ; peut-être parce que nous savons que ce ne serait plus la même chose. Or, dans un monde simplifié et réduit, dans lequel le terrain serait déblayé de toutes ces situations préétablies qui font que des rencontres plus fréquentes impliqueraient entre nous une relation qu'il faudrait d'une manière ou d'une autre définir, peut-être en vue d'un mariage ou quoi qu'il en soit dans la perspective de former un couple, ce qui présupposerait des liens qui pourraient s'étendre à nos familles respectives, aux relations parentales ascendantes et descendantes, aux fraternités et aux cousinages, et impliquant toutes nos relations ainsi qu'un engagement dans la sphère des revenus et des biens patrimoniaux ; une fois donc qu'auraient disparu tous ces conditionnements qui flottent silencieusement autour de nos dialogues et font qu'ils ne durent pas plus de quelques minutes, le fait de rencontrer Franziska devrait être encore plus beau et plus agréable. Il est donc naturel que je cherche de mon côté à créer les conditions les plus favorables à faire coïncider nos parcours, y compris l'abolition de toutes les jeunes femmes qui portent une fourrure claire comme celle qu'elle portait la dernière fois de sorte qu'en la voyant de loin, je puisse être certain que c'est bien elle sans m'exposer à des équivoques et des déceptions ainsi que l'abolition de tous les jeunes gens qui ont l'air de pouvoir être des amis de Franziska et dont il n'est pas exclu qu'ils soient sur le point de la rencontrer de manière peut-être intentionnelle et de la retenir dans une conversation plaisante au moment même où c'est moi qui devrais la rencontrer, par hasard.

Je me suis étendu sur des détails d'ordre personnel, mais cela ne doit pas laisser penser que dans mes opérations d'effacement je sois mû essentiellement par mes intérêts individuels immédiats, alors que j'essaie d'agir dans l'intérêt de l'ensemble tout entier (et donc de moi-même, mais indirectement). Si j'ai commencé par faire disparaître tous les bureaux publics qui me tombaient sous la main, et pas seulement les édifices, avec leurs volées d'escaliers et leurs entrées à colonnes, leurs couloirs et leurs antichambres, leurs fichiers, leurs circulaires et leurs dossiers, mais aussi leurs chefs de section, les directeurs généraux, les vice-inspecteurs, les préposés, les employés avec un travail fixe et les vacataires, je l'ai fait parce que je crois que leur existence est nocive ou superflue pour l'harmonie de l'ensemble.

C'est l'heure où la foule des employés abandonne les bureaux surchauffés, et où après avoir boutonné les manteaux au col en fourrure synthétique, elle s'entasse dans les autobus. Je les fais disparaître d'un battement de paupières : seuls quelques rares passants se distinguent au loin dans les rues dépeuplées, dont j'ai déjà pris soin d'éliminer les voitures et les camions et les autobus. J'aime voir le sol des rues vide et lisse comme la piste d'un bowling.

Et puis j'abolis les casernes, les corps de garde,

les commissariats : toutes les personnes en uniforme s'évanouissent comme si elles n'avaient jamais existé. Peut-être ai-je eu la main un peu lourde : je m'aperçois que les pompiers, les postiers et les éboueurs municipaux subissent le même sort, ainsi que d'autres catégories qui pouvaient aspirer à juste titre à un traitement différent ; mais maintenant ce qui est fait est fait : on ne peut pas passer sa vie à raffiner. Pour ne pas créer de problèmes, je me hâte d'abolir les incendies, les ordures ainsi que le courrier, qui, tout compte fait, n'apporte jamais que des ennuis.

Je vérifie que ni les hôpitaux, ni les cliniques, ni les hospices ne soient restés debout : effacer médecins, infirmiers, et malades me semble la meilleure hygiène possible. Puis, les tribunaux avec leur cohorte de magistrats, avocats, accusés et parties lésées ; les prisons avec à l'intérieur détenus et gardiens. Puis j'efface l'université avec l'ensemble du corps académique, l'académie des sciences, des lettres et des arts, le musée, la bibliothèque, les monuments avec leur administration de tutelle correspondante, le théâtre, le cinéma, la télévision, les journaux. S'ils croient que c'est le respect de la culture qui va m'arrêter, ils se mettent un doigt dans l'œil.

Et puis c'est le tour des structures économiques qui continuent à imposer leur prétention immodérée à déterminer nos vies depuis trop longtemps. Mais qu'est-ce qu'elles croient ? Je dissous l'un après l'autre les magasins en commençant par ceux qui vendent les articles de première nécessité pour finir par les consommations luxueuses et superflues : je commence par dégarnir les vitrines de marchandises, puis j'efface les étalages, les étagères, les serveuses, les caissières, les chefs de rayon. La foule des clients reste un instant éperdue, tendant les mains dans le vide, voyant se volatiliser les caddies ; et puis elle aussi est engloutie par le néant. De la consommation je remonte à la production : j'abolis l'industrie, lourde et légère, je procède à l'extinction des matières premières et des sources d'énergie. Et l'agriculture ? Du balai aussi ! Et pour qu'on ne puisse pas dire que je tends à rétrograder vers les sociétés primitives, j'exclus aussi la chasse et la pêche.

La nature… Ah, ah, n'allez pas croire que je n'ai pas compris que toute cette histoire de la nature, c'est aussi une belle imposture : qu'elle crève ! Il suffit qu'il reste une épaisseur de croûte terrestre assez solide sous les pieds et le vide partout ailleurs.

Je continue ma promenade par la Perspective, qui ne se distingue plus maintenant de la plaine illimitée déserte et glacée. Il n'y a plus de murs, à perte de vue, et pas davantage de montagnes ou de collines ; ni fleuve, ni lac, ni mer : seulement une étendue plate et grise de glace compacte comme du basalte. Renoncer aux choses est moins difficile qu'on ne le croit : il suffit de savoir commencer. Une fois que tu as réussi à te passer de quelque chose que tu croyais essentiel, tu t'aperçois que tu peux aussi te priver de quelque chose d'autre, et puis encore de tant d'autres choses. Et me voici donc en train de parcourir cette surface vide qu'est le monde. Un vent au ras du sol transporte, avec des bouffées de poudre neigeuse, les derniers restes du monde disparu : une grappe de raisin mûr qui semble tout juste coupée du cep, un petit chausson de laine pour nouveau-né, un joint de cardan bien huilé, une page qu'on dirait arrachée d'un roman en espagnol avec un nom de femme : Amaranta. Est-ce il y a quelques secondes ou il y a des siècles que tout a cessé d'exister ? J'ai déjà perdu le sens du temps.

Là, au fond de la bande de néant que je continue d'appeler la Perspective, je vois avancer une figure ténue dans un blouson de fourrure claire : c'est Franziska ! Je reconnais le pas élancé dans les longues bottes, la manière dont elle tient ses bras resserrés dans le manchon, la longue écharpe à rayures qui vole dans le vent. L'air glacé et le terrain déblayé garantissent une bonne visibilité mais c'est inutilement que je me démène en agitant les bras pour l'appeler : elle ne peut pas me reconnaître, nous sommes encore trop éloignés. J'avance à grands pas, ou du moins, je crois avancer, mais je manque de repères. Et voilà que des ombres se dessinent dans la ligne qui me sépare de Franziska : ce sont des hommes, des hommes avec un manteau et un chapeau. Ils m'attendent. De qui peut-il s'agir ?

Dès que je me suis assez rapproché, je les reconnais : il s'agit des hommes de la Section D. Comment se fait-il qu'ils soient restés là ? Qu'est-ce qu'ils fichent ici ? Je croyais les avoir abolis eux aussi quand j'ai effacé le personnel de tous les bureaux. Pourquoi se mettent-ils entre Franziska et moi ? « Bon maintenant je les efface », pensé-je en me concentrant. Tu parles : ils sont encore là au beau milieu.

— Te voilà, disent-ils en me saluant. Toi aussi tu es des nôtres ? Bravo ! Tu nous as donné un sacré coup de main, et maintenant tout est net.

— Mais comment cela ? m'exclamé-je. Vous aussi, vous effaciez ?

Je m'explique maintenant la sensation que j'avais eue d'avoir poussé un peu plus loin que les autres fois l'exercice de dissolution du monde qui m'entoure.

— Mais dites-moi, n'étiez-vous pas ceux qui parlaient toujours d'augmenter le rendement, les potentiels, de multiplier...

— Et alors ? Il n'y a là aucune contradiction... Tout rentre dans la logique des prévisions... La ligne de développement repart de zéro... Toi aussi tu t'es aperçu que la situation était arrivée à un point mort, qu'elle se détériorait... Il n'y avait qu'à accompagner le processus... Fondamentalement, ce qui peut apparaître comme un passif à court terme peut se transformer sur le long terme en une incitation...

— Mais moi je ne voyais pas du tout les choses comme vous... Mon objectif était très différent... Moi j'efface d'une tout autre façon..., ai-je protesté, et je pense : « S'ils croient me faire entrer dans leur plan, ils peuvent toujours courir ! »

Je n'ai qu'une hâte : faire machine arrière, faire

revenir à l'existence les choses du monde, une à une ou toutes d'un coup, opposer leur substance bariolée et tangible comme un mur compact contre leurs desseins d'anéantissement général. Je ferme les yeux et les rouvre, sûr de me retrouver sur la Perspective grouillante d'activité, avec les réverbères qui doivent être allumés à cette heure-ci et la dernière édition des journaux qui apparaît sur les présentoirs des kiosques. Mais en réalité : rien : tout autour le vide est toujours plus vide, la silhouette de Franziska à l'horizon s'avance lente-ment comme si elle devait remonter la courbe du globe terrestre. Est-ce que nous sommes les seuls survivants ? Avec une terreur croissante, je com-mence à me rendre compte de la vérité : le monde que je croyais avoir été effacé par une décision de mon esprit que je pouvais révoquer à n'importe quel moment, était fini pour de vrai.

— Il faut être réaliste, disent les fonctionnaires de la Section D. Il suffit de regarder autour de nous. C'est l'univers tout entier qui se… disons, qui est en phase de transformation… – et ils indiquent le ciel où les constellations ne se recon-naissent plus, ici coagulées, là raréfiées, la carte céleste bouleversée par des étoiles qui explosent l'une après l'autre tandis que les autres jettent leurs derniers feux et s'éteignent. – L'important, c'est que, maintenant que les nouveaux vont arriver, ils trouvent la Section D pleinement opérationnelle, avec l'organigramme de ses cadres au complet et les structures fonctionnelles en état de marche…

— Et qui sont-ils, ces « nouveaux » ? Que font-ils ? Que veulent-ils ? demandé-je, et sur la surface gelée qui me sépare de Franziska j'aperçois une fine fêlure qui s'étend comme une menace mystérieuse.

– C'est trop tôt pour le dire. Pour le dire nous, avec nos propres mots. Pour l'heure nous ne parvenons même pas à les voir. Qu'ils soient là, c'est certain, et du reste nous avions déjà été informés auparavant, qu'ils allaient arriver... Mais nous sommes là nous aussi, et ils ne peuvent pas l'ignorer, nous qui représentons la seule continuité possible avec ce qu'il y avait auparavant... Ils ont besoin de nous, ils ne peuvent pas se passer de nous, ils ne peuvent pas ne pas nous confier la direction pratique de ce qui reste... Le monde recommencera de la façon dont nous le voulons...

Non, pensé-je, le monde que je voudrais voir recommencer à exister autour de Franziska et de moi ne peut être le vôtre ; je voudrais me concentrer pour penser un lieu avec tous ses détails, un endroit où j'aimerais me trouver avec Franziska en ce moment précis, par exemple un café plein de miroirs où se reflètent des lampadaires de cristal et où un orchestre joue des valses et les accords des violons ondoient par-dessus les tables de marbre et les tasses fumantes et les pâtisseries à la crème. Alors qu'à l'extérieur, au-delà des vitres embuées, le monde rempli de personnes et de choses ferait sentir sa présence : la présence du monde ami et du monde hostile, les choses dont on peut se réjouir ou contre lesquelles on peut lutter... Je le pense avec toutes mes forces, mais je sais désormais qu'elles ne suffisent pas à le faire exister : le néant est plus fort et il a pris possession de toute la terre...

– Se mettre en relation avec eux ne sera pas chose facile, continuent ceux de la Section D, et il faut faire attention à ne pas commettre d'erreurs et à ne pas se laisser mettre hors-jeu. Nous avons pensé à toi pour gagner la confiance des nouveaux. Tu as démontré que tu savais y faire, dans la phase de liquidation, et tu es le moins compromis de tous avec l'ancienne administration. C'est toi qui devras te présenter, expliquer ce qu'est la Section, comment ils peuvent l'utiliser, pour des missions indispensables, urgentes... Bon, tu verras bien comment présenter les choses de la meilleure manière...

– Alors j'y vais, je vais les chercher... m'empressé-je de dire, parce que je comprends que si je ne fuis pas maintenant, si je ne rejoins pas tout de suite Franziska pour la mettre à l'abri, dans une minute, il sera trop tard, le piège est sur le point de se déclencher. Je m'éloigne en courant, avant que ceux de la Section D me retiennent pour me poser des questions et me donner des instructions ; j'avance vers elle sur la croûte gelée. Le monde est réduit à une feuille de papier où je ne réussis pas à écrire autre chose que des mots abstraits, comme si tous les noms concrets étaient épuisés ; il suffirait de pouvoir écrire le mot « boîte » pour qu'il soit possible d'écrire aussi « casserole », « sauce », « cheminée », mais le règlement stylistique du texte l'interdit.

Sur le sol qui me sépare de Franziska, je vois s'ouvrir des fissures, des sillons, des crevasses ; à chacun de mes pas je cours le risque d'être englouti par un guet-apens : ces interstices s'élargissent, bientôt entre Franziska et moi, il y aura un gouffre, un abîme ! Je saute d'une rive à l'autre, et en bas je ne vois aucun fond mais seulement le néant qui continue, profond à l'infini ; je cours sur des bouts de monde éparpillés dans le vide ; le monde est en train de partir en morceaux... Ceux de la Section D m'appellent, font des gestes désespérés pour que je revienne en arrière, et que j'arrête d'avancer... Franziska ! Voilà, un dernier bond et je suis à toi !

Elle est là, face à moi, souriante, avec l'éclat doré de ses yeux, son petit minois un peu rosi par le froid.

— Oh ! Mais c'est bien toi ! Chaque fois que je passe sur la Perspective, je te rencontre ! Tu ne vas pas me dire que tu passes tes journées à te balader ! Écoute, je connais un café au coin de la rue, plein de miroirs, avec un orchestre qui joue des valses : tu m'invites ?

XI

Lecteur, il est temps que ta navigation agitée trouve un port. Quel havre plus sûr qu'une grande bibliothèque pourrait t'accueillir ? Il y en a certainement une dans la ville d'où tu étais parti et où tu es revenu après ton tour du monde d'un livre à l'autre. Il te reste encore un espoir, que les dix romans qui se sont volatilisés entre tes mains, à peine en avais-tu entrepris la lecture, se trouvent dans cette bibliothèque.

Finalement tu as une journée libre et tranquille devant toi ; tu vas en bibliothèque, tu consultes le catalogue ; tu te retiens à peine de pousser un cri de jubilation ; plus encore : dix cris ; tous les auteurs et les titres que tu cherches figurent au catalogue, soigneusement enregistrés.

Tu remplis une fiche et tu la consignes ; on te communique qu'il doit y avoir eu une erreur de numérotation dans le catalogue ; le livre est introuvable ; de toutes les façons ils feront des recherches. Tu en demandes tout de suite un autre ; on te dit qu'il est en lecture, mais qu'on ne parvient pas à établir qui l'a demandé et quand. Le troisième que tu demandes est à la reliure ; il sera de retour dans un mois. Le quatrième est conservé dans une aile de la bibliothèque fermée pour travaux. Tu continues à remplir des fiches ; pour une raison ou une autre, aucun des livres que tu demandes n'est disponible.

Pendant que le personnel continue ses recherches, tu attends patiemment assis à une table avec d'autres lecteurs plus chanceux, immergés dans leur volume. Tu tends le cou à gauche et à droite pour épier dans les livres des autres ; on ne sait jamais : l'un d'entre eux pourrait être en train de lire un des livres que tu cherches.

Au lieu de se poser sur le livre ouvert entre ses mains, le regard du lecteur qui te fait face flotte dans le vide. Ce ne sont pas des yeux distraits cependant : une intensité fixe accompagne le mouvement des iris bleus. Il arrive que vos regards se croisent. À un certain moment il t'adresse la parole, ou mieux, il parle dans le vide, tout en s'adressant certainement à toi :

— Ne vous étonnez pas si vous voyez que mes yeux flottent toujours. En effet, c'est là ma façon de lire, et c'est seulement comme cela que la lecture m'apporte ses fruits. Si un livre m'intéresse vraiment, je ne réussis pas à le suivre pendant plus de quelques lignes sans que mon esprit, une fois saisi une idée que le texte propose, ou un sentiment, ou une question, ou une image, ne prenne la tangente et ne ricoche de réflexion en réflexion, d'image en image, au fil d'un itinéraire de raisonnements et d'imaginations que j'éprouve le besoin de parcourir jusqu'au bout, en m'éloignant du livre jusqu'à le perdre de vue. La stimulation d'une lecture, et d'une lecture substantielle, m'est indispensable, même si de chaque livre je n'arrive à lire que quelques pages. Mais pour moi, ces quelques pages renferment déjà des univers tout entiers que je ne parviens pas à épuiser.

— Je vous comprends parfaitement, intervient un autre lecteur, en levant son visage de cire et ses yeux rougis des pages de son volume, la lecture est une opération discontinue et fragmentaire. Ou mieux : l'objet de la lecture est une matière punctiforme et pulvisculaire. Dans l'étendue débordante de l'écriture, l'attention du lecteur distingue des segments infimes, des rapprochements de mots, métaphores, nœuds syntaxiques, enchaînements logiques, particularités lexicales qui se révèlent d'une densité de signification extrêmement concentrée. Ils sont comme les particules élémentaires qui composent le noyau de l'œuvre et autour desquelles tourne tout le reste. Ou bien comme le vide au fond d'un tourbillon, qui aspire et engloutit les courants. C'est à travers ces fentes que, par des éclairs à peine perceptibles, se manifeste la vérité que le livre peut porter, son ultime substance. Mythes et mystères consistent en corpuscules impalpables, comme le pollen qui reste sur les pattes des papillons ; seuls ceux qui ont compris cela peuvent s'attendre à des révélations et des illuminations. C'est pourquoi mon attention, au contraire de ce que vous disiez, monsieur, ne peut se détacher des lignes écrites, fût-ce pour un instant. Je ne dois pas me distraire si je ne veux pas laisser échapper quelque précieux indice. Chaque fois que je tombe sur un de ces grumeaux de signification, je dois continuer à creuser autour pour voir si la pépite court sur un filon. C'est pourquoi ma lecture ne connaît pas de fin : je lis et je relis chaque fois en recherchant la vérification d'une nouvelle découverte entre les plis des phrases.

– Moi aussi j'éprouve le besoin de relire les livres que j'ai déjà lus, dit un troisième lecteur, mais à chaque relecture, j'ai l'impression de lire pour la première fois un nouveau livre. Est-ce que c'est moi qui ne cesse de changer et qui vois de nouvelles choses dont je ne m'étais pas aperçu auparavant ? Ou bien est-ce la lecture qui est une construction qui prend forme en rassemblant un grand nombre de variables et qui ne peut pas se répéter deux fois selon le même dessin ? Chaque fois que j'essaie de revivre l'émotion d'une lecture précédente, je retire des impressions différentes et inattendues, et je ne retrouve pas celles d'avant. À certains moments, il me semble que d'une lecture à l'autre il y a un progrès : au sens, par exemple, où je pénètre davantage dans l'esprit du texte, ou que je progresse dans le détachement critique. À d'autres moments, en revanche, il me semble conserver le souvenir des lectures d'un même livre, l'une à côté de l'autre, enthousiastes ou froides ou hostiles, éparpillées dans le temps sans la moindre perspective, sans un fil pour les relier. La conclusion à laquelle je suis parvenu est que la lecture est une opération sans objet ; ou qu'elle est à elle-même son véritable objet. Le livre est un support accessoire ou carrément un prétexte.

Un quatrième intervient :

— Si vous voulez insister sur la subjectivité de la lecture, je peux vous suivre, mais pas dans le sens centrifuge que vous lui attribuez. Chaque nouveau livre que je lis finit par faire partie de ce livre général et unitaire que constitue la somme de mes lectures. Cela n'advient pas sans effort : pour composer ce livre général, chaque livre particulier doit se transformer, entrer en relation avec les livres que j'ai lus précédemment, en devenir le corollaire ou le développement ou la réfutation ou la glose ou le texte de référence. Je fréquente cette bibliothèque depuis des années et je l'explore volume après volume, rayon après rayon, mais je pourrais vous démontrer que je n'ai rien fait d'autre que de poursuivre la lecture d'un seul livre.

— Pour moi aussi tous les livres que je lis conduisent à un seul livre, dit un cinquième lecteur qui émerge d'une pile de volumes reliés, mais il s'agit d'un livre en arrière dans le temps, qui affleure à peine de mes souvenirs. Il y a pour moi une histoire qui vient avant toutes les autres histoires et dont toutes les histoires que je lis me semblent porter un écho qui se perd aussitôt. Au cours de mes lectures je ne fais que rechercher ce livre lu dans mon enfance, mais ce dont je me souviens ne suffit pas pour le retrouver.

Un sixième lecteur, qui se tenait debout en

levant le nez pour passer en revue les rayons, se rapproche de la table.

– Le moment qui compte le plus pour moi est celui qui précède la lecture. Parfois, c'est le titre qui suffit à allumer en moi le désir d'un livre qui n'existe peut-être pas. Parfois, c'est l'incipit du livre, les premières phrases… Bref : s'il vous suffit de peu pour mettre en mouvement votre imagination, il me suffit d'encore moins : la promesse de la lecture.

– Pour moi, en revanche, c'est la fin qui compte, dit un septième, mais la vraie fin, ultime, cachée dans le noir, le point d'arrivée où le livre veut t'emmener. Moi aussi, en lisant, je cherche des interstices, dit-il en faisant signe vers l'homme aux yeux rougis, mais mon regard creuse entre les mots, pour essayer de saisir ce qui se profile dans le lointain, dans les espaces qui s'étendent au-delà du mot « fin ».

Le moment est arrivé où toi aussi tu dois dire ton avis :

– Messieurs, je dois dire avant toute chose qu'en ce qui me concerne je n'aime lire dans les livres que ce qui s'y trouve écrit ; et relier les détails avec l'ensemble tout entier ; et considérer certaines lectures comme définitives ; il me plaît de bien détacher un livre d'un autre, chacun pour ce qu'il a de différent et de nouveau ; et surtout j'aime lire les livres du début à la fin. Mais depuis quelque temps tout va de travers : il me semble que désormais il n'existe au monde que des histoires qui restent suspendues et qui se perdent en route.

Le cinquième lecteur te répond :

– Moi aussi je me souviens parfaitement du début de l'histoire dont je vous parlais, mais j'ai oublié tout le reste. Il devrait s'agir d'un récit des *Mille et Une Nuits.* Je suis en train de comparer toutes les éditions, les traductions dans toutes les langues. Il existe beaucoup d'histoires similaires, et avec beaucoup de variantes, mais aucune n'est celle-là. Est-ce que je l'ai rêvée ? Et pourtant, je sais que je ne serai pas tranquille tant que je ne l'aurai pas trouvée et que j'ignorerai comment elle finit.

– Le calife Haroun-al-Rachid, ainsi commence l'histoire, qu'il accepte de te raconter vu ta curiosité, une nuit, en proie à l'insomnie, se déguise en marchand et sort par les rues de Bagdad. Une barque le transporte sur le courant du Tigre jusqu'au portail d'un jardin. Sur le bord d'une piscine, une femme belle comme la lune chante en s'accompagnant d'un luth. Une esclave fait entrer Haroun dans le palais et le revêt d'un manteau couleur safran. La femme qui chantait dans le jardin est assise sur un fauteuil en argent. Sur les coussins autour d'elle, il y a sept hommes enveloppés dans des manteaux couleur safran. « Il ne manquait que toi, dit la femme, tu es en retard », et elle l'invite à s'asseoir sur un coussin à côté d'elle. « Nobles seigneurs, vous avez juré de m'obéir aveuglément, et le moment est venu de vous mettre à l'épreuve » et la femme ôte un collier de perles de son cou. « Ce collier a sept perles blanches et une noire. Je vais maintenant rompre le fil et je ferai tomber les perles dans une coupe d'onyx. Celui qui tirera la perle noire devra tuer le calife Haroun-al-Rachid et m'apporter sa tête. Je m'offrirai à lui pour récompense. Mais s'il refuse de tuer le calife, il sera tué par les sept autres, qui répéteront le tirage au sort de la perle noire. » Avec un frisson Haroun-al-Rachid ouvre la main, voit la perle noire et s'adresse à la dame : « J'obéirai aux ordres du sort et aux tiens, à la condition que tu me racontes quelle offense du calife a déchaîné ta haine », demande-t-il, impatient d'entendre le récit.

Ce débris d'une lecture enfantine devrait lui aussi figurer dans ta liste de livres interrompus. Mais quel est son titre ?

– S'il avait un titre, je l'ai oublié aussi. Vous n'avez qu'à lui en donner un.

Les mots par lesquels la narration s'interrompt te semblent exprimer à merveille l'esprit des *Mille et Une Nuits*. Tu inscris donc dans la liste des livres que tu as demandés en vain à la bibliothèque : *Demande-t-il, impatient d'entendre le récit.*

– Vous pouvez me montrer ? demande le sixième lecteur, il prend la liste des titres, enlève ses lunettes de myope, les met dans un étui, ouvre un autre étui, enfourche ses lunettes de presbyte et lit à haute voix :

« Si une nuit d'hiver un voyageur, loin de l'habitat de Malbork, au bord de la côte à pic sans craindre le vent et le vertige, regarde en bas où l'ombre s'amasse dans un réseau de lignes entrelacées, dans un réseau de lignes entrecroisées sur le tapis de feuilles illuminées par la lune autour d'une fosse vide. – Quelle histoire, là-bas, attend sa fin ? demande-t-il, impatient d'entendre le récit. »

Il met ses lunettes sur son front.

– Effectivement, un roman qui commence comme ça, dit-il, je jurerais l'avoir lu… Vous avez seulement ce début et vous voudriez trouver la suite, n'est-ce pas ? Le problème, c'est qu'autrefois ils commençaient tous comme ça les romans. Quelqu'un passait par une route solitaire, il voyait quelque chose qui frappait son attention, quelque chose qui semblait cacher un mystère, ou une prémonition ; il demandait alors des explications et on lui racontait une longue histoire…

– Mais, écoutez, c'est un quiproquo, essaies-tu de l'avertir, il ne s'agit pas d'un texte… ce sont seulement des titres… *Le Voyageur*…

– Oh, le voyageur n'apparaissait que dans les premières pages et puis on n'en parlait plus, son rôle était fini. Le roman n'était pas son histoire…

– Mais ce n'est pas cette histoire dont j'aimerais savoir la fin…

Le septième lecteur t'interrompt :

– Vous croyez que toute histoire devrait avoir un début et une fin ? Autrefois une histoire ne pouvait finir que de deux manières : après avoir surmonté toutes les épreuves, le héros et l'héroïne se mariaient ou bien ils mouraient. Le sens ultime auquel renvoient tous les récits a deux faces : la continuité de la vie, le caractère inévitable de la mort.

Tu t'arrêtes un moment pour réfléchir à ces propos. Et en un éclair tu décides que tu veux épouser Ludmilla.

XII

Vous voilà maintenant mari et femme, Lecteur et Lectrice. Un grand lit matrimonial accueille vos lectures parallèles.

Ludmilla referme son livre, éteint sa lampe de chevet, abandonne sa tête sur l'oreiller et dit :

— Éteins, toi aussi. Tu n'es pas fatigué de lire ?

Et toi :

— Encore un instant. Je suis sur le point de finir *Si une nuit d'hiver un voyageur* d'Italo Calvino.

Si une nuit d'hiver un narrateur

La première édition de Si une nuit d'hiver un voyageur *fut publiée par l'éditeur Einaudi en juin 1979. À l'occasion de la sortie du livre, Calvino put en parler dans de nombreux entretiens donnés à des journaux et à des hebdomadaires[1]. Mais c'est la recension du critique Angelo Guglielmi qui lui offrit la meilleure occasion de revenir sur la structure et la signification du livre. Il lui répondit avec ce texte paru dans le mensuel* Alfabeta *en 1979.*

Cher Angelo Guglielmi, tu écris « je voudrais maintenant poser deux questions à Calvino », mais en fait il y a beaucoup de questions, explicites ou implicites, dans ce que tu écris à propos de mon *Voyageur* dans l'article que tu lui consacres sur *Alfabeta*, n° 6, intitulé justement *Questions à Italo Calvino*.

Je vais essayer, dans la mesure du possible, de te répondre.

1. On peut désormais les consulter dans le volume *Sono nato in America, Interviste, 1950-1985*, Milan, Mondadori, 2012.

Je vais partir des lignes de ton article qui ne posent pas de questions, c'est-à-dire là où ton propos coïncide avec le mien pour identifier ensuite les points où nos sentiers bifurquent et commencent à s'éloigner. Tu décris très fidèlement mon livre, et surtout, tu définis avec précision les dix types de romans que le lecteur se voit proposer successivement :

« Dans un roman la réalité est indéfinissable comme le brouillard, dans l'autre, les objets se présentent avec des caractéristiques corporelles et sensuelles portées à l'excès ; dans le troisième, c'est l'introspection qui domine ; dans un autre, c'est une forte tension existentielle projetée vers l'histoire, la politique et l'action ; dans un autre encore, la violence la plus brutale explose ; et puis dans un autre, c'est un sentiment insoutenable de malaise et d'angoisse qui croît. Et puis il y a le roman érotico-pervers, le roman tellurique-primordial et le roman apocalyptique[1]. »

---

1. Cinq années plus tard, au cours d'une conférence à l'Institut de culture italienne de Buenos Aires, Calvino devait se souvenir de ces mots dans la définition et la description qu'il donnait de son livre : « L'entreprise d'écrire des romans "apocryphes", c'est-à-dire que j'imagine avoir été écrits par un auteur que je ne suis pas et qui n'existe pas, je l'ai menée jusqu'au bout dans *Si une nuit d'hiver un voyageur*. C'est un roman sur le plaisir de lire des romans ; le héros est le Lecteur, qui commence dix fois à lire un livre qu'il ne parvient pas à finir à cause de circonstances extérieures à sa volonté. J'ai donc dû écrire dix romans d'auteurs imaginaires, tous d'une certaine manière différents de moi et différents entre eux ; un roman fait tout entier de soupçons et de sensations confuses ; un autre fait de sensations incarnées et sanguines ; un roman introspectif et symbolique ; un autre révolutionnaire et existentiel ; un autre cynique et brutal ; un autre encore fait de manies obsédantes ; un autre logique et géomé-

Tandis que la plupart des critiques ont tenté de trouver des modèles ou des sources pour définir ces dix incipit (et souvent, dans ces listes d'auteurs apparaissent des noms auxquels je n'avais jamais pensé, ce qui permet d'attirer l'attention sur un champ de recherches peu exploré jusqu'à présent : comment fonctionnent les associations mentales entre des textes différents, quels sont les parcours mentaux qui nous font assimiler ou associer tel texte avec un autre), toi tu entreprends de suivre la manière dont j'ai procédé, c'est-à-dire la façon dont je me suis proposé à chaque fois un cadre qui était à la fois le choix d'un style et d'un rapport au monde (autour duquel je laisse naturellement se superposer des échos venus de souvenirs de maints livres différents), cadre que tu définis à la perfection dans chacun des dix cas.

Des dix ? À bien y regarder, je m'aperçois que tu ne donnes que neuf exemples. Il y a une lacune qui est lisible dans le point final et dans le « Et puis il y a » qui correspond au récit des miroirs (*Dans un réseau de lignes entrecroisées*), c'est-à-dire un exemple de récit qui tend à se construire comme

_____

trique ; un autre érotique et pervers ; un autre tellurique primordial ; un dernier apocalyptique et allégorique. Plutôt que de m'identifier avec l'auteur de chacun de ces dix romans, j'ai essayé de m'identifier avec le lecteur : de représenter le plaisir de la lecture de tel ou tel genre, plus que le texte à proprement parler. Même s'il est vrai que je me suis senti comme traversé par l'énergie créatrice de ces dix auteurs inexistants. Mais surtout, j'ai essayé de mettre en évidence le fait que chaque livre naît en présence d'autres livres, en relation et par opposition d'autres livres. » Italo Calvino, « Il libro, i libri », *Nuovi quaderni letterari*, Buenos Aires, 1984, p. 19.

une opération logique, une figure géométrique ou une partie d'échecs. Si nous voulions nous aussi tenter une approximation par des noms propres, nous pourrions retrouver le point d'origine le plus illustre de ce genre de récit chez Poe, et son point d'arrivée le plus achevé et le plus actuel chez Borges. Entre ces deux noms, si distants soient-ils, nous pourrions situer tous ces auteurs qui essaient de filtrer les émotions les plus romanesques dans un climat mental d'abstraction raréfiée, parfois nourri de références précieuses et érudites.

D'autres critiques ont beaucoup insisté au contraire sur *Dans un réseau de lignes entrecroisées*, peut-être l'ont-ils trop fait alors que c'est le seul que tu oublies. Pourquoi ? Parce que, laisse-moi te le dire, si tu en avais fait état, tu aurais dû tenir compte du fait que, parmi les formes littéraires qui caractérisent notre époque, il y a aussi la forme fermée et calculée dans laquelle fermeture et calcul sont des paris paradoxaux qui indiquent seulement la vérité opposée à la forme rassurante (de complétude et de consistance) que leur forme semble signifier, à savoir qu'elles communiquent le sens d'un monde précaire, en équilibre, en morceaux.

Mais si tu accordes ce point, il te faudra reconnaître aussi que c'est le livre du *Voyageur* tout entier qui répond, dans une certaine mesure, à ce modèle (à commencer par l'utilisation – caractéristique de ce genre, de l'ancien topos romanesque d'une conspiration universelle aux pouvoirs incontrôlables, en clef comico-allégorique, au moins à partir de Chesterton, menée par un *deus ex machina* aux mille formes ; ce personnage du Grand Mystificateur que tu me reproches comme une trouvaille trop simple est, dans un tel contexte, un ingrédient que j'oserais dire obligatoire), modèle qui a pour première règle du jeu que l'on puisse se dire que « les calculs finissent toujours par tomber juste » (ou, mieux, de faire croire « que les calculs finissent toujours par tomber juste » alors que l'on sait pertinemment que ce n'est pas du tout le cas). Cet effort pour « que les calculs finissent toujours par tomber juste » n'est pour toi qu'une solution de facilité, alors que l'on pourrait au contraire la considérer comme un exercice acrobatique pour défier – et indiquer – le vide qu'il y a en dessous.

En bref, si tu n'avais pas sauté (ou effacé) le « roman géométrique » sur la liste, une partie de tes questions et de tes objections tomberaient d'elles-mêmes, à commencer par celles qui concernent le caractère « non-conclusif » du livre. (Tu te scandalises que je puisse « conclure » et tu te demandes : « S'agirait-il d'une faute d'inattention de Calvino ? » Non, j'ai fait très attention au contraire, en calculant tout de telle sorte que le « happy end » le plus traditionnel (les noces du héros et de l'héroïne) finisse par imposer sa marque au cadre qui tient ensemble le délire général.)

Quant à la discussion sur « l'inachevé » – thème sur lequel tu dis des choses très justes dans un sens littéraire général – je voudrais commencer par nettoyer le terrain de possibles équivoques.

Je voudrais surtout que deux points fussent plus clairs :

1) L'objet de la lecture qui est au centre de mon livre n'est pas tant le « littéraire » que le « romanesque », à savoir un procédé littéraire déterminé – qui appartient à la littérature populaire et à la littérature de consommation, mais qui a été adopté avec quelques variantes par la littérature cultivée – qui se fonde, avant toute chose, sur la capacité à diriger l'attention sur une intrigue dans l'attente constante de ce qui va se passer. Dans le roman « romanesque », l'interruption est un traumatisme, mais elle peut aussi être institutionnalisée (l'interruption des épisodes dans les romans à feuilletons au moment décisif ; la découpe en chapitres, le « mais faisons un pas en arrière »). Avoir fait de l'interruption de l'intrigue un motif structural de mon livre a ce sens précis et circonscrit et n'a rien à voir avec la problématique de l'inachevé en art et en littérature, qui est tout autre chose. Il vaut mieux dire qu'il s'agit moins ici de « l'inachevé » que de « l'achevé interrompu », du « fini dont la fin est occultée ou illisible » en un sens littéral aussi bien que métaphorique. (Il me semble avoir dit quelque part quelque chose comme : « nous vivons dans un monde d'histoires qui commencent et ne finissent jamais ».)

2) Est-il exact que mes incipit s'interrompent ? Quelques critiques (cf. Luce d'Eramo dans *Il Manifesto* du 16 septembre) et quelques lecteurs au palais raffiné soutiennent le contraire : ils trouvent qu'il s'agit de récits achevés, qui disent

tout ce qu'ils doivent dire et auxquels il ne faut rien ajouter. Sur ce point je ne me prononcerai pas. Je peux seulement dire qu'au départ, je voulais faire des romans interrompus, ou mieux : représenter la lecture des romans qui s'interrompent ; puis dans l'ensemble ce qui m'est venu, ce sont des textes que j'aurais pu publier indépendamment comme récits. (Chose à peu près naturelle, du moment que j'ai toujours été davantage un auteur de récits qu'un romancier.)

Le destinataire naturel du romanesque, son usager, c'est le « lecteur moyen », et c'est pour cette raison que j'ai voulu faire de lui le héros du *Voyageur*. Héros double, puisqu'il se scinde en un Lecteur et une Lectrice. Je n'ai pas donné à celui-là une identité et des goûts précis : cela pourrait être n'importe quel lecteur occasionnel curieux de tout. Quant à elle, c'est une lectrice par vocation, qui sait expliquer ses attentes et ses refus (qu'elle formule dans des termes qui sont le plus éloignés possible de toute forme d'intellectualisme – tant s'en faut, justement parce que le langage intellectuel déteint de manière irréparable sur notre manière de parler de tous les jours), sublimation de la « lectrice moyenne », mais très fière de son rôle social de lectrice par passion désintéressée. C'est un rôle social auquel je crois, et qui est le présupposé de mon travail, et pas seulement de ce livre.

Or, que le livre soit destiné au « lecteur moyen » est justement ce qui provoque ton attaque la plus catégorique quand tu demandes : « Mais n'est-ce

pas qu'avec cette Ludmilla, Calvino, fût-ce inconsciemment, est en train de se livrer à une opération
de séduction (d'adulation) en direction du lecteur
moyen qui se trouve être le véritable lecteur (et
acquéreur) de son livre, en lui prêtant quelques-
unes des qualités extraordinaires de sa Ludmilla
nonpareille ? »

Ce que je n'arrive pas à avaler dans cette formu-
lation, c'est « fût-ce inconsciemment ». Mais comment ça « inconsciemment » ? Si j'ai mis Lecteur
et Lectrice au centre du livre, je savais très bien ce
que je faisais. Et je n'oublie pas une seule seconde
(puisque je vis des droits d'auteur) que le lecteur est
un acquéreur et que le livre est un objet qui se vend
sur le marché. Ceux qui se croient au-dessus de la
dimension économique de l'existence et de tout ce
qu'elle comporte, n'ont jamais mérité mon respect.

Je me résume : si tu me traites de séducteur,
passe ; d'adulateur, passe ; de bonimenteur, passe
encore ; mais si tu me dis que je procède inconsciemment, alors là je me sens offensé ! Si dans le
Voyageur, j'ai voulu représenter (et allégoriser)
l'engagement du lecteur (du lecteur commun) dans
un livre qui n'est jamais celui auquel il s'attend, je
n'ai rien fait d'autre que d'expliciter ce qui a été
mon intention consciente et constante dans tous
mes livres précédents. Ici on pourrait faire commencer un discours de sociologie de la lecture (et
même de politique de la lecture) qui nous entraî-
nerait trop loin de la discussion sur la substance
du livre dont nous parlons.

Il vaut mieux revenir aux deux questions princi-

pales autour desquelles ta discussion prend corps :
1) pour dépasser le moi, est-ce qu'on peut miser
sur la multiplication des moi ? 2) peut-on réduire
tous les auteurs possibles à dix ? (Je résume ainsi
seulement pour offrir un aide-mémoire, mais je te
réponds en essayant de tenir compte de l'ensemble
de l'argumentation contenue dans ton texte.)

Pour ce qui est du premier point, je peux seulement dire que suivre la complexité à travers un
catalogue de possibilités linguistiques différentes
est un procédé qui caractérise une bonne partie
de la littérature du XXe siècle, à commencer par le
roman qui raconte une journée quelconque d'un
type de Dublin en dix-huit chapitres dont chacun
a un cadre stylistique différent.

Ces illustres précédents n'excluent pas que
j'aimerais toujours pouvoir rejoindre cet « état
de disponibilité » dont tu parles « grâce auquel le
rapport avec le monde peut se développer non pas
dans les termes de la reconnaissance mais dans la
forme de la recherche » ; cependant, au moins pour
la durée de ce livre, « la forme » a encore été pour
moi « la recherche » – d'une certaine manière cano-
nique – d'une multiplicité qui converge vers (ou
irradie à partir d') une unité thématique de fond.
Rien de particulièrement neuf, en ce sens : Raymond Queneau publiait dès 1947 ses *Exercices de
style* dans lesquels une anecdote de quelques lignes
se voyait traitée selon 99 rédactions différentes.

Quant à moi j'ai choisi, comme situation romanesque typique, un schéma que je pourrais énoncer
comme suit : *dans un récit à la première personne un*

personnage masculin se retrouve obligé d'assumer
un rôle qui n'est pas le sien, dans une situation où
l'attraction exercée par un personnage féminin et la
menace obscure venue d'une collectivité d'ennemis
pèsent toujours davantage sur lui. Ce noyau narratif
de base, je l'ai explicité à la fin de mon livre dans
une histoire apocryphe des *Mille et Une Nuits*, mais
il me semble qu'aucun critique (même s'ils ont été
très nombreux à souligner l'unité thématique du
livre) ne l'a relevé. Si tu veux, c'est la même situation qui se retrouve dans le cadre (dans ce cas nous
pourrons dire que la crise d'identité du héros vient
de ce qu'il n'a aucune identité, qu'il est un « tu »
dans lequel chacun peut identifier son « je »).

Il ne s'agit là que l'une des *contraintes*[1] ou règles
du jeu que je me suis imposées. Tu auras remarqué
que dans chaque chapitre du « cadre », le type
de roman qui suit est indiqué par la bouche de
la Lectrice. De plus, chaque « roman » a un titre
qui répond lui aussi à une nécessité, à partir du
moment où tous les titres lus à la suite formeront
eux aussi un incipit. Comme ce titre est littéra-
lement pertinent par rapport au thème du récit,
chaque « roman » sera le résultat de la rencontre
du titre avec l'attente de la Lectrice, telle qu'elle
a été formulée par elle dans le chapitre précédent.
Voilà pourquoi, si tu fais bien attention, au lieu
de « l'identification à d'autres moi », tu trouveras
une grille de parcours obligatoires qui se trouve
être la véritable machine générative du livre, sur le

---

1. En français dans le texte (*N.d.T.*).

modèle des allitérations que Raymond Roussel se proposait comme point de départ et point d'arrivée de ses opérations romanesques.

Nous arrivons de cette manière à la question n° 2 : pourquoi précisément dix romans ? La réponse est évidente et tu la donnes toi-même à l'alinéa suivant : « il fallait bien qu'il se donnât une limite conventionnelle » ; j'aurais pu aussi décider d'en écrire douze, ou sept ou soixante-dix-sept ; ce qu'il fallait pour communiquer le sentiment de la multiplicité. Mais tu écartes tout de suite cette réponse : « Calvino identifie avec trop de virtuosité les dix possibilités pour ne pas révéler ses intentions totalisatrices et son indisponibilité substantielle à une aventure plus incertaine. »

En m'interrogeant moi-même sur ce point, j'en viens à me demander : « Dans quel pétrin me suis-je moi-même fourré ? » En effet, j'ai toujours éprouvé une forme d'allergie pour l'idée de totalité, je ne me reconnais pas dans les « intentions totalisatrices » ; et pourtant c'est écrit noir sur blanc : je parle bien – ou mon personnage Sinnas Flannery parle – de « totalité », de « tous les livres possibles ». Le problème ne porte pas sur *tous*, mais bien sur *possibles* ; et c'est là que ton objection fait mouche, puisque tu reformules tout de suite la question n° 2 en ces termes : « Est-ce que Calvino croit vraiment que le possible coïncide avec le réel ? » Et tu m'avertis de manière très suggestive : « qu'on ne peut nombrer le possible, qu'il n'est jamais le résultat d'une somme et qu'il se caractérise plutôt comme une sorte de ligne de fuite dans laquelle chaque point participe pourtant du caractère infini de l'ensemble ».

Pour tenter de trouver une issue, la question que je dois me poser est peut-être la suivante : pourquoi ces dix romans-là et pas d'autres ? Il est clair que si j'ai choisi ces dix types de roman, c'est parce qu'il me semblait qu'ils avaient plus de signification pour moi, parce que je m'en sortais mieux. Parce que je m'amusais plus en les écrivant. Il ne cessait de se présenter à moi d'autres types de romans que j'aurais pu ajouter à la liste, mais je n'étais pas sûr de les réussir, ou bien ces romans ne présentaient pas pour moi un intérêt formel assez fort, ou c'était peut-être pour finir parce que le schéma du livre était déjà assez chargé et que je ne voulais pas l'élargir encore. (Par exemple, combien de fois ai-je pensé : pourquoi donc le je narrateur doit-il toujours être un homme ? Et l'écriture « féminine » ? Mais existe-t-il *une seule* écriture « féminine » ? Ou ne pourrait-on pas plutôt imaginer des correspondants « féminins » pour tout exemple de roman « masculin » ?)

Disons donc que dans mon livre, le *possible* n'est pas le possible en soi, mais le *possible pour moi*. Et pas même tout le possible pour moi ; par exemple, je n'avais pas envie de revenir sur mon autobiographie littéraire, de reprendre des types narratifs que j'avais déjà parcourus ; il devait s'agir de possibles à la marge de ce que je suis et de ce que je fais, et que je devais pouvoir atteindre avec un saut hors de moi qui restât dans les limites d'un saut *possible*.

Cette définition limitée de mon travail (que j'ai mise en avant pour démentir les intentions totalisatrices que tu m'attribues) finirait par en donner une image appauvrie si je ne tenais pas compte de la poussée opposée qui l'a toujours accompagnée : c'est-à-dire que je n'ai jamais cessé de me demander si le travail auquel je m'appliquais pouvait avoir un sens non seulement pour moi, mais aussi pour d'autres que moi. Surtout dans les dernières phases, alors que le livre était presque achevé, et qu'un grand nombre des articulations qui s'imposaient empêchaient de nouveaux déplacements, j'ai été saisi par le besoin impérieux de vérifier si je pouvais justifier conceptuellement l'intrigue, le parcours, l'ordre qui étaient les siens. J'ai tenté différents résumés et différents schémas, pour éclaircir mes idées à mon seul usage, mais je ne parvenais jamais à ce qu'ils tombent juste à cent pour cent.

Arrivé à ce point, j'ai fait lire le manuscrit à mon ami le plus savant pour voir s'il parvenait à me l'expliquer. Il m'a dit que pour lui le livre procédait par effacements successifs qui culminaient avec l'effacement du monde dans le « roman apocalyptique ». Cette idée, et, au même moment, la relecture du récit de Borges, *L'approche d'Almotásim*, m'ont conduit à relire mon livre (désormais achevé) comme s'il s'était agi de la recherche du « vrai roman » et en même temps de la bonne attitude à l'égard du monde, où chaque roman commencé et interrompu correspondait à une voie écartée. Dans cette optique, le livre finissait par représenter (pour moi) une espèce d'autobiographie en creux : les romans que j'aurais pu écrire et que j'avais écartés, et en même temps (pour moi et pour les autres) un catalogue indicatif de conduites existentielles qui mènent à autant de voies sans issue.

L'ami savant me rappela le schéma d'alternatives utilisées par Platon dans le *Sophiste* pour définir le pêcheur à la ligne : à chaque fois une voie se trouve exclue et l'autre bifurque en deux possibilités. Ce rappel m'a suffi et je me suis alors lancé dans des schémas qui pouvaient rendre compte de l'itinéraire esquissé dans le livre. Je t'en communique un, dans lequel tu retrouveras, dans mes propres définitions des dix romans, les mêmes mots que ceux que tu que tu as utilisés ou presque.

Le schéma pourrait bien être circulaire au sens où le dernier segment peut se rattacher au premier. Totalisant alors ? Pris en ce sens, j'aimerais bien que le roman le soit. Et que dans les limites trompeuses ainsi tracées on puisse reconnaître une zone blanche dans laquelle situer cette attitude de dénégation du monde que tu indiques comme la seule qui ne serait pas une mystification, au moment où tu déclares que « on ne peut témoigner du monde (ni le prédiquer), on peut seulement le dénier, le libérer de toute tutelle, individuelle ou collective, et le restituer à sa singularité irréductible ».

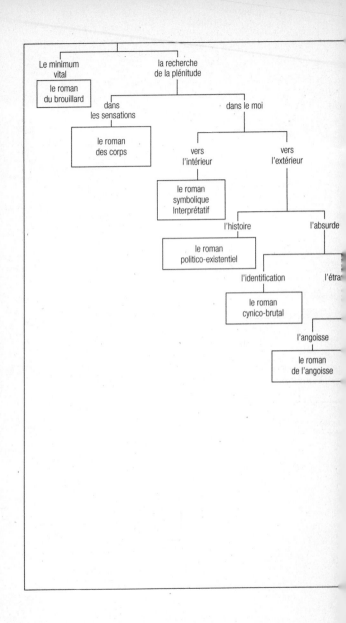

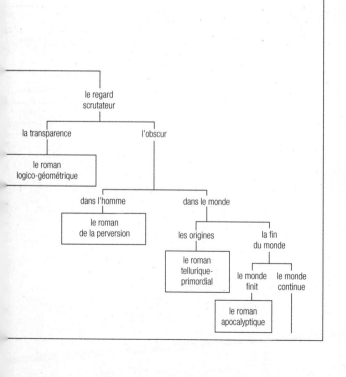

le regard
scrutateur

la transparence   l'obscur

le roman
logico-géométrique

dans l'homme   dans le monde

le roman
de la perversion

les origines   la fin
du monde

le roman
tellurique-
primordial

le monde   le monde
finit   continue

le roman
apocalyptique

Chronologie biographique

Les citations sont toutes d'Italo Calvino.

1923. Naissance le 15 octobre d'Italo Calvino à Santiago de Las Vegas près de La Havane. Son père, Mario, d'une vieille famille de San Remo, est agronome, sa mère, Evelina Mameli, est professeur de botanique.

1925. Retour de la famille Calvino en Italie, à San Remo.

1927-1940. Naissance de Floriano Calvino. Les deux garçons reçoivent une éducation laïque et antifasciste.

1941-1942. Études en agronomie à l'Université de Turin. Italo Calvino soumet aux Éditions Einaudi un premier manuscrit (« *Pazzo io o pazzi gli altri* ») qui sera refusé.

1943-1944. Il poursuit ses études en agronomie à Florence. Il rejoint San Remo en août 1943 et, à l'avènement de la République de Salò, entre en dissidence avant d'intégrer début 1944 les Brigades garibaldiennes.

1945. Après la Libération, il participe à la vie politique dans le Parti communiste italien. Il entreprend des études littéraires à l'Université de Turin et fait la connaissance de Cesare Pavese.

1946. Début d'une collaboration avec *l'Unità*, qui publie régulièrement ses récits dont *Champ de mines* qui remporte en décembre un premier prix littéraire lancé par le même journal.

1947. Fin de ses études littéraires par un mémoire sur Joseph Conrad. Encouragé par Pavese, son premier lecteur et mentor, Italo Calvino fait paraître chez Einaudi, désormais son éditeur et employeur, *Le sentier des nids d'araignée* (prix Riccione) qui s'inspire de son expérience de résistant. Il se rend au Festival de la jeunesse à Prague.

1948. Visite à Ernest Hemingway, en villégiature à Stresa, en compagnie de Natalia Ginzburg.

1949. Il participe au Congrès mondial des partisans de la paix à Paris. Parution du recueil *Le corbeau vient le dernier* dont les nouvelles développent trois axes thématiques : « le récit de la Résistance », « le récit picaresque de l'après-guerre » et « le paysage de la Riviera ».

1950. Suicide de Cesare Pavese.

1951. Voyage en URSS à l'automne. Le 25 octobre, décès de son père.

1952. Parution du *Vicomte pourfendu*, récit fantastique d'un homme fendu en deux dans un XVIIIe siècle fabuleux. *Botteghe Oscure*, revue dont le rédacteur en chef est Giorgio Bassani, publie *La fourmi argentine*.

1954. Parution de *L'entrée en guerre*, trois récits d'inspiration autobiographique.

1956. *Contes populaires italiens*, deux cents contes issus de toutes les régions d'Italie, sélectionnés et entièrement retranscrits par Italo Calvino, paraît en novembre.

1957. Parution en volume du *Baron perché*, où le héros, vivant au siècle des Lumières, refuse de marcher comme tous sur terre, et impose sa singularité pour « être *vraiment* avec les autres ». Parution en revue de *La grande bonace des Antilles*, qui fustige l'immobilisme du Parti communiste italien, et de *La spéculation immobilière*, qui met en scène un intellectuel aux prises avec la réalité entrepreneuriale de la construction. Italo Calvino présente sa démission au parti communiste suite aux événements de 1956 en Pologne et en Hongrie.

1958. Publication en revue du *Nuage de Smog*. Parution d'une anthologie personnelle, *I Racconti*, qui remporte l'année suivante le prix Bagutta.

1959. Parution du *Chevalier inexistant*, l'histoire, dans un Moyen Âge légendaire, d'« une armure qui marche et qui, à l'intérieur, est vide ». La fondation Ford permet à Italo Calvino de passer six mois aux États-Unis dont quatre à New York.

1960. Parution de *Nos ancêtres* qui rassemble *Le vicomte pourfendu, Le baron perché* et *Le chevalier inexistant* : « une trilogie d'expériences sur la manière de se réaliser en tant qu'êtres humains, [...] trois niveaux d'approche donc de la liberté ».

1961. En avril, Italo Calvino se rend à Copenhague, Oslo et Stockholm pour y donner des conférences. Il participe à la Foire du livre de Francfort en octobre.

1962. Il fait la connaissance d'Esther Judith Singer, dite Chichita, traductrice argentine qui travaille pour l'Unesco et l'Agence internationale pour l'énergie atomique. Parution en revue du récit *La route de San Giovanni*.

1963. Parution de *Marcovaldo ou Les saisons en ville*, l'histoire d'un manœuvre devenu citadin « toujours prêt à redécouvrir un petit bout de monde fait à sa mesure », et de *La journée d'un scrutateur*, qui dénonce les failles d'un système se fourvoyant sous couvert d'égalité et de charité. Italo Calvino est juré du prix Formentor.

1964. Il épouse Chichita à La Havane en février. Il revient sur les lieux de sa petite enfance et rencontre Ernesto « Che » Guevara. Les Calvino s'installent à Rome.

1965. En avril, naissance de sa fille Giovanna. Parution en volume de *Cosmicomics*, qui témoigne de l'intérêt d'Italo Calvino pour les sciences et la cosmogonie, et du diptyque *Le nuage de Smog-La fourmi argentine*, dans lesquels il questionne les relations entre l'homme contemporain et la nature.

1966. Mort de l'écrivain Elio Vittorini, avec lequel Calvino entretenait depuis 1945 des rapports amicaux et professionnels. Ensemble ils avaient dirigé le magazine *Il Menabò di letteratura* (1959-1966).

1967. La famille s'établit à Paris. Italo Calvino traduit *Les fleurs bleues* de Raymond Queneau. Parution de *Temps zéro*, nouveau recueil de « cosmicomics », dont le titre fait référence au commencement du monde.

1968. Il participe au séminaire de Roland Barthes à la Sorbonne, fréquente Raymond Queneau et les membres de l'Oulipo. Il refuse le prix Viareggio qui récompense *Temps zéro*. Parution de *La mémoire du monde et autres cosmicomics*.

1970. Parution du recueil *Les amours difficiles* dont la plupart des histoires sont fondées sur « une difficulté de communication, une zone de silence au fond des rapports humains ». Dans le cadre d'un cycle d'émissions radiophoniques, Italo Calvino s'attelle à l'étude de passages du poème de l'Arioste *Roland furieux*.

1972. Il remporte le prix Antonio Feltrinelli pour ses œuvres de fiction. Parution des *Villes invisibles*, où, à travers un dialogue imaginaire entre Marco Polo et Kublai Khan, s'élabore une réflexion subtile sur la ville, les constructions utopiques et le langage.

1973. Il devient membre étranger de l'Oulipo. Parution du *Château des destins croisés* dont la narration se fonde sur le tirage de cartes de tarot.

1974. Début d'une collaboration avec le quotidien *Corriere della sera*, dans lequel Italo Calvino publie fictions, récits de voyage et réflexions sur le contexte politique et social de l'Italie.

1975-1976. Séjours en Iran, aux États-Unis, dans le cadre notamment des séminaires d'écriture de la Johns Hopkins University, au Mexique et au Japon.

1977. Il reçoit du ministre autrichien des Arts et de l'Éducation, à Vienne, le Staatspreis für Europäische Literatur.

1978. En avril, mort de sa mère.

1979. Parution de *Si une nuit d'hiver un voyageur*, roman qui met en scène sa propre écriture, à partir de dix débuts de romans toujours laissés en suspens. Début d'une collaboration avec *la Repubblica*.

1980. Parution d'*Una pietra sopra*, dans lequel Italo Calvino regroupe ses interventions critiques les plus importantes. Les Calvino s'installent à Rome.

1981. Italo Calvino reçoit la Légion d'honneur et s'attelle à la traduction de *Bâtons, chiffres et lettres* de Queneau. Il préside le jury de la 38e édition de la Mostra Internazionale del Cinema à Venise.

1982. *La vera storia*, opéra en deux actes de Luciano Berio d'après une œuvre d'Italo Calvino, est créé à la Scala de Milan.

1983. Italo Calvino est nommé directeur d'études à l'École des hautes études à Paris et donne une série de conférences à New York. Parution en novembre de *Palomar*, dont l'histoire « peut se résumer en deux phrases : *Un homme se met en marche pour atteindre, pas à pas, la sagesse. Il n'est pas encore arrivé* ».

1984. Il se rend en avril à la Foire internationale du livre de Buenos Aires avec sa femme, Chichita. *Un re in ascolto*, opéra conçu avec Luciano Berio, est créé à Salzbourg. Il participe à Séville avec Jorge Luis Borges à un congrès sur la littérature fantastique. L'éditeur Garzanti publie à l'automne *Collection de sable*, dans lequel Italo Calvino regroupe des textes sur la réalité changeante qu'est le monde, inspirés en partie par ses voyages au Japon, au Mexique et en Iran, et *Cosmicomics anciens et nouveaux*. Tout en défendant toujours les valeurs issues de la Résistance, il prend ses distances avec la politique.

1985. Il travaille à un cycle de conférences pour l'université Harvard, regroupées dans un recueil posthume, *Leçons américaines* (1988). Décédé dans la nuit du 18 au 19 septembre à l'hôpital à Sienne, il laisse notamment derrière lui un recueil inachevé, *Sous le soleil jaguar* (1988), qui devait être constitué de nouvelles sur les cinq sens, *La route de San Giovanni* (1990), projet d'un volume rassemblant des « exercices de mémoire », *Pourquoi lire les classiques* (1991), regroupant des analyses des œuvres majeures de la littérature passée et contemporaine, et *Ermite à Paris* (1994), recueil de pages autobiographiques.

DU MÊME AUTEUR

Aux Éditions Gallimard :

LE SENTIER DES NIDS D'ARAIGNÉE (Folio n° 5456)
LE VICOMTE POURFENDU (Folio n° 5457)
LE BARON PERCHÉ (Folio n° 5458)
LE CHEVALIER INEXISTANT (Folio n° 5459)
SOUS LE SOLEIL JAGUAR (Folio n° 5461)
LA JOURNÉE D'UN SCRUTATEUR (Folio n° 5668)
LA SPÉCULATION IMMOBILIÈRE (Folio n° 5669)
COSMICOMICS (Folio n° 5666)
LES VILLES INVISIBLES (Folio n° 5460)
LE CHÂTEAU DES DESTINS CROISÉS (Folio n° 5667)
SI UNE NUIT D'HIVER UN VOYAGEUR (Folio n° 5825)
COLLECTION DE SABLE (Folio n° 5827)
ERMITE À PARIS

COLLECTION FOLIO

Dernières parutions

Composition Cmb Graphic
Impression 🦁 Grafica Veneta
à Trebaseleghe, le 9 mars 2015
Dépôt légal : mars 2015

ISBN : 978-2-07-045106-7./Imprimé en Italie